L'INCONNUE DE LA MAISON-HAUTE

DU MÊME AUTEUR
CHEZ LE MÊME ÉDITEUR

La Rivière engloutie
L'Enfant des terres sauvages

Louis-Olivier Vitté

L'INCONNUE DE LA MAISON-HAUTE

Roman

Production Jeannine Balland
Romans Terres de France

PRESSES DE LA CITÉ

ISBN 978-2-258-07573-3

Avertissement

Si les décors de ce roman sont inspirés de lieux existants, en revanche, les personnages et les situations sont purement fictifs.

1

Un soleil de plomb écrasait la route mal empierrée qui remontait vers le haut de la colline.

Le jeune homme avançait d'un pas lent et régulier. D'un côté, un ravin abrupt menait à un ruisseau aux eaux sauvages. De l'autre, les arbres s'accrochaient à une pente si raide qu'on se demandait comment ils y tenaient.

L'air semblait presque sucré. De temps à autre, un lacet, sur le chemin, vous entraînait dans un coin d'ombre fraîche et humide. L'odeur changeait alors du tout au tout. Un parfum d'eau et de terre mouillée s'élevait, le temps de quelques pas. Une grosse sacoche de cuir noir battait le flanc du jeune homme à chaque foulée. Il lui semblait que quelque chose de léger flottait dans l'air, comme une insouciance, un bonheur fugace. Il marchait depuis plus d'une heure.

Quelques jours auparavant, on lui faisait savoir qu'on l'attendrait, le dernier dimanche de juin, pour venir photographier la maison de La Coste et tous ses habitants. Le visage en nage, il s'arrêta un instant pour s'éponger. Il mouilla son mouchoir à un filet d'eau qui coulait sur le bord du chemin, avant de le passer sur son front et ses joues en souriant de bien-être. Ses souliers de cuir couverts de terre soulevaient à chaque pas un peu de la poussière du chemin. Au détour d'un virage, un petit pont apparut, qui enjambait un ruisseau semblant sourdre d'un pré, un peu en amont. Il resta un long moment à regarder l'eau qui courait sur des petits galets brillants. Il se prit à penser que le coin devait regorger d'écrevisses. En soupirant, il passa de nouveau la bandoulière de sa sacoche sur son épaule et reprit sa route.

Le village, haut perché, ne ressemblait en rien à ceux de la vallée, au bord de la Dordogne.

Ici, les murs semblaient plus solides, les pierres plus massives, les toits plus lourds. Pas de tuiles plates, pas de maisons de galets ou de petites pierres, montées presque sans mortier. Bien au contraire, on sentait que les hivers devaient se montrer presque aussi rudes dans ce coin de Limousin que dans les villages de l'Auvergne voisine. C'est comme si, en quittant la rivière pour monter dans ce village haut perché, on passait d'un monde à l'autre, de la douceur à la rudesse, du chant de la Dordogne au silence du ciel. On devinait, çà et là, un bout de jardin soigneusement entretenu, aux allées de légumes bien tracées.

Une bouffée d'air portait l'odeur d'une étable toute proche. Une carriole, aux bras posés à terre, attendait devant la porte d'une grange. Le voyageur s'arrêta, passa la tête et distingua, dans la pénombre, un homme occupé à rassembler deux bœufs sous un joug d'acacia. Une odeur âcre de fumier et de paille le prit à la gorge. Un des bœufs meugla. Le bouvier se retourna, avisa le photographe et toucha le bord de son chapeau en guise de salut.

Un peu plus haut, le soleil éclairait une petite place encadrée par l'église et deux grosses bâtisses carrées. Un chat dormait à l'ombre de l'unique arbre. De l'église partait un mur percé de larges fenêtres, un mur qui rejoignait une maison en L construite autour d'une cour bordée de tilleuls et de platanes. Une porte de métal ouvragé s'ouvrait entre deux piliers de granit gris. Elle grinça. Le jeune homme descendit trois marches et s'arrêta. Au bout de l'allée, une vieille femme, assise sur une chaise basse, cousait à l'ombre des arbres. Elle releva la tête puis, sans plus se soucier de lui, reprit son travail. Quelques poules picoraient çà et là devant une porte ouverte. Le jeune homme s'en approcha et frappa à l'aide d'une main de cuivre fixée au battant. Il appela. Sa voix lui parut sourde, presque irréelle. Enfin, un gamin parut, tenant à la main une casserole toute cabossée. La pièce au sol de terre battue sentait l'humidité. Une petite fenêtre, dans un coin, laissait passer une lumière chiche.

— Bonjour.

Il posa sa sacoche de cuir en soupirant.

— Tes maîtres sont là ?

Le gosse, sans un mot, posa sa gamelle sur la table et fila en courant.

La sueur perlait à son front. Il s'épongea de nouveau. Derrière lui, une voix jeune fit, en patois :

— Achevez d'entrer, je vais faire prévenir que vous êtes là.

Il se retourna. Une petite bonne à la tignasse mal peignée, au tablier chiffonné, se tenait dans l'encadrement de la porte. Son regard noir le fixa un long moment. Il détailla son visage, un visage à la peau mate, un petit visage mal fagoté, sans beauté ni charme, un visage aux traits ingrats. Elle passa devant lui en faisant signe de la suivre. Trois petites marches menaient à une pièce au sol pavé de grosses pierres plates. Il eut le temps de remarquer une grande cheminée de granit fauve avant de s'engager dans un couloir si frais qu'il en paraissait glacial. Enfin, il déboucha de l'autre côté de la maison, sur une esplanade soigneusement entretenue, bordée d'un parc aux arbres hauts bruissant sous un vent léger. Un homme aux cheveux gris se tenait au centre du terre-plein, à côté d'une femme à l'air absent, tous deux assis dans des fauteuils d'osier. L'homme fixa longuement le photographe et sa sacoche de cuir.

— Monsieur, merci d'être là, laissa-t-il tomber d'une voix douce, un peu rauque.

Puis, après un temps :

— Savez-vous ce que vous devez faire ?

Le jeune homme s'épongea une nouvelle fois.

— Oui, monsieur. Mais dites-moi avant tout ce que vous, vous désirez.

Un souffle d'air chaud s'engouffrait dans les feuillages. Le vieil homme tapa dans ses mains.

— Maria !

Le jeune photographe commença à déballer son matériel.

La servante qui venait de l'accueillir approcha de son maître. Il lui glissa quelques mots à voix basse. Un instant plus tard, une petite cloche tinta de l'autre côté de la bâtisse. Le jeune homme achevait à peine de déplier son trépied de bois que tout le petit monde de la maison apparaissait, apprêté, habillé de propre et bien coiffé. Deux jeunes gens vêtus avec soin et, plus en arrière, deux femmes et le jeune garçon aperçu tout à l'heure. Des domestiques, sans doute, pensa le photographe.

Maria, elle, restait un peu en retrait, un enfant dans les bras, sur le perron de la porte de la cuisine.

— Comment vous appelez-vous, jeune homme ? demanda le maître de maison.

— Georges, monsieur.

— Eh bien ! Georges, tout le monde est présent, à cette heure. Faites vos photos, je vous en prie.

Les deux jeunes gens bien mis vinrent se placer un peu en retrait. Les domestiques se tenaient devant la porte donnant sur le grand salon. Ça n'est que bien plus tard, en développant la plaque de verre, que Georges remarquerait la petite bonne, son enfant dans les bras, sur le perron de la cuisine. Quand il eut pris quelques clichés supplémentaires, par précaution, il commença à ranger son matériel, sous l'œil faussement blasé des deux dandys.

— Eh bien ! Ambroise, tu t'intéresses à la photographie, à présent ? lança l'homme toujours bien calé dans son fauteuil d'osier.

— Oui, papa. Mais sais-tu qu'à Paris ce matériel est déjà dépassé ?

Tout en parlant, il jetait de petits coups d'œil à Georges pour juger de l'effet de sa remarque. Afin de se donner une contenance, il lissait ses petites moustaches du bout des doigts.

— Qu'est-ce que j'ai à faire de tes fredaines de Paris ? Cette machine me va bien, pourvu qu'elle me fasse de belles images.

Ambroise, l'air un peu fat, écarta les pans de son gilet et mit les pouces dans ses poches. Puis, se tournant vers son frère, il lança :

— Vrai, peut-on croire qu'on se serve encore de ces gros engins aujourd'hui ? N'est-ce pas, Gustave ?

L'autre, un peu à l'écart, se contenta de murmurer :

— Oui, tu as peut-être raison.

Le photographe finissait de ranger son matériel. Une petite bise montait du pré, en contrebas de la terrasse. Il s'épongea de nouveau. Le vieil homme tapa dans ses mains. La petite bonne descendit les deux marches de la cuisine, son enfant toujours dans les bras. Il dormait, écrasé lui aussi de chaleur.

— Maria, tu feras donner à boire à ce jeune homme.

Puis, tourné vers lui :

— Quand est-ce que vous pourrez m'amener votre travail, jeune homme ?

Georges rougit, se troubla un peu et bredouilla :

— Dès que possible, monsieur.

— N'oubliez pas de me faire porter la note avec la photo !

— Oui, monsieur, je n'oublierai pas.

Maria repartait déjà vers la cuisine. Georges, son trépied sur l'épaule, sa lourde sacoche au bout du bras, la suivit en marmonnant un :

— Au revoir, monsieur... madame...

La femme, dans son fauteuil, ne prit même pas la peine de répondre.

— N'oubliez pas la note, hein ? Au revoir ! lança son mari.

En entrant dans la cuisine pavée de pierres de granit, le photographe fut surpris par la fraîcheur. Une longue table de bois aux pieds massifs disparaissait sous des légumes et des fruits. Un lièvre, au poil taché de sang, gisait au milieu de tout cela. Maria ouvrait un buffet, en sortait une bouteille et un verre qu'elle emplit, sans dire un mot. Une ombre parut sur le seuil. Ambroise, toujours lissant ses petites moustaches, pénétrait dans la pièce.

— Il fait soif, hein ?

— Oui, monsieur.

Maria servait un second verre de vin, un vin épais, rouge sang. Ambroise le vida d'un trait. Une petite trace carmin marqua sa lèvre supérieure qu'il essuya d'un revers de manche.

— Et... vous repartez à pied ?

— Oui, monsieur.

— Je vais vous raccompagner, si vous voulez.

— A pied ?

— Mais non, voyons, avec mon automobile, répliqua l'autre, un sourire un peu sot sur les lèvres, l'air fier.

Puis, tourné vers la bonne :

— Maria, tu diras à mon père que je suis descendu avec le photographe.

Le bébé dormait toujours dans les bras de la servante.

— Et puis tu lui feras demander s'il a... enfin, tu me comprends ? ajouta Ambroise, mal à l'aise.

Elle haussa les épaules, tourna les talons et disparut un instant avant de revenir, le visage grave. Elle tendit ostensiblement une petite bourse de cuir rebondie qu'Ambroise s'empressa de faire disparaître dans ses poches en rougissant.

— Votre père vous fait dire de ne pas rentrer comme l'autre fois.

— Quelle autre fois ?

— Celle où vous êtes revenu saoul comme un cochon.

Le jeune homme pâlit, serra les dents et, comme en un geste de défi, se resservit un verre de vin qu'il vida de nouveau d'un trait. Le photographe, gêné, se tenait un peu en retrait. La servante le regarda. Il crut lire un sourire sur son visage.

— Vous venez ? laissa tomber Ambroise d'une voix blanche.

Georges eut toutes les peines du monde à faire tenir son trépied dans le coffre de la petite voiture, un coupé à deux places, rouge vif, aux sièges de cuir un peu usés.

Une bougie finissait de brûler, posée sur la table couverte de livres de comptes. Le vieil homme, une paire de lorgnons sur le nez, un crayon à la main, ne releva pas la tête en entendant frapper à la porte de sa chambre. Il se contenta de bougonner :

— Entre donc.

— Mon frère n'est pas rentré ?

— Non. Au reste, tu le sais bien, Gustave.

Le jeune homme fit mine de consulter sa montre. Il restait là, à se dandiner d'un pied sur l'autre. Son père, posant son crayon en travers de la page couverte de chiffres, ôta ses lorgnons et le fixa un instant, sans un mot. On entendait, au-dessus de leurs têtes, Maria qui allait et venait dans sa chambre, sous les combles. L'enfant pleura un instant. La voix de la servante s'éleva, toute douce. Elle chantait une berceuse pour le calmer.

— Et alors, qu'as-tu à piétiner là ? Achève donc d'entrer, si tu as quelque chose à me dire, ou va-t'en et laisse-moi travailler.

Gustave, intimidé, se tourna pour fermer la porte.

— Voilà, père.

Le vieil homme l'interrompit, l'air narquois.

— Bigre ! « Père » ! Qu'as-tu donc de si important à me demander ? De vendre une autre terre ? Quelle dette vas-tu encore m'inventer ?

Gustave rougit. La pièce sentait la cire et le feu de bois éteint. Une longue bibliothèque de palissandre, aux portes grillagées, tenait une grande partie du mur du fond. De l'autre côté de la pièce, deux hautes fenêtres donnaient sur le parc.

— Il... il ne s'agit pas de cela, père.

— De quoi donc, alors ?

— De... de la fille de Maria.

Armand se tourna vers son fils, le regard dur.

Un long silence s'ensuivit. On entendait toujours la servante aller et venir en chantonnant. Quelque part, une horloge tinta. Gustave passa la main sur son visage, comme pour y cacher un début de panique.

— Tu veux parler de ma fille ? murmura Armand.

— Oui. Maman dit que tu veux la reconnaître.

— Et alors ?

— Mais, papa, tu aurais déjà dû chasser cette fille dès que tu as su qu'elle était enceinte. Jamais tu n'aurais dû la garder. Et maintenant, non seulement tu la gardes, tu gardes l'enfant dans la maison, mais en plus tu veux lui donner notre nom ?

— Et alors ? répliqua le vieil homme.

Gustave, comme tous les timides qui brisent leurs chaînes, laissa alors jaillir un flot de paroles que rien ne semblait devoir arrêter.

— Mais papa, tu sais bien que c'est impossible. Tu ne peux pas faire une chose pareille, pour la réputation de notre famille, pour l'honneur de notre nom, pour notre mère ! Et puis, pense à nous, tes fils, pense à ce qu'on dira de nous, plus tard ? Une sœur bâtarde, sous notre toit, avec les mêmes droits que nous ? Père, je t'en prie, tu dois renoncer, renoncer !

Armand souriait maintenant, balançant ses lorgnons au bout de ses doigts. Après un long moment, il brisa enfin le silence.

— C'est surtout ça qui te défrise, mon fils, une héritière de plus. Hein ? Alors écoute-moi bien, une fois pour toutes. Oui, cette petiote est ma fille. Oui, je vais la reconnaître. Oui, Maria est ma servante. Mais c'est aussi ma maîtresse. Tu y vois quelque chose à redire ? Je suis maître chez moi. Ça n'est pas un mondain toujours en retard d'un loyer qui va me faire la leçon. A ma mort, vous serez trois enfants à vous partager le domaine, et pas deux. C'est tout et c'est comme ça. Maintenant, tu as autre chose à me demander ? De l'argent de nouveau ? Une créance à couvrir ?

Gustave, mal à l'aise, le regard sur le plancher, bredouilla un :

— Non, pas cette fois-ci.

— Donc, toi et ton frère, vous êtes descendus de Paris uniquement pour me faire la leçon, c'est ça ? D'abord, il est où, ton frère ?

— Je ne sais pas. Il n'est toujours pas revenu.

Armand chaussa ses lorgnons et se tourna vers sa table de travail.

— Imbécile ! Il va encore rentrer à l'aube, complètement saoul. Pas un de vous n'est même capable de reprendre la propriété ! Au lieu de perdre votre temps là-bas, à Paris, vous feriez mieux de venir ici. Il y a assez de travail pour vous faire vivre tous les deux.

Gustave redressa la tête.

— Tu sais bien que pour faire des affaires, c'est là-bas qu'il faut être.

— Des affaires ? Tu es doué pour ça comme moi pour démonter une horloge. Vous m'avez fait perdre plus d'argent cette année, avec vos « affaires », que je n'en ai gagné. J'ai encore dû vendre une terre pour faire face. Et tu as le culot de venir me faire la leçon ? File, va !

Gustave, pétrifié, ne bougeait pas. La voix, là-haut, s'était tue.

— As-tu entendu ? reprit Armand d'un ton sec. File. Et ne t'avise pas de me reparler de tout ça, tu as bien compris ?

— Oui, père.

La porte grinça en s'ouvrant. Armand suivit les pas de son fils qui s'éloignaient dans le long couloir en L. Il murmura une dernière fois pour lui-même : « Imbécile ! » puis se remit au travail. Dans la chambre voisine, sa femme se retourna dans son lit. Un volet claqua. On gratta à sa porte.

— Entre, Maria. La petite dort ?

— Oui, ça y est.

Et, sans ajouter un mot, elle vint s'asseoir de l'autre côté de la pièce, sur une chaise de paille un peu effilochée. Armand se leva, alluma une chandelle qu'il posa sur une petite table, à côté d'un carreau de dentellière. Un instant après, dans le silence de la pièce, on entendait les petit fuseaux de bois cliqueter avec régularité. Armand se replongea dans son ouvrage avec délice. Il se sentait bien. Dans un instant, Maria monterait se coucher. Pour l'instant, elle était là, à côté de lui. Cela suffisait à le rendre heureux. Au diable ses deux grands imbéciles de fils !

— Léon !

— Oui, Madame ?

— C'est encore froid ! Va donc le faire réchauffer à la cuisine.

— Oui, Madame.

Le gamin, à peine adolescent, prenait le plateau sur la petite table et filait par l'interminable couloir pour redescendre vers la cuisine, à l'autre bout de la maison. Depuis longtemps maintenant, Monsieur et Madame ne mangeaient plus que très rarement à la même table le midi. Madame s'installait invariablement devant les grandes fenêtres de la galerie longue et étroite qui offrait, du premier étage, une vue imprenable sur le parc et, au-delà, sur la vallée. Les cuisines se trouvaient à l'autre bout du bâtiment. Les plats arrivaient souvent à peine tièdes et les domestiques devaient parfois les remporter jusqu'à deux ou trois fois pour les faire réchauffer. Léon, placé là un an auparavant, trottinait sur ses jambes encore un peu grêles, tenant à bout de bras le repas du jour. Maria, en l'entendant revenir, soupira et remua le feu dans le fourneau de fonte. Elle aimait bien le gamin. Elle se promit de remonter elle-même le plat pour éviter au petit de se faire de nouveau houspiller. La maîtresse de maison, depuis l'accouchement de Maria, n'osait plus s'en prendre à elle, se contentant de la détester en silence. En posant le plateau sur la petite table ronde devant sa maîtresse, elle remarqua que la carafe de vin clair était déjà à moitié vide.

Elle tendit l'oreille et reconnut le bruit du moteur de la petite voiture d'Ambroise qui remontait de la vallée. Il allait rentrer, puant la vinasse, les cheveux défaits, et filer se coucher, comme après chaque bordée. Il se lèverait avec le soir pour réclamer un bouillon bien chaud et un grand verre de vin. La voiture s'arrêta dans un hoquet devant l'église. Maria fila se réfugier dans la cuisine pour ne pas devoir le croiser. Elle s'en méfiait – sans bien savoir pourquoi, mais elle s'en méfiait.

Armand se tenait devant l'entrée de l'étable, de l'autre côté de la cour, chaussé de bottes de cuir épais. Une odeur chaude de fumier mêlé de foin s'en dégageait par bouffées. Il regardait une à une les vaches rentrer, scrutant sur chacune la trace d'une blessure, d'un boitement ou, plus simplement, la beauté de leur pelage. Il aimait ces animaux. Au-dessus de la porte de la grange, les écussons glanés lors de comices agricoles et autres concours attestaient la valeur de l'élevage. Ces plaques en relief, grandes comme la main, peintes de couleurs vives, donnaient un aspect bariolé au bâtiment de pierres sèches et à la courette mal pavée. Une fontaine coulait devant l'entrée de l'étable, dans un grand bac de granit, sans doute un antique sarcophage arrivé Dieu sait comment jusque-là. Les bêtes s'y arrêtaient toutes, l'une suivant l'autre, pour y boire avant d'aller prendre leur place dans les stalles, sans jamais se tromper.

— Et pour la traite ?

— Elles donneront bien encore, aujourd'hui, Monsieur Armand.

Le fermier, une force de la nature de près de deux mètres, parlait avec une voix étrangement douce et haut perchée.

— Lucien, quand tu auras fini, tu me feras porter du lait pour la petite de Maria.

— Oui, Monsieur.

Armand disait « la petite de Maria ». Malgré tout, il n'osait pas encore dire « ma fille », mais tout le monde savait.

2

Le gamin respirait les mille parfums de l'été, assis dans l'herbe haute. L'odeur du foin d'abord, puis celle de la forêt à quelques pas, une odeur plus sourde, plus humide. Quelques vaches paissaient dans le pacage en contrebas de l'étang. Il se tenait assis sur la petite digue qui le fermait, les jambes dans le vide, une longue branche de noisetier à la main, montée d'un fil et d'un hameçon de fortune. En levant la tête, il pouvait apercevoir la longue rambarde de la terrasse et le coin de la grande Maison-Haute. Depuis tôt le matin, on avait largement ouvert les fenêtres, à l'exception de celle d'Ambroise qui devait cuver son vin.

Une silhouette se détacha devant la maison. Léon reconnut Gustave. Il faisait son tour du parc, comme chaque jour. Pour rien au monde, en revanche, il ne s'égarerait à descendre jusqu'à l'étang. Il craignait trop d'y salir ses bottines. Pourtant, il y a encore peu, il venait y pêcher, lui aussi, et se jeter nu comme un ver dans ses eaux noires, des eaux qui laissaient sur la peau une sensation de chaleur et de douceur. Aujourd'hui, le jeune homme un peu fat, qui se piquait de devenir un homme d'affaires reconnu, soignait sa mise et ne s'aventurait plus dans les ajoncs et la terre molle du bas du pré.

Léon guettait les cloches qui sonneraient bientôt midi. Il faudrait alors remonter pour servir le déjeuner de Madame, là-bas, tout au bout de la maison, dans la galerie inondée de soleil. Pour l'instant, il taquinait le gardon sans conviction, pour le plaisir d'être seul dans le silence du bord de l'eau. Une grenouille plongea d'un nénuphar. Une traction sur son bout de noisetier et soudain, un petit poisson tout brillant qui s'agite au bout du fil. Le gamin sourit. Il déposa sa prise à côté de lui, dans l'herbe haute. A défaut de grenouilles, il rapporterait une petite friture. Maria en raffolait. Il n'en allait pas de même de Dominique, la cuisinière. Toujours bougonne, toujours ronchonne, mais qui cuisinait si bien et qui prenait toujours soin de lui garder les meilleurs restes. Léon aimait la Maison-Haute. Sa mère vivait seule, à l'orée du village, dans une bicoque insalubre. Elle subsistait en louant ses bras chez les autres. Ici, au moins, il mangeait à sa faim. Quand il remonta, ses quelques gardons enveloppés d'herbe fraîche, Dominique mettait la dernière main au repas de midi. Autour de la longue table de bois de la cuisine, la domesticité commençait tout juste à se restaurer. Maria, un peu de travers, sa fille au sein, picorait du bout de la fourchette dans une assiette posée devant elle. Armand poussa la porte, fit le tour de la tablée du regard, se retint pour ne pas sourire à Maria et lança, faussement rogue :

— Nous déjeunerons dans la salle à manger, sur le parc, avec Ambroise et Gustave.

Puis, après un instant :

— La petite a mangé ?

Maria opina. Dominique se tourna vers lui.

— Et Madame, elle mangera où ?

— Madame ? Comme à son habitude, là-haut.

Du doigt, il pointait le premier étage. Maria lui lança un regard à la dérobée. L'enfant tétait toujours.

— Dominique, reprit Armand, demain, tu me prépareras un repas à emporter.

Puis, à Lucien qui, tout au bout de la tablée, mangeait sans un mot, sans un regard pour son maître :

— Et toi, tu m'atteleras la mule à la carriole.

L'odeur du repas embaumait l'air, malgré les fenêtres ouvertes.

On entendit les pas d'Armand sur les pierres de l'entrée, puis la grande porte du salon s'ouvrir en grinçant. La pièce jouxtait la cuisine. Une petite porte l'en séparait, que seuls les domestiques empruntaient. Mélanie, la plus âgée des servantes, se leva avec lenteur et la poussa. Quand elle revint, Maria demanda, plus pour parler que par curiosité :

— Sa chartreuse ?

Mélanie hocha la tête. Son chignon mal ficelé vacilla sur le haut de son crâne.

— A ce qu'il paraît que ça dégage l'estomac, avant de manger, ajouta la jeune femme.

L'enfant dormait à présent, les lèvres toujours collées au sein de sa mère. Léon, qui grignotait à l'autre bout de la table, ajouta, l'air espiègle :

— Il avait les bottes toutes crottées de fumier.

La cloche d'office tinta, presque incongrue dans cette atmosphère de quiétude. Le gamin releva son museau pointu et fixa Dominique qui essuyait ses mains à son tablier. Elle se tourna vers lui en désignant le repas de Madame sur son plateau.

— Et tâche de faire en sorte que ça ne revienne pas encore dix fois, hein !

Madame, de sa chambre, venait de tirer le cordon. On l'entendait à présent se diriger vers la galerie.

— Porte donc la carafe d'abord. Tu viendras chercher le reste après.

Ambroise, le visage gris, se tenait assis dans l'un des deux fauteuils Voltaire du salon, devant la cheminée éteinte, un petit cigare tout noir fumant entre ses doigts. Devant lui, une bouteille de vin et un verre de cristal ouvragé. Gustave respirait à pleins poumons l'air frais du soir, debout devant la porte donnant sur le parc. Son père, les cheveux en broussaille, le visage creusé par la fatigue, se tenait bien calé dans un des canapés alignés le long du mur. Un peu plus loin, son épouse ne se donnait même pas la peine de faire semblant de le voir. Perdue dans un monde cotonneux, elle finissait de vider un petit verre de liqueur sans bien savoir ce qu'elle buvait. Elle finit par se tourner vers Ambroise.

— Ton nouveau travail, à Paris, comment ça va ?

Gustave sourit.

— Eh bien ! bredouilla son frère, mal à l'aise. C'est que... enfin, ce n'est pas facile... mais ça devrait aller.

Comment dire qu'il ne travaillait pas ? Qu'il se contentait de vivoter, de vivre de petites combines minables, qu'il allait de meublé sordide en hôtel louche ?

Un long silence s'ensuivit, à peine troublé par un rire nerveux de Madame. Le jeune homme, à qui ce silence pesait, lança, comme pour changer de sujet :

— Tout de même, vous avez vu, en Allemagne, cet Hitler ! A présent, il paraît qu'il y a du travail pour tout le monde, là-bas !

Puis, après un temps :

— A quand un gouvernement aussi efficace chez nous ? On en aurait bien besoin.

Armand, mal à l'aise, se leva avec lourdeur.

— N'est-ce pas, père ? renchérit Ambroise.

Le vieil homme haussa les épaules.

— Tu étais trop petit, mais moi, la guerre, j'y étais, bougonna-t-il. Je n'ai pas envie de revivre ça. C'est en fabriquant des canons que « ton » Hitler nourrit son monde. De toute façon, je ne veux pas entendre prononcer ce nom-là sous mon toit. C'est compris ?

Ambroise, plus par bêtise qu'autre chose, crut malin d'insister.

— N'empêche que…

Son père lui coupa la parole.

— Tais-toi, ou fiche le camp d'ici, c'est entendu ?

L'odeur forte du petit cigare prenait le pas sur celle, fruitée, qui arrivait par les fenêtres ouvertes en se mêlant à l'arôme des liqueurs colorées. Ambroise plongea le nez dans son verre qu'il vida d'un trait.

— Je monte, lança-t-il.

— C'est ça, et bonne nuit.

La colère d'Armand retombait déjà.

— Je crois que c'est sa Josette, à Paris, qui lui met ces idées-là dans la tête, murmura Gustave, comme pour excuser son frère.

Dans le silence qui suivit, sa mère eut de nouveau un petit rire nerveux, avant de se lever en titubant. Son fils se précipita.

— Je te raccompagne, maman.

Puis, tourné vers son père :

— Je sonne Mélanie ?

— Pour quoi faire ?

— Pour fermer la pièce et les volets.

Armand haussa les épaules et eut un sourire moqueur.

— Laisse-la donc en paix. Je suis encore capable de le faire moi-même, pas toi ?

Gustave rougit, voulut se justifier.

— Moi j'aide maman à...

— C'est ça, aide maman à...

Quand, un peu plus tard, Armand poussa la porte de sa chambre, Maria, sur sa petite chaise, son carreau de dentelle sur les genoux, dormait profondément, la tête sur le côté. Il s'approcha d'elle, lui caressa la joue du revers de la main. Elle ouvrit un œil, sourit et murmura en regardant le plafond :

— La petite dort ?

Armand sourit, se pencha et posa un baiser sur son front.

— Tu devrais aller la retrouver maintenant, il est tard.

La servante se leva, son visage ingrat tout chiffonné, la chevelure de travers. Elle était laide. Elle le savait, mais elle s'en moquait.

— Vous savez quand vous rentrez ? demanda Lucien.

Armand se tourna vers lui.

— Non. Je vais chez Pardeaux. Sa femme m'a fait dire qu'il est au lit depuis deux jours. Je vais voir ce qui se passe.

La carriole pencha d'un coup quand il prit appui sur le marchepied pour se hisser sur le petit banc de bois.

— Vous avez votre musette ?

Armand se frappa le front du plat de la main en souriant.

— Si je pars sans, Dominique va me maudire.

Il sauta à bas de son siège et fila vers la cuisine chercher son déjeuner. Quand il revint, la mule piaffait, agitant ses oreilles pour chasser les mouches qui virevoltaient autour de ses yeux.

— Elle est pressée, fit Lucien en désignant l'animal.

Un claquement de rênes et le bruit des roues ferrées sur les pierres de la cour. Depuis la petite loggia nichée au premier étage, dans un angle du bâtiment, Emilie regardait partir son mari, le regardait partir encore une fois, le regardait partir sans qu'il eût pour elle un regard, un mot, un geste. Il semblait vivre dans cette maison comme si elle n'existait plus. Sa main se crispa sur la rambarde de bois. Malgré l'heure matinale, Armand cheminait déjà sous un soleil qui annonçait un après-midi chaud. Seul sur sa carriole, il se sentait bien, libéré de ses deux fils qui se donnaient des airs et de sa femme qui vivait dans un autre monde. Sur les chemins mal empierrés de ce pays de combes et de ruisseaux, ballotté au rythme de l'animal, il se sentait enfin lui-même. Le père Pardeaux et sa maladie ? Un prétexte pour fuir, fuir une journée au moins, loin de ces êtres qui l'étouffaient.

Ambroise approcha du vieux billard au tapis déchiré. Il fit rouler une des boules qui alla rebondir contre la bande, sans toucher les autres. Il hésita à se saisir d'une canne puis, par lassitude, ou par paresse, vint s'asseoir devant une des fenêtres de la galerie. Quelque part dans la maison, on entendait pleurer la fille de Maria. Puis les pleurs cessèrent. Ambroise attrapa un peu au hasard un des livres qui traînaient là et, sans vraiment prendre garde à ce qu'il lisait, il tenta de s'y intéresser. Il leva les yeux en entendant le pas lent et glissant de sa mère. Dans la galerie, sur la petite table ronde qui servait au repas d'Emilie, la vieillc Mélanie disposait toujours un petit napperon multicolore soigneusement repassé. Ambroise fixa sa mère sans un mot, la regarda s'asseoir et reprit sa lecture. Il l'entendit soupirer, comme si elle s'apprêtait à dire quelque chose, puis rien. Quand il releva la tête, il vit son regard fixe, perdu dans un ailleurs qui ne le concernait pas. Il voulut parler, mais ne trouva rien à dire. Elle sortit enfin de sa torpeur pour demander d'une petite voix flûtée :

— Tu lis quoi ?

— C'est... c'est un livre que j'ai trouvé là.

Il se leva pour ouvrir une fenêtre, peut-être pour se donner une contenance aussi. On entendit alors le bruit régulier de la faux de Lucien qui fauchait le regain, dans le grand pré, sur le côté du parc. Un instant après, c'est le bruit de la pierre à aiguiser sur la lame qui leur parvint, puis de nouveau le bruit régulier de la faux.

— Papa est parti ?

— Oui.

— Pour où ?

Elle soupira et laissa tomber, désabusée :

— Crois-tu qu'il se donne encore la peine de me le dire ? Il y a bien huit jours qu'il ne m'a pas parlé.

Elle se tourna et saisit sa clochette de cuivre. Un instant après, la vieille servante apparut, le chignon de travers. Sa grande jupe de drap brun traînait par terre.

— Mélanie, porte-moi donc la carafe et deux verres.

— Déjà, Madame ? Il est si tôt ! Midi n'a pas encore sonné.

— Porte-moi la carafe et deux verres, répéta Emilie, agacée.

Ambroise reposa son livre. Son visage s'éclaira un instant. Quand, un peu plus tard, Léon arriva avec le plateau du repas, la carafe était vide. Les yeux d'Ambroise brillaient un peu et sa mère, le regard perdu, regardait approcher le gamin sans vraiment le voir. Ce jour-là, elle ne fit pas repartir son assiette. Peut-être même ne se rendit-elle pas compte de ce qu'elle mangeait.

Une pluie grasse, épaisse, commença à tomber. D'abord quelques gouttes puis, en une minute, un véritable rideau. Des fenêtres de la maison, on ne voyait déjà plus la grange, à cinquante mètres de là. Un ruisseau commençait à se former au centre de la cour. Maria, dans la grande pièce du rez-de-chaussée, sa fille dans les bras, restait le front collé au carreau, à regarder dehors et à écouter gronder l'orage. Un claquement plus fort retentit, puis le bruit du tonnerre fit trembler la maison. Malgré elle, la jeune femme pâlit et serra un peu plus son enfant qui ne bougeait pas, qui ne pleurait pas non plus. Du fond du couloir réservé aux domestiques, on entendit Dominique crier.

— De l'eau ! Il y en a partout ! C'est inondé !

La veille, on suffoquait sous une chaleur moite qui vous collait les vêtements à la peau et, à présent, c'est comme si le ciel voulait se laver. Maria devina, sous les trombes d'eau, la silhouette de Lucien. Il courait vers la porte d'entrée, en bas de la cour. A chaque gros orage, il fallait calfeutrer la lourde porte de bois et de métal orné pour ne pas que l'eau envahisse tout jusqu'au salon.

Cette fois-ci, il faudrait éponger. Madame serait encore furieuse. Maria devina son pas lent et traînant au-dessus d'elle. La clochette de cuivre tinta. Elle posa sa fille dans le berceau de bois suspendu à une poutre et monta sans se hâter. Emilie, debout devant la fenêtre du billard, regardait la cour transformée en torrent.

— Qui a appelé ?

— C'est Dominique, Madame.

Emilie, le regard toujours fixé sur la pluie, demanda d'un ton acerbe :

— Tu as pensé à calfeutrer, bien entendu.

Maria serra les poings dans son dos et répondit, le plus calmement possible :

— Non, Madame.

— Eh bien ! Ma fille, tu es une sotte. Tu le sais, qu'il faut calfeutrer quand l'orage menace. Tu iras éponger, voilà tout.

Dans la cour, on vit passer de nouveau Lucien qui courait, la tête rentrée dans les épaules. La petite ombre de Léon le suivait. Le gamin, nu-tête, semblait trempé comme une soupe. Dans le hall, pestant et jurant, Dominique pataugeait en tentant maladroitement de repousser l'eau avec un balai de paille. La grande porte s'ouvrit à la volée. Lucien et Léon, le visage dégoulinant, s'arrêtèrent d'un coup en riant aux éclats. La grosse cuisinière, un instant décontenancée, prit le parti de rire, elle aussi, non sans lancer quelques imprécations bien senties. L'orage cessa d'un coup et la pluie se fit plus fine. On entendait maintenant le tonnerre gronder au-delà de la vallée, sur l'autre versant. Puis, timidement, un rayon de soleil perça au travers des platanes et, bientôt, on entendit de nouveau un chant d'oiseau. Seul le sol détrempé de la grande entrée témoignait encore de ce qui venait de se passer. Maria passa la main sur les cheveux de Léon.

— Va donc te sécher, que tu vas attraper mal.

Le gamin, par bravade ou par jeu, prit un air agacé.

— Laisse-moi, j'irai si je veux.

Lucien se retourna et lança, de sa voix haut perchée :

— Fais ce qu'elle te dit, *gouyat*[1], ou c'est moi qui te botte le derrière.

Dominique passa la tête par la porte de la cuisine.

— Allez, viens-t'en donc au coin du fourneau, tu sécheras plus vite.

Le gamin ne se le fit pas dire deux fois. Il fila se caler au coin du feu, sur la petite chaise de Dominique, une chaise interdite en temps normal. Maria remonta par le grand escalier. A mi-hauteur, une fenêtre éclairait un palier dont une planche fendue pliait toujours sous les pas sans jamais casser. Lucien devait la changer depuis des mois, mais ne trouvait jamais le temps de s'y mettre. Peut-être n'osait-il pas avouer qu'il ne savait pas le faire ? Une porte s'ouvrit dans le couloir au passage de la servante. Le visage défait d'Ambroise apparut dans l'entrebâillement.

— Ça... ça y est... c'est fini ?

— Oui, Monsieur Ambroise, c'est passé.

— Merci, Maria.

La porte se referma. La servante trouva Emilie debout devant la croisée grande ouverte de sa chambre.

— Vous allez vous mouiller, Madame.

Maria se précipita pour refermer.

— Laisse. Il ne pleut plus. Un peu d'air frais, ça chassera les microbes.

1. Petit garçon.

Maria fila chercher, dans la galerie, le châle de laine noire de sa patronne. Elle vint le poser sur ses épaules.

— Vous attraperiez mal.

Emilie, toujours immobile, restait sans un mot, les yeux dans le vide. En bas, le bébé commença à pleurer. Maria s'esquiva. Elle n'eut pas le temps de croiser le regard que lui lança sa maîtresse.

Léon approcha de la porte de la grange en prenant soin de ne pas crotter le bas de son pantalon. Lucien, assis sur un petit tabouret à trois pieds, trayait une des vaches rousses et trapues. L'animal tapa du pied. Les longs jets de lait sonnaient dans le seau de zinc avec régularité. Léon aimait cet endroit, ces murs poussiéreux, l'odeur du foin entassé à l'étage, au-dessus des stalles. Une rigole de liquide sombre et puant traversait toute l'étable et venait se perdre devant la porte grande ouverte. Un peu plus loin, un autre battant donnait sur l'écurie. La mule y côtoyait un âne tout noir, au museau blanc. La carriole, rangée le long de la grange, reposait sur ses timons.

Quand il vivait encore chez ses parents, Léon aimait déjà garder les vaches. Il passait de longues heures assis dans l'herbe à écouter le vent, à respirer l'odeur de menthe sauvage mêlée à celle des bêtes. A l'époque il possédait un petit chien, une bête toute ramassée, au poil noir et dru. Depuis la disparition de son père, il vivait dans la Maison-Haute, placé comme domestique. Un petit domestique aux jambes trop longues, au visage encore enfantin, un gamin qui vivait au rythme des grands, sans égards pour son âge, un petit homme dont le regard trahissait parfois une gravité d'adulte. Lucien s'arrêta pour attacher la queue de l'animal à une cordelette qui pendait du plafond, puis reprit son geste régulier. Il aperçut l'ombre de l'enfant.

— Dis-moi, tu n'as rien de mieux à faire ?

Léon ne répondit pas. Il restait là sans bouger, à regarder cette haute silhouette obligée de se casser en deux pour traire les vaches. Enfin, il avança, balançant au bout de sa main un pot à lait de métal blanc.

— C'est pour Dominique, pour la caillade.

— Elle ne peut pas attendre, celle-là ?

Léon ne dit rien. Il fit un pas en avant, en prenant toujours garde à ne pas se crotter. Non pas qu'il fût particulièrement soigneux, mais parce que Madame n'hésitait pas à le houspiller quand sa tenue laissait à désirer.

— T'as qu'à traire toi-même, si tu es si pressé !

La mule, dans l'écurie, rua contre la cloison de bois de sa stalle. Lucien recula son tabouret, déplia sa grande carcasse.

— Approche donc, va, lança-t-il de sa voix aiguë.

Et avec soin, il versa le lait encore chaud dans le récipient de l'enfant.

— Ferme-le bien, surtout. Que tu n'ailles pas prendre des saletés dedans. Elle irait encore dire que c'est moi qui ne sais pas y faire.

Léon sourit. La cuisinière et Lucien vivaient comme chien et chat, toujours à se houspiller, à se disputer. Pourtant, tout le monde savait qu'ils ne se détestaient pas tant que ça, quand ils se retrouvaient seuls. Peut-être tout cela ne représentait-il qu'un jeu, un écran de fumée. En ressortant de l'étable, le petit domestique devina une silhouette qui descendait la grande allée.

Il prit bien garde à ne pas se montrer et repartit vers la cuisine en passant par le potager.

— Madame, c'est un monsieur qui demande après monsieur Ambroise.

La vieille Mélanie se tenait debout, le dos un peu voûté devant sa maîtresse. Emilie releva les yeux de son ouvrage. La lumière commençait à baisser. Le foin coupé la veille embaumait encore l'air.

— Et il veut quoi, ce monsieur ?

— Il ne m'a pas dit. Il a dit seulement, comme ça, si c'est bien ici qu'il habite Ambroise de La Coste ?

— J'arrive.

L'homme faisait les cent pas dans l'entrée. Les odeurs de cuisine lui ouvraient l'appétit. La petite planche du palier craqua. Il leva les yeux. Un sourire passa sur ses traits fins et bien dessinés. Sa peau d'une blancheur inaccoutumée tranchait avec le teint habituel des gens d'ici. Il tenait une paire de gants de cuir noir à la main. Il dégageait un parfum léger, un peu sucré.

— Vous souhaitez voir mon fils ?

— Bonjour, madame.

Elle ne se donna pas la peine de répondre ; passant devant lui, elle ouvrit la porte du salon et s'effaça pour le laisser entrer.

— Je vous en prie.

Il resta un instant immobile, hésitant à répéter son bonjour puis, se ravisant, il attendit que la maîtresse de maison fût dans la pièce avant d'y pénétrer.

— Et vous lui voulez quoi, à Ambroise ? demanda-t-elle.

— Nous... nous sommes en affaires, lui et moi. Et comme je passais...

— On ne passe jamais par ici, laissa tomber Emilie du bout des lèvres. Si vous êtes là, c'est bien que vous l'avez voulu. Vous n'êtes pas d'ici ?

— Je suis de Paris, madame.

— Et... vous avez fait toute cette route ?

Le sourire de l'homme s'effaça d'un coup.

— Madame, votre fils est ici, oui ou non ?

Emilie prit un air pincé. Elle le frôla sans un regard.

— Restez là, je vais le chercher.

Ambroise reparut longtemps après, pâle, les cheveux défaits. Personne n'avait entendu l'homme repartir. Armand mangeait en silence, assis au bout de la longue table de la salle à manger. Emilie tourna la tête et Gustave fit mine de se lever quand son frère entra dans la pièce. Armand prit le temps de finir son verre.

— Assieds-toi.

— Non, je... je dois repartir ce soir.

Gustave regarda son père, puis son frère et enfin de nouveau son père. La vieille Mélanie posa un plat sur la table et disparut dans le couloir menant à la cuisine.

— Tu repars comme ça, brutalement ? C'est quoi, cette histoire ?

— Père, c'est compliqué. On m'attend.

Ambroise restait là, planté, à danser d'un pied sur l'autre. Puis, n'y tenant plus :

— Père... pour... pour ce que tu sais. Je dois partir. Tu peux... ?

Armand repoussa lentement son assiette, posa sa serviette sur la nappe et se leva en grognant.

— C'est bien la dernière fois, crois-moi ! La dernière fois.

Puis il disparut, suivi de son fils. Un instant plus tard, Armand reprenait sa place, sans un mot. Ambroise embrassa sa mère sur le front, jeta un regard à son père, qui ne s'occupait déjà plus de lui.

— A bientôt là-bas, hein ? lança-t-il à son frère.

Gustave se racla la gorge et fit, d'une voix sourde :

— Sois prudent sur la route.

On entendit un instant plus tard le moteur de la petite auto rouge pétarader et s'éloigner, suivi d'un autre bruit de moteur, plus souple, plus moelleux. Armand se tourna vers son épouse.

— C'est quoi, cette histoire ?

— Je ne sais pas, mon ami.

— Et toi, Gustave, tu sais ?

— Une histoire... enfin, un gars qui est en affaires avec lui. Je crois qu'Ambroise lui a vendu du bois.

Armand releva la tête, les sourcils froncés.

— Du bois ? Et il le tiendrait d'où, ce bois ?

— Je ne sais pas, père.

Armand se versa à boire. Par la fenêtre ouverte, on distinguait encore une lueur rougeâtre au-dessus de la colline. Le soleil finissait de disparaître.

Sur la place du village, Léon regardait s'éloigner les deux autos, celle de l'homme en noir, une grosse berline aux chromes étincelants, et celle, un peu ridicule, d'Ambroise, qui fit une embardée au premier virage, à la sortie du bourg. Il fallut attendre un bon mois avant qu'il ne se manifeste de nouveau. Une simple lettre, dans laquelle il demandait encore une fois à son père de l'aider financièrement.

3

Maria appela doucement :

— Léopoldine, voilà l'heure de se lever.

L'enfant allait sur ses deux ans. Elle ouvrit un œil lourd de sommeil. Une lumière crue pénétrait par le chien-assis qui faisait office de fenêtre. Un silence inhabituel régnait, dans la maison comme dehors. Maria frissonna. Sa fille lui ressemblait. Pourtant, si les traits de Maria restaient ingrats, ceux de la petite, eux, respiraient la beauté. Un rien, un détail, une expression, quelque chose d'indéfinissable transformait cette laideur en charme, lui donnait une harmonie que ne possédaient pas les traits de sa mère.

— Allez, viens avec moi, on va aller mettre à chauffer le bouillon, tu veux ?

L'enfant repoussait la vilaine couverture et s'asseyait, les jambes pendantes au bord du lit. Maria la couvrit d'un châle de laine écrue et, la petite dans les bras, approcha de la fenêtre. Le parc et les prés alentour disparaissaient sous une épaisse couche de neige. Une trace de pas menait déjà d'un côté de la terrasse à l'autre. Lucien, sans doute, qui se levait toujours avant le jour.

— Tu vois, dehors ?

Les yeux de l'enfant brillaient devant ce spectacle qu'elle découvrait pour la première fois. Dans la cuisine, Dominique tisonnait le fourneau à l'aide d'une longue tige métallique. Des brassées d'étincelles rouges jaillissaient, qui disparaissaient aussitôt en s'élevant dans l'air glacé. Maria poussa la porte, sa fille dans les bras. La cuisinière se retourna et lança :

— Vois-tu qui est là, *petinote* ? Ne reste donc pas au froid comme ça. Viens-t'en t'asseoir là.

Elle tirait une petite chaise à elle.

Maria déposa l'enfant avec douceur sur le siège et resserra son châle. Un bruit de pas leur parvint de l'entrée. Dominique suspendit son tisonnier à un clou et replaça les cercles de fonte sur le fourneau. Il y eut un bruit dans l'escalier.

— Voilà le Léon, à présent. Il se lève bien tard.

Maria jeta un coup d'œil à la grande pendule, derrière elle.

— Il est plus de huit heures !

L'adolescent passa une tête hirsute par la porte. Au-dessus d'eux, on entendait les pas d'Armand qui se réveillait à peine, lui aussi.

— Décidément, ce matin, tout le monde fait la grasse matinée, à ce que je vois, fit Dominique en souriant.

Maria, levée avec les poules, avait déjà eu le temps de préparer le plateau de Madame, d'allumer le feu dans la petite cheminée jouxtant la galerie et de réchauffer le bol de bouillon de sa fille. Léon se laissa tomber sur un banc devant la longue table de bois et prit son visage entre ses mains.

— Dis-moi, c'est les filles qui te mettent dans cet état ? lui lança Maria, un peu moqueuse.

L'enfant rougit jusqu'aux oreilles.

— Tais-toi, toi. Qu'est-ce que tu en sais ? répliqua-t-il d'une voix mal assurée.

Puis, pour changer de sujet :

— Il a bien neigé cette nuit, hein ?

— Tu as remarqué, toi aussi ? fit Dominique gaiement.

Lucien poussait la porte de la terrasse. Un souffle d'air glacé pénétra dans la pièce. Il tapa ses sabots pleins de neige contre la pierre de seuil.

— Tu resteras à l'étable aujourd'hui, Léon. Tu me feras prévenir quand la Rousette commencera à vêler. Je vais aller dormir un peu.

Le gamin sourit. Ce soir, un petit veau serait là. Et puis, il n'aurait pas à porter son repas à Emilie, à l'autre bout de la maison. Lucien se laissa tomber à son tour sur le banc. Dominique posait déjà devant lui une tourte et un verre. Elle surprit le regard amusé de Maria. Léopoldine grignotait un quignon de pain. Le bol de bouillon fumait devant elle. Dehors, la neige recommençait à tomber. Tout à l'heure, il faudrait dégager la grande allée. Et casser la glace dans l'abreuvoir, ainsi que dans le grand bac de pierre, dans le coin de la cour, pour y puiser l'eau de la toilette et de la cuisine. On entendit une porte claquer au premier étage et les pas un peu lourds d'Armand. La petite planche craqua sur le palier. Quand il poussa la porte, il fit des yeux le tour de la pièce et respira à pleins poumons la bouffée d'air tiède. Il régnait là une odeur particulière, mélange de chaleur humaine, de relents d'étable et de parfums de cuisine.

— Finissez d'entrer, monsieur Armand, que si vous nous laissez la porte ouverte, le froid va entrer aussi.

Il referma avec soin et s'approcha de l'enfant, qui lui sourit. Maria sentit un peu de rouge monter à ses joues.

— Tu as bon appétit ce matin, *petinote*.

Il s'assit à côté d'elle et, sans plus dire un mot, la regarda finir son bout de pain.

— Je vous fais monter à manger dans votre chambre, monsieur ?

— Non, Dominique, je casserai la croûte ici, avec vous.

Puis, tourné vers Léon :

— Quant à toi, tu me feras le plaisir de monter te coucher plus tôt, la prochaine fois. Si tu continues à lire la nuit, tu vas me brûler toutes les chandelles de la maison avant Pâques.

Léon cherchait une contenance, gardant les yeux baissés.

— Tu as encore lu jusqu'à plus d'heure ?

Le gamin, pour ne pas devoir répondre, mordit dans son pain avec rage. Le soir, quand la fatigue lui cassait les jambes, quand ses bras, douloureux d'avoir trop manié la pelle ou la fourche, ne pouvaient plus travailler, il aimait à se mettre au coin du fourneau encore tiède pour dévorer tout ce qui lui tombait sous la main. Journaux, livres et, surtout, *La Mode illustrée* d'Emilie, qui l'entraînait dans un monde qui le faisait rêver. Les derniers potins de la mode, les plus belles femmes, dessinées dans des décors d'une richesse infinie, des coiffures toutes plus compliquées les unes que les autres, tout cela le transportait dans un autre univers, inaccessible, un univers qui ne serait jamais le sien, un monde chimérique. Pour cela, il chipait des bouts de chandelle où il le pouvait et, seul dans son halo de lumière vacillante, il se brûlait les yeux jusqu'au sommeil. Armand tendit le bras et l'ébouriffa en riant.

— Sacré *gouyat*, qu'est-ce qu'on va faire de toi ?

Le gamin releva la tête.

— C'est vrai qu'on va avoir la guerre ? demanda-t-il d'une voix mal assurée.

— La guerre ? Et qui te parle de ça ?

— Je... j'ai vu ça dans le journal, hier soir.

Lucien, qui venait de vider son verre de vin, laissa tomber avec aplomb :

— Voilà ce que c'est que de leur apprendre à tous à lire. Ça leur met des idées dans la tête.

— Tu en dis des âneries, toi ! fit Dominique d'un ton enjoué.

Armand ne souriait plus.

— Ça m'apprendra à laisser traîner le journal.

Puis, après un temps :

— Léon, c'est vrai, ce qu'on dit. Mais il nous faut prier pour que ça ne vienne pas. Après tout, ce « Führer », là, il a promis de respecter les frontières. Alors, pourquoi tu t'inquiètes ?

Par la fenêtre, on voyait maintenant tomber de gros flocons qui commençaient à coller aux carreaux.

— N'empêche, lança Lucien, moi, la guerre, je l'ai faite. Je n'ai pas envie d'y retourner ! Pas vrai, Monsieur Armand ?

— Tu as raison, mais on n'en est pas encore là.

Puis, après un instant :

— Madame n'a pas encore sonné ?

— Non, fit Maria.

— Dominique, vous donnerez un peu d'eau tiède pour la toilette de la petite.

On lavait l'enfant sous la plus grande des fenêtres, dans un évier creusé dans un bloc de granit. Une odeur de savon flottait ensuite dans la pièce pendant un long moment.

— La vache n'a pas vêlé ?

— Non, Monsieur. C'est Léon qui va aller attendre maintenant. Moi, j'ai veillé toute la nuit.

Armand se tourna vers le garçon :

— N'oublie pas de casser la glace, hein ?

Devant le visage renfrogné de Léon, il partit d'un grand éclat de rire.

L'hiver n'en finissait pas. La neige recouvrait tout depuis deux mois. Elle se transformait par endroits en une boue sale et glissante. Devant l'étable, Lucien la dégageait chaque matin à la pelle. Les corps s'épuisaient à lutter constamment contre ce gel qui semblait prendre possession de tout : de l'air, des pierres, des murs, des poutres, et même des planchers si soigneusement cirés. Seule Léopoldine semblait se moquer du froid. Armand lui avait rapporté de Tulle un manteau de drap épais. Il lui donnait l'air d'une grosse poupée. Elle ne le quittait pas de la journée, Maria y prenait garde. La vieille Mélanie se tenait le plus souvent sur une petite chaise basse, à côté du fourneau. Elle y passait de longues heures, de ces heures de vieillard, des heures interminables qu'elle semblait ne pas voir s'écouler. On ne lui demandait plus grand-chose. Armand y veillait. Il aimait la vieille femme.

La maison vivait au ralenti, chacun prenant soin de se préserver le plus possible en attendant un redoux qui ne venait pas. Le foin baissait inexorablement dans la grange. Il serait bientôt temps de ressortir les bêtes. La seule chose qui réjouissait Lucien était que, cette année, avec ce froid et cette neige, le sol ne serait pas envahi de vermine. Avec un peu de chance, les récoltes seraient bonnes.

Ambroise semblait enfin s'être fait une situation à Paris. En tout cas, il ne demandait plus d'argent à son père depuis quelque temps. L'affaire des bois venait de se solder par un procès. Gustave, lui, ne donnait que peu de nouvelles. Dans une de ses dernières lettres, il disait vouloir devenir impresario. Il fallut expliquer à Emilie ce que cela signifiait et elle en perdit le sommeil pendant plusieurs nuits.

Puis, un matin, on eut le sentiment que la morsure de l'hiver se faisait plus douce. En bas du pré, on revit même un carré d'herbe affleurer sous la couche de neige. Il fallut attendre encore une bonne semaine avant qu'elle fût toute fondue.

Dans une de ses dernières lettres, Gustave disait que son travail commençait à bien marcher. Il y parlait de ces artistes qu'il fréquentait, de ce monde de la nuit, des paillettes et de la fête. Invariablement, Armand lisait à haute voix les courriers dans le grand salon. Emilie écoutait, sans un mot. Léon, tapi derrière la petite porte de la cuisine, ne perdait pas une miette de ces lectures. Un jour que Gustave racontait un voyage à Deauville avec une midinette qui se rêvait actrice, Léon entendit parler de la mer pour la première fois. Gustave décrivait un horizon qui se perdait si loin que l'on se prenait à imaginer voir le bout de la terre, l'extrémité de l'infini. Ces mots le poursuivirent longtemps. Il tentait de se représenter un tel spectacle, lui, le petit Limousin qui ne connaissait d'horizon que ses montagnes et ses vallées. Il savait juste qu'au loin, après la deuxième colline, tout là-bas, coulait la Dordogne, le fleuve-rivière qui rejoignait la mer.

Un matin, Mélanie ne se leva pas. Armand resta auprès d'elle trois jours et trois nuits, lui tenant la main, caressant son front et ses cheveux, lui parlant pour la rassurer. Puis, au matin de la troisième nuit, il sentit la main de la vieille devenir toute molle. Ce jour-là, pour la première fois depuis de longs mois, un oiseau chantait dans le parc. Il ne pleura pas. Le soir même, il délaissa sa chambre et monta au grenier gratter à la porte de sa maîtresse. Il s'endormit sans même se déshabiller sur le vilain lit de métal, à côté de sa fille.

— Papa, mort aussi ? demanda-t-elle.

Maria sourit.

— Non, *petinote*. Il est triste. Alors, pour ne pas pleurer, il dort. Couche-toi, maintenant, et dors aussi.

L'enfant s'allongea, tira la couverture à elle et, après un instant, fit d'une petite voix posée :

— Moi aussi, si je dors, je pourrai pas pleurer ?

— Oui, *petinote*, toi aussi. Alors tu dois dormir.

Un bout de chandelle finissait de brûler sur la table de nuit. Il répandait une lueur qui donnait à la pièce une atmosphère chaleureuse avec ses zones d'ombre et ses coins plongés dans le noir. Dehors, la pleine lune éclairait le parc d'une lumière grise qui effaçait les couleurs et allongeait les perspectives. Maria retira les souliers d'Armand puis, sans un bruit, elle cala sa tête contre l'oreiller et replia la couverture sur ses jambes. Quand il s'éveilla, le soleil brillait déjà. Il regarda autour de lui, surpris. Un rayon de lumière jouait sur son visage. Dans son lit, Léopoldine le regardait, sans oser bouger. Il s'assit sur le bord du lit, contempla sa fille et voulut lui parler. Elle posa alors un doigt sur ses lèvres en murmurant :

— Chut, maman dodo.

Il se retourna. Maria, assise sur une petite chaise à demi démantibulée, se tenait appuyée contre le mur, une pauvre couverture sur le corps. Son chignon défait pendait sur sa nuque.

— Monsieur, Monsieur…

Léon arrivait en courant, le visage rouge. Armand, assis sur la terrasse, dans son fauteuil d'osier, sirotait un verre d'une liqueur verdâtre. Un peu d'air agitait les feuillages naissants des grands arbres, au-dessus de lui. La façade de la maison se chauffait, elle aussi, à ce premier soleil de printemps. L'alignement des fenêtres, toutes ouvertes, et les bruits familiers venant de la cuisine composaient un décor rassurant, paisible. Le gamin s'arrêta à quelques pas du vieil homme et, le souffle un peu court, le regard impatient, lança :

— C'est un monsieur avec une voiture. Il fait dire à Monsieur que sa commande est là.

Un grand sourire éclaira le visage d'Armand. Il posa son verre sur la petite table de rotin à côté de lui et se leva. Léon trottinait derrière pour tenter de le suivre.

— C'est… c'est pour le poste de TSF ? demanda-t-il, essoufflé.

— Et pour quoi penses-tu que ce soit, *gouyat* ?

Armand traversa la cour et aperçut, de l'autre côté du portail resté ouvert, une petite camionnette sans âge. Une odeur d'essence, d'huile et de fumée d'échappement régnait autour de l'engin. Un homme en blouse grise attendait, debout contre le marchepied.

— Salut, Lanau. Vous avez fait bonne route ?

— Bonjour, monsieur Armand. J'ai votre engin, là. Je l'ai reçu hier. Je vous le porte de suite, comme vous me l'avez fait demander.

Sur le petit plateau du véhicule, une caisse de bois blanc tenait presque tout l'espace.

— C'est lourd ?

— Un peu, oui.

— Léon, va chercher Lucien, demanda Armand dans un grand sourire.

Le gamin ne se le fit pas dire deux fois.

— Et fais porter tout ça au salon.

— Oui, Monsieur.

Puis, tourné vers Lanau :

— Vous êtes sûr que ça va marcher ici ?

— Vous faites pas de souci.

— Et ce n'est pas trop dur à faire fonctionner ?

— Un enfant s'en amuserait.

Tout en parlant, les deux hommes traversèrent la cour et poussèrent la porte d'entrée. La clochette tinta. Ils pénétrèrent dans le salon. Lanau s'arrêta, impressionné par la beauté de la pièce. Armand le regardait sans oser dire un mot. On entendait, au-dehors, Lucien et Léon qui arrivaient en ahanant sous le poids du colis.

— Dites-moi, vous n'avez pas l'électricité ? fit Lanau en fixant le plafond.

— Si, pourquoi ?

— Mais où sont les ampoules et les prises ?

Armand leva la main et laissa tomber :

— Pas de ça chez moi. On y voit bien assez clair comme ça !

— Ce n'est pas la question, monsieur de La Coste : moi, j'ai besoin de courant pour faire marcher votre TSF.

Armand resta sans voix, pris en défaut.

— Et alors, comment on fait ? murmura-t-il enfin.

Lanau sourit en passant sa main calleuse contre son visage.

— Dites-moi juste où elle arrive, l'électricité, et je vous arrangerai ça.

Léon dégoulinait de sueur. Lucien, courbé en deux, entra en maugréant dans la grande pièce.

— Posez-le sur la table haute, là.

Emilie observait toute cette agitation sans que personne ne lui prête attention. C'est à la tombée du jour que les premiers sons s'élevèrent dans la pièce. Au début, quelques crachements, puis quelques sifflements et, enfin, une mélodie lente et un peu triste. Un violon qui venait d'on ne sait où, comme un souffle arrivant de nulle part. Lanau, le visage un peu rouge des petits verres ingurgités tout au long de l'après-midi, se releva, recoiffa ses cheveux du plat de la main et lança, heureux :

— Je vous l'ai réglée sur Paris. Si vous voulez Toulouse ou Limoges, vous tournez la molette, là, et quand le voyant ici passe entièrement au vert, c'est que la qualité est maximale. Vous avez compris ?

Armand grommela, un peu dépassé :

— De toute façon, Paris, ça ira bien. Il n'y a pas de raisons d'aller chercher ailleurs. Merci, monsieur Lanau.

Quand la camionnette pétarada sur la route de Tulle, Armand se laissa tomber sur un des canapés de velours rouge et ferma les yeux. Derrière la petite porte de la cuisine entrouverte, Léon tendait l'oreille pour tenter de capter, lui aussi, un peu de ce monde venu de si loin. Emilie entra dans la pièce pour venir se camper sous le grand lustre de verroterie.

— Et tout ça va nous coûter combien ?

Armand rouvrit les yeux et la regarda un long moment, sans un mot. Enfin, du bout des lèvres, il lâcha :

— Moins que les frasques de vos fils à Paris. Et puis, avec ce qui se passe en ce moment, je veux être au courant des nouvelles.

Emilie, la démarche un peu floue, vint s'asseoir face à lui. Armand semblait de nouveau absorbé par l'écoute de cette voix à l'accent pointu et au français étrange, un français auquel il devait s'habituer. La voix d'Emilie s'éleva par-dessus celle de la radio, une voix de petite fille, étrangement douce :

— Armand, si nous faisions la paix, maintenant ?

Son mari tourna le bouton de l'appareil. Le silence se fit. Il se leva, frotta ses yeux et répondit, d'un ton ferme :

— Je crois que c'est trop tard, maintenant, trop tard.

Puis, la main sur la poignée de la porte :

— Bonne nuit quand même.

Quand il entra dans sa chambre, Maria remua à peine la tête. Elle jonglait avec les petits fuseaux de bois de son carreau de dentellière. Dans un coin, Léopoldine jouait avec une poupée de chiffon. La pièce n'était éclairée que par une bougie placée contre une boule de verre remplie d'eau, posée à côté de la servante. Armand resta un instant debout, sans un mot, à regarder ce spectacle qu'il aimait tant. Puis, s'avançant au centre de la pièce, il déclara :

— Il faudra bien que je te fasse mettre une ampoule électrique. Tu te ferais moins mal aux yeux.

Maria ne répondit pas tout de suite. Elle termina sa combinaison de fils avant de murmurer, sans lever le visage :

— Moi, ça me va bien comme ça. Mais c'est comme vous voulez. A ce qu'il paraît que l'épicière en a fait poser une chez elle, alors pourquoi pas vous ?

Léon ouvrit la porte de sa chambre, sous les toits, à côté de l'immense grenier qui lui faisait si peur. Il descendit à pas de loup l'escalier. Une faible lumière filtrait sous la porte du salon. Là aussi, on venait de faire poser une ampoule, un simple fil qui pendait du plafond, une ampoule qui valait à peine une bougie. Depuis que la radio trônait dans la grande pièce tendue de rouge, Armand ne manquait jamais de venir, le soir, après le dîner, s'asseoir devant le poste pour écouter ces voix venues de si loin, ces voix dont il ne savait rien, ces voix qui, elles, en revanche, semblaient tout connaître. Léon passait ses soirées assis derrière la porte, à même le sol de pierre glacé, à tenter de saisir des bribes de sons.

Maria descendait à présent son carreau tous les jours au salon, dès la nuit tombée, et, assise sous l'ampoule, faisait danser ses fuseaux. Leur cliquetis régulier lui valait parfois des « chut » impératifs au moment des journaux parlés. Léon attrapait au vol des mots qu'il ne comprenait pas. Depuis quelque temps, quelques-uns revenaient souvent : Munich, Hitler, Daladier ou encore Chamberlain. Un, surtout, le faisait rêver, un nom de pays : Tchécoslovaquie. Les paroles d'Armand venaient souvent en surimpression du poste, un Armand qui commentait les informations dans de grands éclats de voix indignés, prenant à témoin une Maria qui répondait invariablement : « Oui, oui, vous avez raison. » Léon aurait tant voulu s'asseoir, lui aussi, devant le cadran constellé de chiffres et de noms étranges : Istanbul, Paris,

Madrid, Londres. Une fois, une seule, il avait tenté d'allumer l'engin, mais sans y parvenir.

Le mois d'août touchait à sa fin. Les premières pommes commençaient à mûrir. Dominique et Lucien passaient tous les jours cueillir les fruits avant qu'ils ne tombent et ne s'abîment. Le fruitier, une petite pièce en U derrière la salle à manger, commençait à se remplir. Une odeur douce et entêtante y régnait. Lucien rentrait du bois qu'il stockait devant la grange et sous la galerie. Il se servait de la mule, attelée à un tombereau long et étroit. Toute la journée, on entendait cogner la hache, de l'autre côté de l'étang. Puis, en tendant bien l'oreille, quand les coups cessaient, on pouvait saisir le bruit de la scie, une scie à la lame épaisse, emmanchée dans un carré de bois tendu d'une corde. Quand il revenait, le soir, la charrette pleine, ses cheveux disparaissaient sous la sciure. Il allait alors se plonger la tête dans un seau d'eau tiré à l'abreuvoir pour se rincer le visage en soufflant.

De temps à autre, Léon le suivait sur ses jambes trop fines pour en faire un bon paysan. Le gamin rentrait le soir, épuisé, le corps douloureux et l'esprit ailleurs. Dominique ne manquait jamais d'en faire le reproche à Lucien et cela donnait des moments cocasses. Ces deux-là ne voulaient rien laisser paraître de leur relation, mais leurs coups de gueule ressemblaient plus à des scènes de ménage qu'à autre chose.

Ce jour-là, Léon remontait lentement du fond du vallon, tenant la mule par la bride, quand il perçut la pétarade caractéristique de la voiture d'Ambroise. Comme à son habitude, il arrivait sans prévenir. Le gamin sourit. Lucien, qui marchait quelques pas derrière, grommela :

— C'était trop beau, voilà les ennuis qui reviennent !

— C'est Monsieur Ambroise, répondit Léon, comme on annonce une bonne nouvelle.

— Celui-là, il ne pense à ses parents que quand il a besoin de sous.

La petite voiture rouge, de plus en plus délabrée, vint se garer devant l'église, dans un nuage de poussière. Ambroise resta un instant assis derrière son volant, sans bouger, de grosses lunettes sur le nez, sa pelisse bien fermée. Puis, relevant le visage, il aperçut le fermier et le gamin qui approchaient.

— Alors, Lucien, toujours vaillant ?

— Oui, Monsieur Ambroise, toujours vaillant, vous voyez.

— Et le petit ! Dis-moi, tu as drôlement poussé, toi ! Attention les filles !

Léon se sentit rougir jusqu'aux oreilles. Ambroise partit d'un grand rire mi-moqueur mi-méchant.

— C'est vrai que par ici, les filles... enfin ! Les vieux sont là ?

Ce fut au tour de Lucien de rougir.

— Monsieur Armand, oui, Madame, je ne sais pas, balbutia-t-il.

Ambroise, qui comprenait à demi-mot, saisit ce que cela signifiait. Sa mère devait se trouver quelque part dans le village, peut-être avec Géraud, le sabotier, ou Elie, un paysan installé en bas du bourg. Peut-être aussi avec un nouveau venu, un homme de passage. Elle n'y pouvait rien. Depuis toujours, elle disparaissait ainsi quelques heures, parfois une journée entière, et reparaissait le soir, sans rien laisser voir. Armand le savait, lui aussi, et laissait faire. Il vivait sa vie de son côté. L'amour de Maria, la disgracieuse Maria, suffisait à le rendre heureux. De qui étaient ses fils, de lui ou d'un autre ? Il préférait ne pas se poser la question. Ambroise ne lui ressemblait pas, et il le traitait souvent plus en étranger qu'en membre de la famille.

Au bruit de la petite auto, il soupira, referma son cahier de comptes, descendit le grand escalier et vint se camper au bout de l'allée. Il regarda son fils approcher, le visage fermé.

— Bonjour, papa.

— Bonjour. Tu es venu me demander de nouveau de l'argent ?

Ambroise se troubla.

— Mais non, voyons, qu'est-ce que tu vas chercher ?

Il pénétra dans l'entrée.

— Toujours aussi sinistre, ici. Comment fais-tu pour vivre là toute l'année ? C'est terrible !

Le visage d'Ambroise commençait à trahir son mode de vie. L'alcool et les nuits blanches laissaient à présent sous ses yeux de lourdes poches violacées. Sa peau, pâle et malsaine, semblait bouffie. Il respira à pleins poumons.

— Dominique est en train de faire du mouton ?

Tout en parlant, il s'avança vers la porte de la cuisine, qu'il ouvrit à la volée. La grosse femme se retourna en souriant.

— Monsieur Ambroise ! Vous êtes tout seul ?

— Oui, Dominique. Josette, tu sais, la campagne, elle n'aime pas bien ça. Et puis la voiture non plus, alors...

Puis, après un temps :

— J'ai appris pour Mélanie.

Armand tourna la tête. Dominique prit un air lugubre. Ambroise poursuivait :

— C'est pour Maria que ça a dû être dur, non ?

Devant le silence gêné qui s'installait, il crut bon d'insister.

— Hein ?

Alors, d'une voix blanche, Armand laissa tomber, le ton lourd de mépris :

— Pour nous aussi, Ambroise, pour tout le monde.

La porte de la terrasse s'ouvrit en grinçant. Une petite silhouette toute menue s'encadra dans la lumière. Léopoldine, devant cet homme qu'elle ne reconnaissait pas, resta un instant interdite, puis vint se jeter dans les jambes de son père. Maria parut à son tour. Son visage ne trahit aucune émotion à la vue du jeune homme. Elle se contenta de demander, en le voyant :

— Un couvert de plus, ce soir ?

— Oui, Maria, un couvert de plus, répondit le vieil homme en soupirant.

Armand se leva avec les premières lueurs. L'horizon, par-delà les montagnes, commençait par rougeoyer un peu. Un rayon de lumière, plus puissant que les autres, semblait vouloir percer la cime des arbres. Quand la brume se levait en même temps que le jour, on ne distinguait plus, parfois, qu'un vaste halo de lumière intense qui laissait lentement la place à un paysage comme nettoyé des souillures de la veille, un paysage aux couleurs toutes neuves, toutes fraîches. Armand aimait ces instants-là. Il savait que Lucien et Léon s'affairaient déjà à l'étable ou dans les champs. Au-dessus de sa tête, il entendait Maria qui parlait doucement à sa fille.

Dominique tisonnait son fourneau. Mais Armand voulait croire qu'il découvrait le monde chaque matin avant tous les autres. Il descendait donc par le vilain escalier de bois brut, à l'autre bout de la maison, et filait faire le tour du parc, le pas lent, les pensées ailleurs.

La veille au soir, son fils et lui, réunis autour de la radio, avaient veillé tard sans se dire plus de dix mots. Sa mère, au détour d'une phrase, demanda, plus pour entretenir la conversation que par curiosité :

« Et ta petite famille ?

— Elle va bien, répondit Ambroise, laconique. Josette est chez sa mère. »

Puis la conversation glissa sur un autre sujet, le temps ou la guerre qu'on pressentait, et ce fut tout. Comment leur expliquer que Josette ne vivait pratiquement plus avec lui ? Comment leur dire qu'il ne restait là que pour s'éloigner de Paris, se « mettre au vert » ?

Ce matin-là, quand Ambroise poussa la porte de la cuisine, Maria releva à peine la tête. Elle donnait à manger à sa fille. Dominique se retourna en souriant.

— Monsieur Ambroise, un peu de bouillon ?

— Non, Dominique, merci. Mais si vous avez un peu de café, pourquoi pas.

— Je vous le fais servir au salon ?

— Non, je vais le prendre ici, avec vous. L'autre pièce est glaciale.

Maria ne disait toujours rien. Un bruit de pas au-dessus d'elle, puis les pas d'Armand, dans l'escalier. Elle esquissa enfin un sourire. Une odeur de pomme flottait dans la maison, entêtante, sucrée, douce. Le fruitier, plein à craquer, débordait et on devait maintenant stocker les fruits dans la grande cave, creusée à même le granit, à côté des grands bacs en bois pleins de pommes de terre. Dans un coin de la cuisine, la caillade répandait une odeur plus sure, plus acide. Armand resta planté un instant dans l'encadrement de la porte, le cheveu en bataille, à regarder tout son monde, sans dire un mot.

— Bonjour, Ambroise.

Puis, toujours bougon :

— Tu sais que ça n'est pas ta place, ici. Pourquoi tu ne prends pas ton petit déjeuner dans ta chambre ?

Ambroise rougit, balbutia une réponse indistincte et vida son bol avant de se lever et de filer. Son père lui parlait encore comme à un enfant, et devant les domestiques !

C'est le lendemain qu'une lettre de Gustave arriva. Il annonçait sa venue dans quelques jours. Pour lui non plus, les affaires ne devaient pas être florissantes à Paris, et il venait se réfugier ici le temps de se refaire une santé. Léon afficha un grand sourire. Gustave arrivait toujours avec des histoires de vedettes, de chanteurs, de concerts, de ces paillettes du Tout-Paris qui faisaient tant rêver le gosse quand il se plongeait dans les revues d'Emilie. Peu importait qu'elles fussent vraies ou non, ces histoires. L'important, pour lui, c'était de pouvoir rêver ensuite de longues heures à ce monde qui l'attirait tant et qui lui paraissait si loin.

Gustave débarqua donc un matin de septembre. Le bus le déposa sur la place du village, au milieu d'un nuage de poussière. Emilie l'épiait derrière une des fenêtres de la galerie. Armand, sur sa carriole, revenait de Dieu sait où. Allongé sur son lit, Ambroise fumait une cigarette à bout doré, une cigarette à l'odeur douce et sucrée. Depuis quelques jours, Armand attendait le moment où son fils lui demanderait de nouveau de l'argent. Mais le jeune homme semblait hésiter. Pourquoi restait-il là, à ne rien faire, sans donner signe de vie même à sa femme ? Pourquoi, le soir, venait-il écouter avec tant de soin le journal parlé, au point de faire de grands gestes pour faire taire son père lorsque celui-ci, à son habitude, commentait à haute voix les informations ? L'atmosphère devenait insensiblement poisseuse. Maria détestait chaque jour un peu plus cet intrus. Elle le redoutait aussi. Léon, lui, admirait ses costumes toujours impeccables. Un, surtout, retenait son attention, un costume gris à rayures blanches, un vêtement improbable, mais qu'il portait avec dédain lorsqu'il ne sortait pas de la propriété. En revanche, s'il devait aller faire un tour dehors, il mettait toujours un vieux pantalon et une simple chemise blanche, qui faisait ressortir son teint bouffi par l'alcool.

— Maria, tu feras servir le souper ?

Armand, assis devant la grande table ovale, dans la salle à manger mal éclairée, tutoyait maintenant sa maîtresse devant sa propre femme, sans plus aucune vergogne. Emilie baissa le nez. Ambroise écrasa sa cigarette à peine entamée et Gustave, amusé, sourit devant la mine de sa mère. L'air doux entrait par la porte ouverte sur le parc. Un bruissement dans les hautes branches, le chant d'un hibou au loin et, quelque part dans le lointain, un chien qui aboie. Gustave, toujours souriant, malgré l'ambiance pesante, lança en riant :

— C'est la fête au château ou quoi, ces jours-ci ?

Ce fut au tour de sa mère de se détendre.

— Ton père semble soucieux, ces derniers temps.

Maria entrait, portant une soupière de grès émaillé de vert. Elle la posa au centre de la table, sans même proposer de faire le service. Armand la dévisagea, surpris. Elle ne lui adressa pas le moindre regard. Gustave rompit de nouveau le silence.

— Tu as allumé la radio hier ?

Il parlait à son père, mais c'est Ambroise qui répondit.

— Oui. A mon avis, c'est pour bientôt.

— La guerre ?

— Oui, la guerre.

Puis, après un temps :

— Au moins, si ça pouvait nous débarrasser de tous ces youpins et de ces communistes au gouvernement, ça nous...

Il ne put terminer sa phrase. Armand venait de donner un tel coup de poing sur la table que son verre s'était renversé. Le vin coulait sur la nappe sans qu'il parût s'en soucier. Les dents serrées, le visage blême, il souffla, comme on retient une tornade naissante en soi :

— Ne redis jamais des choses pareilles. Je ne veux plus jamais entendre ces mots chez moi. Ici, on parle de Juifs, pas de youpins ! C'est bien compris ? La prochaine fois, tu fais tes valises et tu repars. Ici, on n'est pas chez Doriot ! Et le prochain qui parle politique à table, je lui casse ma canne sur le dos, c'est compris ?

Le silence qui suivit parut durer un monde. C'est Gustave le premier qui, de nouveau, le rompit.

— Ambroise, à Paris, tu vois qui tu veux. Ici, c'est pas pareil.

Armand revenait à la charge.

— Sans mon ami Yoshué, pendant la Grande Guerre, je ne serais sans doute pas là. C'est lui, aujourd'hui, qui est mort... et moi, je suis toujours là, même pas blessé !

Lui, il est resté quelque part dans la boue et le sang à Verdun. Moi, vous voyez, je suis là. Et il n'y a pas que lui qui soit resté là-bas. La terre, là-haut, elle est pleine du sang des soldats français et allemands, sans distinction, juifs, catholiques, protestants, musulmans. Tous, ils y ont laissé leur peau. Alors, toi, toi qui n'as jamais tenu un fusil, toi qui ne sais que vivre à mes crochets, avec tes costumes ridicules et tes manières de maquereau, tu te tiens correctement sous mon toit ou tu repars. C'est bien compris ?

Ambroise le fixait, livide.

— Oui, père.

Que pouvait-il faire d'autre ? Il semblait chaque jour plus clair qu'il se cachait ici. En attendant quoi ?

— Eh bien ! moi, lança Gustave d'une voix faussement enjouée, je suis allé l'autre soir aux Folies-Bergère, et je peux vous garantir que Mistinguett et Chevalier, ils faisaient pas semblant de s'embrasser, sur scène. Ces deux-là, je crois bien que...

Emilie, du fond de son ivresse latente, laissa échapper un rire vite contenu. Armand se tourna vers son fils.

— Et cette Noire, là, Joséphine « Belquer » ou je ne sais quoi, tu la connais ?

— Joséphine Baker, papa. Oui, je la connais. Mais je ne l'ai pas rencontrée, enfin, pas encore.

Ambroise venait de vider deux verres de vin coup sur coup. Il essuya ses lèvres à sa manche, comme un gamin mal élevé.

— Alors, tu connais qui, à Paris ? poursuivait Armand.

— Moi ? Je m'occupe surtout de musiciens classiques. Pianistes, violonistes, tout ça. J'organise des concerts, aussi.

— Et… Ça te fait vivre ?

Gustave lissa sa petite moustache, se versa un peu de vin qu'il coupa d'eau et laissa tomber, en haussant les épaules :

— Bon an, mal an, oui. Mais ce n'est pas tous les jours facile.

Maria entrait de nouveau, portant un long plat chargé de légumes et de viande.

— Il y a tous ces artistes qui partent d'Allemagne, poursuivait Gustave. Là-bas, il paraît qu'il ne fait pas bon être juif.

Ambroise, dont l'ivresse commençait à colorer les joues, voulut intervenir à son tour.

— Tu dis n'importe quoi. Les Allemands, ils ne chassent pas les Juifs, tout ça c'est de la propagande communiste.

— J'ai même entendu dire qu'ils mettaient les communistes dans des camps, continua Gustave sans se préoccuper de son frère.

— Dans des camps ? reprit son père. Et pourquoi donc ?

— Va-t'en savoir. Soi-disant qu'ils sont contre le régime, ou quelque chose comme ça.

Puis, après un long silence, il murmura pour lui, autant que pour les autres :

— Moi, je crois bien que ça va nous tomber dessus, un de ces jours.

— Quoi donc ? fit Armand.

— La guerre, papa, la guerre.

4

Une agitation inhabituelle régnait dans la maison. Léon descendit l'escalier en tendant l'oreille. La nuit tombait à peine. Dans le grand salon, la radio ronronnait en sourdine. Ce soir-là, Armand ne commentait pas les informations à haute voix. Le jeune garçon s'assit sur le petit banc de bois fixé au mur de l'entrée. Il aimait ces moments où, libéré de son travail quotidien, il pouvait enfin s'intéresser au monde, à ce monde qu'il brûlait de connaître et qu'il s'efforçait de découvrir par tous les moyens. Parfois, il parvenait à capter quelques bribes de phrases de la TSF. Il aimait ces voix un peu traînantes, à l'accent nasillard et si plat, des voix qui parlaient un peu comme monsieur Ambroise, quand il voulait se donner l'air important. Le français, Léon ne le connaissait que depuis l'école. Chez lui, on ne parlait que l'occitan. Mais ce français-là, celui de la radio, cette langue venue de si loin, lui semblait la chose la plus étrange et la plus belle qui soit. Soudain, dans le salon, le silence se fit. Quelqu'un venait d'éteindre le poste. Léon tendit l'oreille, mais rien, pas un mot. Pourtant, il le savait, Ambroise, Gustave, Armand et Emilie étaient là, comme tous les soirs. Ce fut Gustave qui lança, d'une voix consternée :

— Je te le disais bien, papa. Ça y est, on l'a, cette guerre.

— Et moi qui ne voulais pas y croire, répliqua son père.

Un bruit fit sursauter Léon. Maria, debout sur le palier, le dévisageait, l'air sévère.

— Qu'est-ce que tu fais là ? C'est pas des heures ! File te coucher, que si Lucien te voyait... Eh bien ! tu ne réponds rien ? Tu as perdu ta langue ?

Le gamin leva les yeux vers elle.

— Il y a la guerre, Maria.

La servante se signa.

— La guerre, mais qu'est-ce que tu en sais ?

— Je l'ai entendu. C'est Gustave qui l'a dit.

Puis, après un temps, le regard dans le vide :

— Et Gustave, il en connaît du monde là-bas, à Paris. Alors...

Léopoldine dormait dans sa chambre. La maison respirait le calme et la sérénité. Pourtant, en un instant, tout venait de s'effondrer, sans un bruit, sans un mouvement, d'un seul mot. La guerre ! Dieu sait ce qui en ressortirait ? Armand, à son âge, ne partirait sans doute pas. Mais pour monsieur Ambroise et monsieur Gustave ? Sûr qu'ils seraient appelés ! Et s'ils ne revenaient pas ? Maria descendit quelques marches et vint s'accroupir devant le gamin. Il restait immobile, le regard vide, le visage sans expression. Elle prit sa main en murmurant :

— Va, petit, tu es trop jeune pour partir. Ne t'en fais pas. Monte à présent. Il te faut aller dormir.

Léon parut sortir de son rêve. Il la fixa et laissa tomber :

— Mais c'est la guerre, Maria ! Je ne veux pas aller dormir. Je veux partir avec les autres.

— Tu es bien jeune ! Et puis qui te dit que les hommes vont partir ? « Ils » arrangeront bien ça.

« Ils », dans son esprit, représentait ces gens improbables dont on parlait souvent, des noms qu'elle entendait mais ne retenait pas. Un, quand même, la marquait, parce qu'elle le trouvait beau : Blum. Mais quoi qu'il en soit, elle voulait se persuader qu'« ils » feraient bien quelque chose pour arranger ça. Léon, lui, restait pétrifié. Maria se releva lentement, frappa à la porte du salon et disparut dans la pièce. Les voix se turent. De la musique se fit entendre, douce au début puis de plus en plus forte. Au bout d'un moment, on entendit Armand qui criait :

— Suffit, Ambroise ! Tu nous casses les oreilles ! Eteins ça, veux-tu ?

L'instant d'après, son fils sortait du salon en titubant, tellement ivre qu'il ne remarqua même pas Léon, toujours assis sur son banc.

C'est quand les affiches de mobilisation furent placardées dans le bourg que l'on commença vraiment à y croire. Depuis quelques jours, certains hommes du village, Elie, par exemple, le maire, accompagné de quelques conseillers, venaient le soir écouter le journal parlé. Ils restaient debout au centre du salon, sans oser bouger, le chapeau à la main. Maria pestait ensuite devant l'état du grand tapis, un tapis tout crotté qu'elle devait brosser avec énergie, le matin.

Ce fut Ambroise qui quitta le premier la Maison-Haute. Sa petite voiture rouge disparut en pétaradant, dans un nuage bleuté, la veille de l'appel à la mobilisation. Gustave dut se résoudre à partir, lui aussi, pour regagner Paris. Le premier soir sans ses fils, Armand parut tout désemparé au milieu du salon, entouré seulement du maire et de Maria. Elle restait debout, mais ne perdait rien des informations. Elle entendait parler de pays lointains, de plaines enneigées, de soldats barbares, de trahison des accords passés.

— Armand ?

Le maire, mal à l'aise, se dandinait d'un pied sur l'autre, tournant son chapeau entre ses doigts. Le vieil homme releva la tête.

— La Pologne, là, qu'ils parlent au journal, c'est vraiment loin ?

Armand parut réfléchir un instant, en fixant ses mains.

— Elie, c'est très loin. Mais j'ai bien peur que ça ne devienne très proche, maintenant.

Maria regardait son amant. Dans la cuisine voisine, on entendait un murmure de conversation. Lucien et Dominique sans doute qui, comme chaque soir, passaient un long moment dans la chaleur douce et la pénombre de la pièce, en tête à tête.

— Pourquoi tu dis que ça va devenir proche ?

— Parce que l'Angleterre vient de déclarer la guerre. Et nous aussi. Alors, la Pologne, ça va bientôt être notre affaire à tous.

Un petit feu de sapin brûlait dans la cheminée. Il ne réchauffait rien, mais au moins, il parfumait la pièce. De temps à autre, il crépitait, projetant des étincelles incandescentes contre le pare-feu.

— De toute façon, nous, on s'en moque bien de tout ça, lança le maire, péremptoire, en relevant le visage. On a la ligne Maginot, alors...

— La ligne Maginot, oui, soupira Armand, la ligne Maginot...

Il semblait dubitatif.

— Celle-là, avant qu'ils la passent, hein... ? poursuivait Elie.

Puis, comme le vieil homme ne répondait pas, il fit de nouveau :

— Hein ? Pas moyen de la passer, hein ?

Armand, s'appuyant aux accoudoirs de son fauteuil, se releva avec lenteur.

— Tu sais, Elie, un obstacle, c'est fait pour être contourné. Alors ta ligne Maginot, là, on verra le temps que ça durera. Moi, ce que je sais, c'est que j'ai deux garçons qui vont partir. Combien il m'en restera à la fin de tout ça ?

Maria laissa errer son regard sur les fauteuils qu'occupaient quelques jours auparavant Gustave et Ambroise. Emilie, à l'autre bout de la pièce, vida son petit verre de liqueur et lança, d'un ton aigre :

— Et vous, mon ami, vous n'y partez pas, à la guerre ?

Armand la fixa un long moment avant de lâcher, les dents serrées :

— Emilie, je pense qu'il est temps de monter vous coucher.

Le maire posa son chapeau sur sa tête, mal à l'aise.

— Bonne nuit, Armand, je m'en retournerai demain, pour avoir des nouvelles.

— A demain, Elie.

Quand il fut sorti, un silence pesant s'installa. Emilie, perdue dans son ivresse, murmura une phrase que personne ne comprit avec, sur les traits, l'air entendu de quelqu'un qui ne dit rien mais n'en pense pas moins. Elle se leva, tituba et s'agrippa à la porte comme à un radeau. Maria se précipita pour l'aider. Elle la repoussa avec mépris.

— Toi, tu ne me touches pas. File, là, avec l'autre.

Puis, dans un rire d'ivrogne :

— Ah ! vous en faites un beau couple, tiens… un beau couple, oui !

On l'entendit monter l'escalier. La petite planche du palier craqua, puis une porte claqua, là-haut, dans le couloir interminable. Maria se retourna.

— Tu… tu vas partir, toi aussi ?

Il se leva, mit la main sur ses cheveux, posa un baiser sur son front.

— Et quand bien même ? murmura-t-il. S'il le faut, je repartirai. Mais, à mon âge, tu sais, je ne pourrai pas être bien utile.

Elle respira profondément.

— Dieu te garde, Armand, Dieu te garde.

La pluie tombait depuis plusieurs jours presque sans discontinuer. Une pluie d'automne, lourde et grasse, une pluie qui détrempe les sols, les murs, les vêtements, qui rend la terre boueuse, une boue que vous transportez partout avec vous et dont les sabots, ou les chaussures de cuir, se couvrent sitôt que vous mettez un pied dehors. Gustave ne donnait pas de nouvelles. Les hommes du village en âge de combattre avaient tous rejoint leur affectation. Le petit bistrot du bas du bourg ne résonnait plus de leurs voix. Le nuage de fumée qui formait, le soir, un halo bleuté autour de l'unique lampe pendant du plafond avait laissé la place à l'odeur du tabac froid, mêlée à celle de la sciure de châtaignier qui recouvrait le sol. Seuls quelques vieux venaient encore, le matin, boire un verre de blanc, le coude posé sur la table de bois usé, le regard dans le vague. Parfois, un bruit de verres, une voix, une question, un grognement pour toute réponse brisaient cette atmosphère lourde. Armand, qui habituellement n'y mettait jamais les pieds, venait à présent, de temps en temps, prendre lui aussi son petit verre de blanc. Et chaque fois, la même interrogation rituelle :

— Qu'est-ce qu'ils ont dit hier, à la radio ?

Il se lançait alors dans un résumé, agrémenté de ses commentaires, des informations de la veille. Parfois, le maire apportait lui aussi sa touche à la discussion. On parlait de tout et de rien, de ces politiciens, forcément corrompus et incompétents, du président du Conseil, du Front populaire qui voulait appeler ce vieux militaire de 14-18, ce Pétain. C'est souvent le moment que choisissait Armand pour s'éclipser. Il détestait ces joutes politiques qui viraient souvent à l'affrontement. La Maison-Haute semblait maintenant déserte. Lucien, trop âgé, restait là avec Léon, Maria et Dominique. En apparence, rien de changé. Et pourtant, tout semblait chamboulé. Seule Maria semblait sereine. Son homme était là, à ses côtés, et cela suffisait à son bonheur. Léopoldine grandissait. Léon passait de longs moments avec elle, comme avec une sœur qu'il prenait plaisir à protéger, à cajoler. Lucien détestait cela. Les soirées devant le poste de radio prenaient maintenant un caractère rituel. Maria, Emilie, Armand et le maire ne manquaient sous aucun prétexte ce rendez-vous avec le monde extérieur, avec le chaos qui se mettait en place inexorablement. La pluie cessa enfin, un matin. La terrasse baignait dans un halo laiteux qui estompait ses contours. Le pré et l'étang en contrebas disparaissaient complètement dans un nuage qui semblait posé sur le sol. Armand resta un long moment à sa fenêtre. Le froid mettait des plaques rouges sur son visage. L'odeur même semblait différente. On entendit un cri de cochon du côté de la grange. La porte d'entrée fit tinter sa clochette et bientôt, ce fut le bruit de la pompe à eau qui se fit entendre. Léon, les cheveux en bataille, descendait du grenier, tout grelottant. Il vint s'asseoir au bout de la grande table de cuisine, s'étira et grogna :

— C'est quelle heure ?

Dominique tourna la tête vers la pendule et regarda par la fenêtre.

— Dans les sept heures et demie, répondit-elle en pensant à autre chose. Regarde, le soleil pointe à peine. Tu te lèves bien tard en ce moment !

Puis, après un temps :

— Ce n'est pas parce que c'est la guerre...

Elle lui versait un peu de bouillon fumant. Une odeur douce flottait dans la pièce, toujours cette même odeur, faite de relents de cuisine, de feu de bois et de pierres humides.

— Lucien ?

— Il est aux vaches. Tu vas te faire tailler les oreilles en pointe si tu ne files pas là-bas.

Le gamin se précipita. Ses sabots claquèrent contre le sol glacé. Quand il arriva dans l'étable, Lucien, accroupi entre deux bêtes, se relevait en boutonnant son pantalon.

— Te voilà enfin, toi ! Qu'à force de traîner le soir à écouter cette radio du diable, tu ferais mieux de dormir plus tôt.

En parlant, il saisit la queue d'une vache qu'il accrocha à la cordelette pendant du plafond. Léon le regardait, mal réveillé. Son corps long et mince s'accordait mal avec ce lieu ramassé et bas. Des piliers de bois séparaient chaque emplacement ; les poutres, couvertes de toiles d'araignée, laissaient encore voir le blanc de chaux qu'on renouvelait de temps à autre. Léon se sentait de plus en plus étranger à cet univers chaud et rassurant. Il ne pouvait se l'expliquer mais, en grandissant, il lui venait des envies d'ailleurs, des envies de partir loin, sans bien savoir où. Les livres qu'il dévorait en cachette, les magazines qu'il chipait à Emilie et, depuis quelques mois, cette radio qu'il écoutait, transi de froid derrière la porte du salon, tout cela lui ouvrait des horizons lointains qu'il brûlait à présent de découvrir. La guerre ? Il regrettait presque de n'être pas assez âgé pour y partir. Ambroise et Gustave, eux, où se trouvaient-ils ? Dans quel pays lointain ? Sous la neige, sous le soleil, dans la boue, comme dans les souvenirs d'Armand ? Lui, il devait rester planté là, avec ce grand corps dégingandé, à faire le fermier, quand il n'aspirait qu'à fuir, partir, vivre, respirer un autre air.

— Eh bien ! fainéant, tu rêves ?

On entendait les jets de lait frapper le seau de fer-blanc posé entre les pieds de Lucien. Léon, à contrecœur, saisit le petit tabouret de bois à trois pieds, son seau et vint à son tour s'asseoir contre une vache. L'odeur du foin se mêlait à celle du fumier qu'il faudrait nettoyer après la traite. Dehors, la source de l'abreuvoir coulait, régulière, dans un petit bruit apaisant.

Assise dans la galerie, Emilie regardait devant elle sans paraître voir le monde qui l'entourait. Le petit poêle chauffait doucement la pièce. Elle tira sur ses jambes un plaid de laine écrue. L'hiver se terminait à peine, un hiver dur, froid, un hiver de neige et de vent. Un bruit de pas approchait. Elle reconnut celui d'Armand. Son cœur se souleva. Il ne venait jamais la rejoindre là. Chaque fois, elle espérait… elle espérait quoi ? Elle souffrait de cette indifférence qu'il lui témoignait. Chaque fois qu'ils se retrouvaient seuls, en tête à tête, elle se reprenait à espérer. Espérer quoi ? Retrouver un Armand rajeuni de trente ans ? Retrouver ce bonheur des débuts de leur union ? La complicité d'autrefois ? La silhouette de son mari s'encadra dans la porte. Elle le fixa sans dire un mot. On entendait, dans le parc, la cognée de Lucien qui frappait à coups réguliers.

— Tu… tu veux quelque chose ? finit-elle par murmurer.

Armand, toujours immobile sur le pas de la porte, sortit de sa poche une lettre soigneusement pliée.

— C'est de ton fils.

— Ambroise ? s'écria-t-elle, une flamme dans le regard.

— Non, Gustave.

Elle parut se tasser un peu plus dans son fauteuil. La flamme venait de disparaître.

— Il va bien ?

— Très bien.

— Alors ?

— Alors il a quitté son régiment.

Elle pâlit.

— Il a déserté ?

— Non, pas vraiment.

— Il fait quoi, s'il n'a pas déserté ?

Armand fit un pas en avant, tira une chaise à lui et s'y assit à califourchon. Il tendit le feuillet à son épouse.

— Tu liras. Il est reparti pour Paris.

— Il ne veut pas faire la guerre ?

Armand marqua un temps, sourit.

— Pétain vient d'être appelé, répondit-il d'un air entendu. Gustave pense que ça ne donnera rien de bon. Il préfère retourner à Paris. Il dit que l'Allemagne va bientôt marcher sur toute la France et qu'il faut s'organiser.

Emilie soupira, les yeux dans le vague.

— J'ai toujours su que cet enfant était fou. Mon ami, il vous ressemble bien.

Armand sourit de plus belle. Il regarda son épouse un long moment.

— En êtes-vous bien sûre ? lâcha-t-il d'un ton ironique.

Elle se troubla.

— Bien entendu, pourquoi... ? balbutia-t-elle. Bien entendu !

Du fond du long couloir, on entendait approcher Léon qui portait le repas d'Emilie.

— Ça va encore être froid, chuchota-t-elle.

— Qu'est-ce qui va être froid ?

— Le repas, le plateau...

Armand se leva et repoussa la petite chaise.

— Quelle idée aussi de manger ici, si loin de la cuisine.

Emilie ne répondit pas, les yeux de nouveau au loin.

— Moi, je vais déjeuner en bas, à la cuisine.

Il eut le temps d'entendre sa femme grommeler entre ses dents :

— Va retrouver ta Maria, va ! Vas-y !

Le jour n'en finissait pas de se coucher. En bas du pré, sous la terrasse, l'étang se couvrait d'une écharpe de brume qui montait lentement, en se dispersant. Armand, debout contre la balustrade de pierre, tendait l'oreille en scrutant la pénombre. De la fenêtre de sa mansarde, Léon l'observait sans bouger, de peur de trahir sa présence. Deux ombres se faufilèrent par la grande allée et pénétrèrent dans le salon, suivies de la haute silhouette d'Armand. Léon guettait le halo lumineux de la lampe, qui viendrait éclairer le carré d'herbe devant la pièce. Mais rien. Il tendit l'oreille. Le son nasillard de la radio s'éleva un instant. La lumière restait éteinte. Puis, le bruit de la porte extérieure du salon se fit entendre et une des ombres fila par où elle était venue avant de disparaître dans le parc. On entendit bientôt le pas lourd du maître de maison monter l'escalier puis, comme chaque soir, la porte de sa chambre s'ouvrir et se refermer. Un instant après, Maria descendait rejoindre son amant, à pas feutrés. Trois jours plus tard, Léon remarqua que la grande chambre, au-dessus du salon, abritait quelqu'un qui ne sortait pas de la journée, une présence feutrée. Pendant deux jours, Maria monta discrètement la garde dans le couloir, attentive à ce que l'on ne vienne pas traîner par là. Ambroise restait maintenant de longues heures enfermé, allongé sur son lit. Il buvait de plus en plus. Un soir, on entendit le moteur de la petite voiture rouge s'éloigner. Ambroise ne reparut que trois jours plus tard, sale, les vêtements fripés, poussiéreux, le teint verdâtre et les yeux vitreux. D'où venait-il ? Dans quel bouge avait-il passé ces dernières heures ?

Ce fut ce jour que choisit son père pour le mettre à la porte. On entendit des éclats de voix dans toute la maison. Puis on vit Ambroise remonter l'allée jusqu'au portail, sa valise à bout de bras. Il donna un coup de pied rageur dans un groupe de poules qui picoraient là. Les bêtes partirent en tous sens en caquetant. Ambroise se retourna une dernière fois pour lancer, rageur :

— Et si tu crois que je ne vois pas clair dans ton petit manège...

Léon, debout sur le pas de la porte, vit Armand s'avancer dans l'allée, la démarche plus lourde que jamais, tendre le doigt et déclarer :

— Ne t'avise pas de parler trop vite. On saurait bien te retrouver, où que tu te caches.

Léon sursauta. Maria posa la main sur son épaule et le tira en arrière.

— Viens-t'en, petit. Ce n'est pas des histoires pour toi, tout ça.

— Qu'est-ce qui se passe, Maria ? Et puis d'abord, c'est qui dans la chambre bleue ?

La jeune femme fit mine de n'avoir pas entendu.

— Qui c'est qui est dans la chambre, là-haut ? demanda de nouveau Léon.

Sur la place, la voiture d'Ambroise hoqueta deux ou trois fois avant de démarrer en pétaradant.

— Bon vent ! murmura Maria.

Puis, tournée vers le jeune garçon :

— Toi, tu ne sais rien, tu n'as rien vu et tu ne dis rien... Entendu ?

Léon se troubla un peu et rougit.

— Oui... oui, Maria.

Puis, alors qu'elle s'éloignait :
— En tout cas, il y a bien quelqu'un là-haut !
La servante se retourna, furieuse.
— Mais vas-tu donc te taire, à la fin ?
Le soir même, la chambre bleue était vide.

5

L'épicier, au milieu du bourg, ouvrait sa boutique. Il retirait ses volets de bois sans hâte, en homme qui a le temps et qui le sait. La porte grande ouverte laissait deviner un intérieur fait d'étagères de bois peintes en gris avec, au centre de la pièce, une vitrine plate dans laquelle on rangeait les fromages et certains fruits. Avant la guerre, tout cela débordait de produits, de boîtes, de réclames. A présent, les rayons commençaient à se clairsemer. Les odeurs d'huile, de goudron et de tabac se mêlaient à celles de la nourriture pour donner un parfum unique, une fragrance dont ne se lassait pas Léon, chaque fois que Dominique l'envoyait y chercher quelque chose. A la vérité, c'était assez rare, la propriété suffisant bien à nourrir son monde d'un bout de l'année à l'autre. Mais le café, par exemple, ne poussait pas encore ici, et il fallait bien se résoudre à aller l'acheter là-bas. Le commerçant suspendit son geste en entendant le bruit d'une voiture monter de la vallée. Son gros ventre lui faisait une silhouette de poupée, une impression renforcée par un visage poupon à la peau blanche, marqué de plaques rouges sitôt qu'il faisait un effort. Il posa le dernier volet à terre. Le soleil commençait déjà à réchauffer les maisons et le sol de terre battue de la route. Le gros homme leva le visage vers le ciel, sourit, frotta son ventre dans un geste de contentement et commença à rentrer ses volets dans la boutique. Tout cela participait d'un cérémonial répété chaque matin avec le même bonheur. Un nuage de poussière suivait la grosse voiture noire qui ralentit pour traverser le village. Du fond de la boutique, on entendit une voix aiguë et revêche.

— Eh bien ! Florentin, tu n'as pas encore fini de rentrer la façade ?

Le gros homme soupira. Son sourire s'évanouit.

— Elle m'emmerde, fit-il entre ses dents, c'est pas Dieu possible !

Il s'immobilisa sur le seuil de la porte pour regarder passer la voiture. Il eut le temps de distinguer trois silhouettes. Il lui sembla même deviner une chevelure claire. Perplexe, il rentra dans sa boutique, sous le regard acide de sa femme. Elle portait un fichu sur les cheveux et passait une serpillière humide sur le sol. Il vit la Traction s'engouffrer dans la cour de la Maison-Haute. Lucien, debout devant l'étable, finissait de nettoyer la paille souillée. Il la transportait avec une vieille brouette de bois jusqu'à un grand tas, derrière la grange. Léon sortit sur le pas de la porte pour regarder cette voiture si belle, qui lui paraissait immense, démesurée. Armand surgit de l'autre côté de la cour, regarda Lucien et le gamin et leur lança :

— Vous n'avez rien de mieux à faire ? Rentrez donc me ranger le foin !

— Reste pas là, petit, laissa tomber le fermier de sa petite voix haut perchée. Le vieux n'a pas l'air de bonne humeur. Rentre.

Léon, dévoré de curiosité, ne put s'empêcher de se retourner. Il distingua en une fraction de seconde une silhouette menue, une chevelure claire qui s'engouffrait dans l'entrée. Un instant après, la voiture repartait. Florentin, du fond de sa boutique, n'eut pas le temps de remarquer qu'il ne restait plus qu'une personne à l'intérieur de l'auto. Le nuage de poussière retombait lentement dans la rue et le gros homme, immobile, se demandait à quoi pouvait bien rimer tout ce remue-ménage. Il se promettait de bien tendre l'oreille dans la journée, des fois qu'une ou deux commères sachent quelque chose. De l'arrière-boutique lui parvint de nouveau la voix de son épouse. Il ne prit même pas la peine d'écouter ce qu'elle disait. Il sortit une chaise, la posa devant la boutique, dans un rayon de soleil, et s'y installa béatement, les mains sur le ventre.

Armand gravit en silence les deux petites marches de la cuisine. Il remontait de l'étang, les joues un peu rouges de l'effort. Il reconnut la silhouette frêle du petit domestique, assis à côté du fourneau. Le garçon lisait, si absorbé qu'il ne l'avait pas entendu approcher.

— Léon !

Le gamin sursauta, surpris dans sa rêverie. Armand se tenait derrière lui, dans le jour finissant.

— Oui, Monsieur ?

— Suis-moi.

La porte de la chambre du vieil homme grinça. Léon, qui n'avait dû y pénétrer que deux fois dans sa vie, restait gauche, sans oser avancer.

— Eh bien ! Entre donc, j'ai à te parler.

Armand alla s'asseoir. Il resta un instant immobile, les mains sur les genoux, le visage baissé. Puis, comme s'il sortait brusquement de sa torpeur, il se redressa.

— Ferme donc la porte.

Léon n'osait pas bouger. Il se dandinait d'un pied sur l'autre. Le bruit de la petite horloge, dans le fond de la pièce, soulignait le silence qui s'installait. Un silence pesant, gênant. Enfin, après un long moment, Armand, les yeux dans ceux du jeune homme, demanda :

— Tu écoutes toujours la radio le soir, derrière la porte ?

Léon rougit violemment.

— Tu ne réponds pas ?

— C'est que... je ne pensais pas à mal. Qui c'est qui vous l'a dit ?

Armand sourit.

— Peu importe. Je le sais, voilà tout.

Au-dessus d'eux, on entendait Maria fredonner une berceuse. Armand leva les yeux vers le plafond.

— Elle est belle, la petite, hein ?

Léon restait immobile, sans un mot.

— Tu sais ce qu'il se passe ? reprit Armand, le visage sévère. La guerre, les Allemands, tout ça ?

— Oui, Monsieur.

— Tu saurais garder un secret ?

Léon ouvrit la bouche pour parler, mais l'autre ne lui en laissa pas le temps.

— Gustave est là.

— Monsieur Gustave ?

— Oui. Alors écoute-moi bien. Ce soir, on va partir avec lui et la carriole. Tu vas nous suivre. On va rouler toute la nuit. Gustave ne peut pas rester ici.

— Et Lucien ?

— Laisse-le en dehors de tout ça. Toi, tu es jeune. Lui, il est mieux ici avec ses vaches qu'à traîner sur les routes, la nuit.

Léon baissa les yeux. Puis, dans le silence revenu, il murmura :

— Il a fait quelque chose de mal, Monsieur Gustave ?

Le vieil homme se leva, repoussa sa chaise et passa la main dans ses cheveux.

— Perds donc l'habitude de poser des questions. Ces temps-ci, moins on en sait, mieux ça vaut. On part dès qu'il fait nuit noire. Tiens-toi prêt.

Puis, la main sur la poignée de la porte :

— Et surtout, pas un mot à Dominique. Elle est capable de mettre tout le canton au courant avant qu'on ait passé le panneau du village.

Dans un éclat de rire, il frappa l'épaule du gamin qui faillit s'étaler de tout son long.

— Va me préparer la mule.

Léon redescendait l'escalier, sans faire de bruit, quand Armand lança :

— Et tâche que Lucien ne soit pas dans tes pattes.

Quelques nuages traînaient entre la lune et les trois hommes assis sur le banc de la carriole. Le ciel ressemblait à une voûte sans fin. Léon, les yeux en l'air, en ressentait comme un vertige. Gustave, sombre et amaigri, se tenait recroquevillé, engoncé dans une vieille couverture. Pour tout bagage, il ne possédait qu'un balluchon de toile. Il avait souri au gamin puis, pour la première fois, saisi sa main pour la serrer, comme à un ami. La route mal empierrée, la nuit éclairée par cette lune si haute, le paysage tout gris, les ombres fuyantes d'un univers improbable, tout cela impressionnait beaucoup le jeune domestique. Il commençait à ressentir la morsure du froid, mais n'osait pas le dire.

Ils roulèrent ainsi toute la nuit, au pas lent de l'animal, sur des chemins parfois si escarpés qu'il fallait descendre de la carriole et aider la mule à retenir l'attelage. Plus d'une fois, le jeune homme tomba, se tordit les bras, se cogna à quelques branches basses, mais à aucun moment il ne laissa échapper la moindre plainte. Il se sentait heureux de cette aventure nocturne. Sans vraiment comprendre pourquoi, il se sentait bien, malgré la peur, le froid, la fatigue et la faim. Gustave, affaibli, faisait ce qu'il pouvait pour aider, mais il pouvait peu. Enfin, avec le jour naissant, ils atteignirent une hauteur d'où le regard paraissait pouvoir porter à l'infini. Armand tira sur les rênes. La mule s'arrêta, tapa du pied et hennit.

— On y est presque, fit-il à voix basse. Maintenant, on va devoir descendre par un chemin à flanc de falaise. Ne restez pas dans la voiture. Vous marcherez derrière, si des fois elle basculait dans le vide.

Léon ne sentait plus ses mains ni ses pieds, tant la fatigue et le froid le torturaient. Au loin, dans le silence du jour commençant, on entendait gronder la rivière.

— La Dordogne, elle est là, poursuivait Armand en pointant son doigt en avant, et le chantier, il est en dessous de nous. L'ingénieur nous attend avant l'embauche. Il faut se presser.

Les trois hommes, engourdis de fatigue, commencèrent leur descente sur le chemin escarpé, pas à pas, en évitant de regarder le vide, l'esprit tourné vers un seul but, ne pas glisser et ne pas tomber. Léon soutenait parfois un Gustave épuisé, un Gustave qui, depuis leur départ, ne disait rien. Enfin, après un temps qui parut ne jamais devoir finir, il arrivèrent, au détour d'un chemin, sur une petite plate-forme surplombant le spectacle le plus incroyable que le gamin ait jamais vu.

Là, encaissée entre deux hautes falaises de granit noir, la rivière sauvage disparaissait sous des flots de machines, de murs de béton, de ferraille, de pontons, de terre remuée. En regardant plus en amont, la vallée sauvage reprenait ses droits, mais sitôt que vous tourniez la tête vers le chantier, tout disparaissait dans ce fatras indescriptible et pourtant soigneusement organisé. Le jeune homme se tourna vers Armand, en claquant des dents.

— Qu'est-ce que c'est ?

— C'est un barrage.

— Un quoi ?

— Un barrage.

Un rapace passa sous eux, dans la vallée, les ailes déployées. Ils le suivirent un instant des yeux.

— Dans quelques mois, il y aura un grand mur pour retenir l'eau, reprit Armand.

— Pour quoi faire ?

Armand sourit en tapant sur l'épaule du gamin.

— Pour l'électricité, *gouyat*, pour l'électricité.

Gustave tremblait de tous ses membres.

— On y va, fit-il d'une voix faible. J'ai hâte de me reposer et de manger quelque chose de chaud.

Léon, excité par tout ce qu'il découvrait, ne ressentait plus du tout ni le froid ni la faim. Il se sentait soudain porté par une énergie qui le poussait à aller voir de plus près ce qu'il se passait en bas.

Lucien remontait le foin entassé dans le haut de la grange. Un bruit feutré, derrière lui, le fit se retourner. Il eut le temps d'apercevoir une silhouette frêle et une chevelure éblouissante de lumière.

— C'est pour quoi ? demanda-t-il de sa voix haut perchée.

La silhouette disparut comme elle venait d'apparaître, sans bruit. Il resta un instant indécis, puis haussa les épaules. Après tout, depuis quelques jours, il se passait dans la maison des choses qu'il ne comprenait pas bien. Par exemple, ce matin, la carriole et la mule avaient disparu, et Léon restait introuvable. Et puis, certains jours, on ne pouvait pas approcher de la chambre bleue, Maria veillait. Cette guerre, décidément, ne valait rien.

C'est à la nuit tombée que le pas de la mule se fit de nouveau entendre en haut du bourg, mêlé au bruit des roues ferrées de l'attelage. Armand, crotté, débraillé, les cheveux défaits, descendit lentement de la carriole, suivi d'un Léon qui tenait à peine debout. Maria les observait, cachée derrière une des fenêtres du premier étage. Léopoldine tenait sa main, sans oser bouger. Lucien, debout au centre de la cour, prenait les rênes de l'animal épuisé, le pelage couvert de boue et de poussière. Armand le regarda sans un mot, puis tourna les talons.

— Léon ! lança le fermier. Reste donc pas là. Aide-moi à rentrer tout ça.

Armand se retourna, le visage creusé, les yeux brillants de fatigue.

— Imbécile ! Tu ne vois pas qu'il ne tient pas debout ? Laisse-le donc.

— Moi, ce que j'en dis, hein ? grommela Lucien, vexé. Après tout...

Emilie, toujours assise dans la galerie sur son fauteuil

aux coussins écrasés, se contenta de tourner la tête, en demandant d'un ton absent :

— Eh bien ! Mon ami, d'où venez-vous ?

Son mari se laissa tomber sur une petite chaise, face à elle, et fit à voix basse :

— Emilie, il faut que nous parlions, tous les deux.

Dominique, assise devant le fourneau, son tablier déployé sur les genoux, équeutait quelques haricots verts cueillis le matin même. Léopoldine jouait dans un coin de la pièce avec un bout de bois et un chiffon. On entendait le pas léger de Maria, au premier étage. Léon entra dans la cuisine, fit le tour de la pièce du regard, sourit à l'enfant et vint s'asseoir à table. Lucien tapa ses sabots contre le seuil de pierre avant d'entrer. Dominique soupira. Elle posa ses haricots et son tablier par terre. Dans la cour, de l'autre côté de la bâtisse, on entendait le coq chanter. Puis, un instant après, une poule caqueter. Depuis la veille, une ambiance inhabituelle régnait dans la Maison-Haute. Léon venait de dormir presque vingt-quatre heures d'affilée. La nuit et la journée de voyage lui laissaient encore dans la tête une multitude de sensations et d'images qu'il se repassait avec délices. Pour la première fois, il s'était retrouvé confronté à une chose qu'il ignorait jusqu'à présent : le bruit. Pas le bruit familier d'une maison qui vit, ou d'un village ordinaire, non.

Ce bruit-là ne ressemblait à aucun autre. Le bruit des camions, le bruit des usines à béton, le bruit diffus et omniprésent du chantier. Les coups de klaxon, les sirènes, les machines hurlantes. Et puis, pour la première fois aussi, le jeune homme se trouvait mêlé à une foule d'hommes venus de tous les pays du monde. Polonais,

Tchèques, Algériens ou Espagnols. Armand, habituellement serein et toujours sûr de lui, paraissait, cette fois-ci, un peu déstabilisé. C'est vers le village aux maisons de bois, en contrebas du chantier, qu'on les avait dirigés, et c'est là que Gustave avait enfin pu sortir de son silence. On l'attendait. Un homme bien mis, aux petites lunettes rondes et épaisses, l'avait accueilli avec bienveillance. Léon regardait autour de lui ces alignements de maisonnettes en bois, quelques baraquements plus longs également, et ces ruelles de terre boueuses. Des femmes et des enfants partout, des langues inconnues, une odeur aussi inconnue, tout cela le fascinait. Il voulait se repaître de ce spectacle, comme pour mieux s'en imprégner. Sur le chemin du retour, le gosse s'était décidé à demander :

« Pourquoi il est là-bas, Monsieur Gustave ? »

Armand était d'abord resté silencieux. Puis, le regard au loin :

« Tu sais que c'est la guerre ?

— Oui.

— Tu sais que les Allemands sont à Paris ?

— Oui, enfin... non. »

Il se troublait un peu. Le vieil homme avait fait un geste de la main, comme pour chasser une idée importune.

« Peu importe. En tout cas, à Paris, tout le monde n'est pas d'accord. Et il y a des gens qui s'organisent pour continuer à se battre. »

La carriole avait heurté une grosse pierre et s'était soulevée sur le côté. Léon avait dû se cramponner à son siège pour ne pas tomber. Armand poursuivait :

« Figure-toi que Gustave est de ceux-là.

— Et Monsieur Ambroise ?

— Lui, non. Il s'en trouve très bien, des Allemands. »

Ils venaient d'arriver sur les hauteurs. De là, ils distinguaient à perte de vue le moutonnement des vallées qui s'imbriquaient les unes dans les autres, sans fin.

« Et Monsieur Gustave, alors, pourquoi il ne reste pas à Paris ?

— C'est trop dangereux pour lui. C'est pour ça qu'il est là. Ici, au milieu des autres, il passera inaperçu, tu comprends ? Alors il se cache quelque temps, avant de pouvoir repartir se battre. »

Léon avait marqué une nouvelle pause.

« Et vous, Monsieur Armand, vous vous battez aussi ? »

Le vieil homme n'avait pas répondu, le regard fixe, les mâchoires serrées.

« Et moi, si je veux me battre ? continuait le garçon.

— Tu veux te battre, toi aussi ?

— Oui, Monsieur.

— Alors, pour commencer, apprends à te taire. Le silence, c'est la base de tout. Par exemple, ce que tu as vu cette nuit et aujourd'hui, oublie-le, et Gustave avec. »

Pourtant, ce matin-là, assis dans la cuisine, il ne pouvait oublier ces images, ces sensations, ces odeurs et ce parfum d'aventure. Il aimait l'idée de partager un secret qui devait rester inconnu, même de Lucien ou de Dominique. Les choses prenaient soudain une autre dimension. Désormais, il savait quelque chose qu'il devait garder pour lui. Il aurait aimé que Lucien lui demande d'où il venait, ce qu'il avait fait. Mais l'autre ne demandait rien, ne disait rien. Il en ressentit du dépit.

Une silhouette frêle et légère apparut en haut du bourg. Elle sortait de l'église et se dirigeait vers la Maison-Haute. Florentin s'immobilisa, un volet à bout de bras. Il eut le temps de distinguer une chevelure flamboyante, mal dissimulée sous un fichu trop court. Il la suivit des yeux, le regard placide. Il prenait la vie comme elle venait, trop heureux du soleil qui pointait déjà ses rayons, de cette journée qui s'annonçait chaude. Il la passerait, comme d'habitude, assis sur sa chaise, devant la porte du magasin. Il finissait à peine d'ouvrir la boutique que Maria en poussait déjà la petite porte. La clochette tinta. L'épicière passa son museau pointu dans l'encadrement de sa cuisine. Ses cheveux couverts de bigoudis lui faisaient une tête impossible. Elle appela de sa voix haut perchée.

— Florentin... du monde !

Maria se retint pour ne pas sourire. Du fond de la réserve, on entendit la voix traînante du bonhomme qui lançait :

— Ça vient, ça vient. Bonjour, Maria, comment tu vas ?

— Bien, merci.

Le gros homme se retint pour ne pas poser la question qui lui brûlait les lèvres. Il se contenta de demander, en se frottant le ventre du plat des deux mains :

— Qu'est-ce que ce sera ?

Une odeur de fromage frais embaumait la petite pièce.

— Je voudrais du thé. Tu as ça, Florentin ?

Il sourit, tira à lui un petit escabeau et se hissa dessus.

— Du thé, oui, j'en ai. Mais ce n'est pas tous les jours qu'on m'en demande.

Il redescendait, un peu rouge de l'effort, une boîte de métal blanc à la main.

— C'est combien qu'il t'en faudrait, Maria ?

Elle parut surprise par la question.

— Je... je n'en sais rien. Comment tu vends ça ?

— Je t'en mets cents grammes, ça ira ?

— Je... oui, je ne sais pas ce que ça fait, balbutia-t-elle.

— Ne t'inquiète pas. Il en restera toujours assez, si tu en veux d'autre.

Quand elle eut payé, il sortit sur le pas de sa porte pour la suivre des yeux. Sûr qu'ils avaient du monde là-haut, mais qui ? Peut-être des Anglais ? Dans la boutique, la voix perçante de son épouse l'appelait de nouveau. Il rentra en soupirant, non sans jeter un regard d'envie à la chaise de paille au soleil.

Maria sortait de la chambre bleue, un plateau à la main. Léon la regardait avancer, planté au milieu du couloir. Elle lui lança un regard dur.

— Qu'est-ce que tu fais là, toi ? File et ne traîne pas par là, c'est compris ?

— C'est qui, qui est là ? demanda-t-il.

— Je t'en pose, moi, des questions ? Allez, file.

Il resta un instant immobile, puis repartit vers la galerie. Emilie appelait de sa voix rauque. Elle allait encore réclamer son déjeuner. Il faudrait de nouveau courir pour que les plats arrivent chauds. Avait-on idée, aussi, de manger à l'opposé de la cuisine, quand on habitait une pareille demeure ?

6

Un rayon de soleil éclairait l'arrière de la maison adossée à la petite église du village. Malgré l'air chaud et parfumé, les fenêtres de la chambre bleue restaient fermées. Depuis quelques jours, Maria y frappait doucement aux heures des repas et y déposait un plateau préparé par Dominique. Dans la maison, une gêne s'était installée. Quelqu'un vivait là, tout le monde le savait, mais Armand ne se décidait pas à en dire plus. De qui s'agissait-il ? Le jeune homme savait seulement qu'il s'agissait d'une jeune femme aux cheveux clairs. On commençait à l'évoquer dans le bourg, à mots couverts. L'épicier racontait à qui voulait l'entendre la chevelure aperçue dans l'auto et la silhouette revenant de l'église. Maria montait la garde et, sitôt qu'on s'aventurait un peu trop sous les fenêtres de la chambre bleue ou dans le couloir, elle vous chassait de son regard noir. A plusieurs reprises, Lucien avait bien tenté d'en savoir plus. Mais Dominique, sans doute chapitrée par Armand, refusait de parler.

C'est le cinquième jour que se produisit l'événement. Une petite camionnette s'arrêta en toussant devant le portail de la maison. Deux costauds en bleu de travail en descendirent. Ils firent, sans le vouloir, peur à Léopoldine qui jouait dans la cour, au milieu des poules. Maria accourut, le chignon un peu de travers. Elle le redressa d'un geste bref. Le plus jeune des deux hommes, une cigarette pendante aux lèvres, toucha le bord de sa casquette en souriant.

— Bonjour. C'est bien ici pour chez de La Coste ?

— Oui, balbutia-t-elle. C'est pour quoi ?

— Bé ! C'est pour le piano, ma petite dame.

Le visage de Maria se referma. Elle détestait ce genre de familiarité.

— Attendez là, je vais voir.

Puis, penchée sur sa fille :

— Reste pas là, Léo, suis-moi.

Et pour bien marquer sa colère, elle claqua la porte, laissant les deux hommes indécis. Le plus jeune se tourna vers son compagnon.

— J'ai dit quelque chose ?

L'autre haussa les épaules.

— Les bonnes femmes, tu sais...

Une fenêtre s'ouvrit au premier étage. Armand les saluait, penché en avant, un grand sourire aux lèvres.

— C'est pour le piano ?

— Oui, m'sieur, et ce n'est pas du gâteau, croyez-moi. Ce que c'est lourd, ces machines-là !

— J'arrive.

Armand se retira de la croisée. On l'entendit lancer :

— Dominique, fais donc servir à boire. Et dis à Lucien de venir.

Léon observait le manège de la porte de l'étable, sans oser se montrer. La binette sur l'épaule, il s'apprêtait à partir pour le potager. Mais, à présent, les salades attendraient bien. Il regardait avec envie le plus jeune des deux livreurs. Il jalousait son air canaille, sa casquette posée un peu de travers, cette cigarette au coin de la bouche, et surtout cette mèche de cheveux qui pendait sur son front. L'homme, de plus, parlait avec un accent qui ressemblait à celui de monsieur Ambroise, un peu pointu, avec des relents d'insolence.

Un instant plus tard, les deux livreurs suaient sous le poids de leur colis, un piano droit, tout simple, en bois clair. Le jeune ne riait plus du tout et pestait, quand son compagnon, plus placide, se contentait de diriger la manœuvre avec des phrases brèves. Le soir même, on percevait les premières notes s'élevant dans la chambre bleue. Léon entendait un piano pour la première fois de sa vie. Il en restait bouche bée. Jamais quelque chose ne lui avait paru plus beau, plus doux, plus harmonieux. Il resta un long moment, après le repas du soir, à l'écouter, immobile sous les fenêtres de la jeune femme. Pourquoi se cachait-elle ? Pourquoi Armand la cachait-elle ? Tous ces petits mystères ajoutaient à la curiosité du gamin. Quand il remonta dans sa soupente, à la nuit tombée, les notes continuaient inlassablement de colorer l'atmosphère jusqu'alors si calme de la Maison-Haute.

Ce soir-là, Léon ne s'endormit que quand le piano se tut. Il resta longtemps, par la suite, à s'imprégner, dans le silence revenu, des bruits habituels de la nuit. Le vent dans les hautes branches, une chouette qui hulule, un chien au loin et, plus bas, dans le pré, les cloches des vaches. En s'éveillant, la première chose qu'il remarqua, ce fut le silence. Une odeur de légumes cuits montait de la cuisine, deux étages plus bas. Léon tendit l'oreille. La maison ne vibrait plus au son des gammes de la veille. La vie paraissait vouloir reprendre son rythme habituel et lancinant. Il en fut presque déçu.

Quand il sortit dans la cour, Lucien mettait la dernière main au dépeçage d'un agneau. L'animal pendait à une branche basse, lié par les pattes arrière. Un peu de sang gouttait sur le sol. Léon frissonna. Il n'aimait pas ces instants-là. Il détestait voir tuer une poule, un lapin ou encore, comme aujourd'hui, un mouton ou un agneau. On le moquait parfois pour ça.

— Elle vient d'où, cette bête ?

— C'est Monsieur qui l'a fait venir de chez le vieux Jean, au Pont-Bas.

— Et pourquoi il fait tuer un agneau comme ça, maintenant ?

Lucien suait à grosses gouttes. Derrière lui, deux chiens attendaient, sagement assis, qu'on leur lance quelques bouts de viande. D'un geste brusque, il finit d'arracher la peau de l'animal et la laissa tomber sur le sol.

— Tu iras m'enterrer ça ailleurs, petit.

Léon pâlit.

— Et pourquoi il fait tuer un agneau aujourd'hui ? répéta-t-il.

— Ça, petit, ce n'est pas tes affaires. Mais d'après ce que j'ai entendu dire, soi-disant que la nouvelle poule…

Tout en parlant il faisait semblant, avec ses doigts, de jouer du piano.

— … elle mangerait que ça comme viande.

— C'est une poule à Monsieur ? demanda Léon, gêné.

— Qu'est-ce que j'en sais, moi ? Tu en poses des questions !

Il essuyait son front de sa manche retroussée à mi-bras.

— Et pourquoi elle n'aime pas manger d'autre viande ? poursuivit le garçon.

Lucien, pour se donner un air important, se redressa le couteau à la main et laissa tomber, énigmatique :

— En tout cas, on n'a pas le droit de lui donner autre chose. Soi-disant qu'il faut pas.

— Et pourquoi ?

— Je ne sais pas. Peut-être que ça la rend malade, va-t'en savoir ?

Quand il eut enterré la peau, Léon fila se réfugier dans la cuisine. Dominique remplissait deux grands brocs d'eau chaude. Elle fila ensuite vers l'escalier, ses brocs au bout des bras. Il la suivit un instant des yeux. Quand il se retourna, Armand se tenait derrière lui, les bras croisés, silencieux. Il sursauta.

— Bonjour, Monsieur. Je ne vous avais pas vu.

Le vieil homme sourit, tira une chaise à lui, saisit un couteau et commença à se couper une tranche de pain. De la main, il désignait la tourte au jeune homme.

— Tu ne manges pas ?

— Je... si.

— Eh bien ! Sers-toi donc. Et sors-moi la bouteille et un verre.

La porte du buffet grinça. Armand versait le vin sans cesser de mâcher son bout de pain et de lard. La bouche pleine, il reprenait, en fixant Léon :

— Tu te demandes ce qu'il se passe ici, non ?

Le gamin hocha la tête.

— Je vais te le dire. Mais toi, tu dois garder ça pour toi. Tu n'en parles à personne dans le village, c'est compris ?

De nouveau, il fit un signe de la tête.

— Gustave, il est allé se cacher. Ça, tu le sais. Mais sais-tu pourquoi ?

— Non.

On entendait les pas de Maria qui descendait l'escalier. Elle ouvrait la porte. Léopoldine se précipita sur les genoux de son père.

— Gustave, il fait passer des gens qui ont besoin de se cacher.

— Pourquoi il faut qu'ils se cachent ?

Armand balaya la remarque du revers de la main.

— Peu importe. En tout cas, le temps qu'il est au barrage, il nous a laissé quelqu'un ici.

Maria remuait le feu dans le fourneau.

— Et ce quelqu'un, personne ne doit savoir qui c'est, d'accord ?

Puis, le regard posé sur le dos de Maria :

— Pour tout le monde, c'est une poule que j'ai installée là, entendu ?

Léon, rouge jusqu'aux oreilles, jeta un regard furtif à la servante. Il lui sembla que toute sa silhouette venait de se durcir.

— Alors, cette fille, tu la laisses tranquille, reprit Armand. Ne cherche pas à savoir qui elle est, ni d'où elle vient. C'est entendu ?

— Oui, Monsieur, murmura Léon, intimidé.

Armand remplissait de nouveau son verre.

Léopoldine sauta de ses genoux pour filer sur la terrasse. Maria jeta un coup d'œil par la fenêtre.

— C'est la guerre, *gouyat*, c'est la guerre. Il se prépare des choses terribles, tu sais, terribles !

Elle se retourna d'un coup, le visage grave. Elle regarda un long moment son amant puis, toujours sans un mot, elle reprit sa pose devant le fourneau, tournant de nouveau le dos aux deux hommes.

Depuis deux semaines, maintenant, quelqu'un vivait dans la maison, quelqu'un qu'on devinait à peine, quelqu'un qu'on s'efforçait de dissimuler. Léon, allongé dans le noir, sur son grabat, les mains derrière la nuque, ne cessait de penser à cette inconnue qui ne sortait de sa chambre que quand elle savait ne trouver personne sur son chemin. Que craignait-elle ? On ne pouvait pas ignorer sa présence, elle jouait du piano toute la journée. Dès le déjeuner terminé, elle se mettait à l'instrument et, pendant des heures, montait et descendait des gammes et des arpèges. Puis, elle changeait et répétait alors sans fin les mêmes mélodies qui finissaient par vous rentrer dans la tête comme des ritournelles, et qui n'en sortaient plus. Léon ne se lassait pas de l'écouter. Tout devenait prétexte à traîner sous ses fenêtres. Un grand figuier poussait en dessous et le gamin venait parfois s'y réfugier, à l'abri des regards, pour écouter, écouter encore et toujours. Lucien, en revanche, ne supportait pas ce « chahut ». Il possédait une autre expression : « Tout ce bazar. » Quant à Dominique, elle pestait chaque jour un peu plus contre cette inconnue qui l'obligeait, chaque soir, à lui monter des brocs d'eau chaude pour sa toilette.

— A-t-on besoin de se laver comme ça tous les jours ?

— Peut-être qu'elle est malade ? avait répondu Lucien, un jour que la cuisinière grognait une fois de plus.

— Et moi, je la soigne à grands coups d'eau chaude. Bientôt, c'est mon dos qu'il faudra soigner.

Puis, les yeux dans le vague :

— Qu'est-ce qu'il peut bien y trouver, à celle-là, Monsieur Armand ?

Maria lui lança un regard noir qui n'échappa pas à Léon. Le gamin ressentit, dans sa poitrine, un petit pincement désagréable.

La radio ronronnait dans le salon. Désormais, Armand fermait portes et volets pour l'écouter. Léon, comme d'habitude, venait prendre sa place sur le petit banc de bois scellé dans le mur, dans l'entrée. La jeune femme de la chambre bleue sortait maintenant certains soirs. Elle descendait parfois rejoindre Armand et Emilie pour écouter ce poste qui ne diffusait plus de musique. Au reste, on l'écoutait maintenant moins fort qu'autrefois. Et puis, un long sifflement continu et ondulant venait parfois se mettre en surimpression des émissions. Pourtant, on écoutait presque religieusement cette bouillie sonore. Le mois de juillet touchait à sa fin. Les bruits les plus fous venaient du reste du monde. Léon commençait à prendre clairement conscience de ce qu'il se passait autour de lui. Il comprenait enfin que, quelque part, des hommes se trouvaient soumis à l'arbitraire et à la violence et que beaucoup d'entre eux commençaient à s'organiser pour échapper à ce joug. Lucien se montrait partisan de la plus grande prudence. Lorsque Léon commençait à lui parler de tout cela, il répétait à l'envi :

— Ne te fais pas remarquer, va. Tout ça va bien finir par se calmer. Ne t'en mêle pas, ça vaudra mieux.

En haut de l'allée, la petite porte de fer forgé grinça sur ses gonds. Des pas lourds résonnèrent dans la cour. Léon sauta sur ses jambes et colla son nez à la vitre de la grande porte d'entrée. Un homme approchait, qu'il ne reconnut pas. Il fila par le grand escalier et resta un long moment, tout en haut, à guetter les bruits de la maison. Il entendit Maria ouvrir et parlementer un instant. Un bruit de porte à l'autre bout de la maison. La jeune inconnue venait de s'enfermer dans sa chambre. L'homme demeura longtemps dans l'entrée, à parler à voix basse avec Armand. Pourquoi ce dernier ne le faisait-il pas entrer dans le salon ? Tout ce que le gamin put percevoir de la discussion fut, à un moment où le ton commençait à monter entre les deux hommes :

— Et puis je suis maître chez moi. Qu'est-ce que ça peut te faire, qui je reçois ? Si vous avez la trouille, restez chez vous et laissez-vous faire. On verra bien.

L'autre se défendait mollement.

— Et maintenant, file, ajoutait Armand à haute voix.

On entendit les pas de l'homme remonter l'allée.

— Je reçois qui je veux, nom de Dieu, lança Armand une dernière fois. C'est pas des pisse-froid comme vous qui vont me dire ce que je dois faire chez moi !

Puis il claqua violemment la porte. Léon l'entendit dire à Maria :

— Ils ont la trouille.

Puis, après un instant :

— Par exemple, je me demande bien qui a pu leur raconter qu'il y avait une Juive ici ?

Léon n'entendit pas la réponse. La porte du salon claqua et le bruit de la radio reprit, lancinant, énervant, mais déjà si familier.

— Maria, c'est quoi, une Juive ?

La jeune femme se retourna. Léon finissait d'empiler du bois le long du mur qui descendait jusqu'au champ, en contrebas de la terrasse. La servante ramassait quelques bûches pour le fourneau de la cuisine.

— Une Juive ? Pourquoi tu me demandes ça, toi ? Qu'est-ce que ça peut te faire ?

Elle finissait de charger le bois sur son bras replié. Léopoldine jouait un peu plus loin, assise dans un rayon de soleil.

— J'ai entendu Monsieur Armand l'autre soir.

Elle réprima un sourire.

— Toi et ta manie d'écouter aux portes !

Léon revenait à la charge.

— C'est quoi, une Juive ?

La servante haussa les épaules.

— Est-ce que je sais, moi ? C'est des gens, ils ne vont pas à l'église. Voilà ce que je sais. Et puis, en Allemagne, à ce qu'il paraîtrait qu'ils n'ont plus le droit de rester.

Un courant d'air fit voler une mèche sur son front sans grâce. Léon regardait furtivement autour de lui, comme pour s'assurer que Lucien ne traînait pas par là.

— Et la femme qui joue du piano, elle est juive, alors ? Elle se cache ?

Il reprenait, en nage, son geste machinal. Le bruit des bûches retombant l'une sur l'autre résonnait contre le mur de la maison, en un écho très bref.

— Elle se cache ?

Maria, mal à l'aise, prit le parti de la colère pour ne pas devoir répondre.

— Tu n'as qu'à demander à Monsieur, il te dira bien ce qu'il veut.

— En tout cas, elle s'appelle Clara, ça, je le sais, lâcha alors Léon, avec un petit sourire malin. J'ai entendu Monsieur Armand.

— Eh bien ! Tu en sais déjà beaucoup. Tu devrais t'en contenter. Et ne t'avise pas de trop parler de tout ça.

Elle tourna les talons. Un instant après, Léon l'entendit appeler sa fille. Une odeur de vache, d'herbe fraîche et de terre humide arrivait du pré. Léon repensa au visage deviné, à la silhouette entraperçue et se sentit soudain plus léger. Il partageait maintenant une partie du secret de cette inconnue qui mettait tant de soin à ne pas trop se montrer, même si on ne pouvait rien ignorer de sa présence dans la maison, à cause du piano.

C'est une vie étrange qui s'organisa alors, par petites touches, sans que personne n'y prenne vraiment garde. Parfois, dans la journée, Clara sortait furtivement de sa chambre et passait le nez à la porte du salon. Mais, sitôt qu'elle entendait du bruit, elle filait se réfugier dans son nid, à l'abri des regards. Lucien, curieux au début, en prenait maintenant son parti. Dominique, en revanche, ne supportait pas cette présence feutrée. Elle avait pris en grippe la jeune femme une fois pour toutes. Il semblait d'ailleurs que rien n'eût pu la faire changer d'avis. Maria, elle, ne montrait aucun sentiment particulier, mais elle seule avait le droit de pénétrer dans sa chambre. Même Dominique, le soir, devait se contenter de laisser les deux brocs d'eau tiède devant la porte.

« D'abord, c'est quoi cette manie de se laver tous les soirs, comme ça ? »

Armand, calme, la main bien à plat sur la table de la cuisine, avait laissé tomber d'une voix sourde :

« C'est comme ça, ma belle. Elle est mon hôte et si elle fait comme ça, c'est bien que dans son pays on doit en faire autant.

— Et c'est quoi, son pays ? »

Armand avait changé de conversation et la grosse cuisinière n'avait pas osé insister. Léon, en revanche, ne manquait pas une occasion de se trouver sur le chemin de la jeune femme, sitôt qu'elle sortait de sa chambre. Ce fut avec les premiers vents d'automne qu'elle commença à se montrer un peu plus. Un soir d'octobre, alors que Léopoldine se tenait sur les genoux de son père, assis dans le salon devant la radio, elle frappa à la cuisine. Léon, Lucien et Dominique tournèrent en même temps la tête. La silhouette frêle, presque fragile, de la jeune femme se découpait devant la porte. Elle restait là, sans oser bouger ni faire un pas en avant. Lucien demeura un instant la cuillère en suspens.

— Vous avez besoin de quelque chose ? demanda-t-il, le visage fermé.

Léon découvrait pour la première fois le regard de Clara, un regard clair, si clair qu'il en paraissait transparent. Elle portait un fichu sur les cheveux, mais une mèche s'en échappait, qui lui barrait le côté du visage. Des taches de rousseur soulignaient la pâleur de sa peau. Dominique se leva précipitamment, lissa son tablier et vint se poster devant ses fourneaux. Après un long moment, Clara murmura dans un français hésitant :

— Je veule dire… merci, pour toute…

Sa voix douce portait à peine à l'autre bout de la pièce. Elle roulait les « r » et Lucien, décontenancé, se tourna vers Dominique puis de nouveau vers Clara qui rougissait un peu. Léon reposa sa fourchette doucement. La jeune fille, troublée, reprenait, s'efforçant de bien prononcer ses premiers mots de français, des mots qu'elle se répétait depuis le matin.

— Je vouloir merci, de toute...

Puis, intimidée sans doute, et surprise par le manque de réactions, elle se retira d'un coup et remonta dans sa chambre.

— Tu as compris, toi ? demanda Lucien en fixant Dominique.

Pour toute réponse, elle se contenta d'une mimique et vrilla son doigt sur sa tempe.

— Non, je n'ai rien compris. C'est quoi qu'elle parle ?

— En tout cas, elle n'est pas de chez nous !

La cuisinière, l'air entendu, laissa tomber :

— Ça !

Ils sursautèrent tous en entendant la voix d'Armand, debout dans l'encadrement de la porte.

— Elle vient de loin, oui. De Pologne, si vous voulez tout savoir.

Il vint se poster devant la table, laissa errer un moment son regard sur les reliefs du repas.

— Mais si jamais quelqu'un dans le village venait à le savoir, je ne chercherais pas à apprendre qui a parlé, je vous chasserais tous, c'est bien compris ?

On entendait le pas de Maria qui montait l'escalier, suivi de celui, plus léger, de la fillette.

— Et c'est jusque quand, qu'elle est ici ? grommela Lucien.

Armand esquissa un sourire.

— Si on te pose la question, tu diras que je ne le sais pas moi-même.

Il s'apprêtait à sortir quand la voix de Léon le rattrapa.

— C'est où, ça, la Pologne ?

Armand se retourna, souriant.

— Tu en demandes des choses ! La Pologne, c'est loin, très loin, vers le nord.

— Comment ça se fait qu'elle soit arrivée ici, alors ?

Comme chaque fois qu'on lui posait une question embarrassante, le vieil homme laissa tomber, faussement badin :

— C'est la guerre, petit, c'est la guerre.

La vieille poussa la porte de l'épicerie. La clochette tinta. Derrière son comptoir, Florentin releva à peine la tête. La femme portait un châle de laine écrue. Le froid laissait sur son visage des petites marques rouges. Dans l'arrière-boutique, on devinait un évier, une table et une grande fenêtre qui laissait passer une lumière crue, une lumière d'hiver. L'épicier demanda, sans cesser de ranger les boîtes qu'il sortait d'un carton :

— Et pour aujourd'hui, Juliette, ce sera quoi ?

— Une boîte de sel. Tu en as, du sel ?

— Bien sûr que j'en ai.

La porte tinta une nouvelle fois. Dominique entrait à son tour, le souffle court. Elle salua tout le monde avant de se laisser tomber sur une petite chaise, à côté de l'entrée. Florentin descendit de son escabeau, une boîte à la main.

— Tenez, Juliette. Ce sera tout ?

— Pour aujourd'hui, oui.

Florentin, pas dupe, savait bien que la vieille femme ne venait pas d'affronter le froid rien que pour acheter un peu de sel. Au reste, elle ne repartait pas. Elle se tourna vers Dominique.

— Pas chaud, hein ?

— Non pas !

Florentin fit sonner le tiroir-caisse et commença à compter la monnaie de Juliette, pièce après pièce, en les laissant tomber une à une sur le comptoir. La vieille montra sa boîte de sel.

— Voilà ! Encore une chance qu'il en reste. Avec cette guerre, il y a plus moyen de rien avoir.

— Et encore, tu n'as pas trop de bouches à nourrir, toi, lança Dominique, le regard dans le vide.

Juliette attrapa l'occasion au vol.

— C'est vrai que, par là-haut, vous devez en trouver tous les jours des bouches à nourrir, à la Maison-Haute.

— Et plus, lâcha Dominique, d'un ton faussement détaché.

— Et plus ?

— Si je te disais...

Florentin toussa dans sa main.

— Et pour toi, Dominique, ce sera quoi ?

— Une demi-livre de beurre et du pain blanc, et aussi des oignons.

— Il ne t'en reste plus ?

— Si, mais pas des comme il faut, alors...

— Pas des comme il faut ?

Un coup de vent fit voler un peu de poussière sur la route. Un tourbillon de feuilles mortes passa en rasant le sol.

— Oui, à ce qu'il paraîtrait que nos oignons à nous, ils sont trop forts !

Juliette savoura un instant le moment et demanda, ingénue :

— Et qui c'est qui n'aime pas les oignons d'ici ?

Dominique ouvrit la bouche pour répondre. Florentin se racla la gorge, toussa de nouveau dans son poing.

— Dominique, tu parles beaucoup, murmura-t-il. Tu ferais mieux de ne rien dire de trop. Nous, ici, on est tranquilles, hein ?

Vexée, la grosse femme se leva, l'air mécontent.

— Tu me la donnes, cette demi-livre ?

— Voilà, voilà.

Juliette, déçue, tentait de reprendre le fil de la conversation.

— Il y a du monde alors, là-haut ?

Dominique se troubla.

— Non pas, non pas, personne. C'est juste mes hommes qui mangent comme quatre.

Juliette, pas découragée, attaquait par un autre côté.

— Et Madame ?

— Madame ? Toujours pareille.

De la main elle faisait le geste de boire, la bouche pincée.

— Pauvre femme, murmura la vieille.

Puis, voyant qu'elle ne pourrait pas cancaner plus avant, elle ouvrit la porte, laissant pénétrer dans l'épicerie un courant d'air glacé et quelques feuilles mortes. Du fond de l'arrière-boutique, on entendit la femme de Florentin qui demandait :

— Et le savon, tu l'as mis où ? Hein ? Le savon ? Tu ne sauras jamais rien faire dans cette maison ! Heureusement que je suis là !

Le gros homme haussa les épaules et laissa échapper un soupir.

— Le savon, il est à sa place, dans la boutique.

Puis, après un clin d'œil à Dominique :

— Pas la peine de *rougner* comme ça, ça ne le fera pas venir plus vite !

Le visage soudain grave, il se pencha vers la cuisinière et fit, à voix basse :

— Quant à toi, tiens ta langue. Si tu t'amuses à raconter n'importe quoi à n'importe qui, on aura bientôt des vert-de-gris plein le village. Alors, hein ?

De la main, il faisait le geste de fermer sa bouche. Dominique, vexée, ne prononça plus un mot. Elle fit claquer la porte en sortant. Florentin la regarda s'éloigner, un drôle de sourire aux lèvres.

7

Clara ouvrit les yeux. Elle frissonna. Un rayon de lumière blanche filtrait par les volets mal clos. Elle tira l'édredon et s'y enfouit, cherchant la chaleur de son propre corps. Les bruits de la maison arrivaient assourdis. Les cloches sonnèrent. Elle renonça à compter. Sur la table de nuit, un gros réveil de métal blanc marquait neuf heures. Elle attendit un long moment, dans la pénombre rassurante de sa chambre. Elle commençait à en connaître chaque recoin par cœur, chaque imperfection du papier sur les murs, chaque écaillure de peinture au plafond. Mais, plus que tout, elle aimait à retrouver les odeurs de la pièce. Près de la petite cheminée, celle des braises froides. De l'autre côté de la pièce, une odeur de plancher bien ciré. Puis, par la porte restée ouverte du petit cabinet de toilette, l'odeur douce du savon dans l'eau de sa toilette du soir.

Elle rabattit sa couette, s'assit sur le bord du matelas et frissonna encore. Elle enfila une veste de laine posée sur le montant du lit et, les pieds nus, vint ouvrir les volets. L'air sec de l'hiver et le ciel d'un bleu absolu laissaient le regard se perdre presque à l'infini. Elle releva sa chevelure ébouriffée d'un geste de la main et la fixa à l'aide d'un petit bout de bois ramassé au début de son séjour dans le parc, un petit bout de bois qu'elle gardait comme un bijou, sans bien savoir pourquoi. En tout cas, tous les matins, comme un rituel, elle s'en servait pour maintenir un chignon mal assuré, le temps de se débarbouiller le visage.

Dans un coin de la pièce, le piano croulait sous les partitions, son seul vrai trésor. Certaines dataient de son enfance, en Pologne, d'autres de ses études au conservatoire de Varsovie, annotées par son maître. Elle accordait à ces dernières plus d'importance qu'à sa propre existence. Les yeux toujours dans le vague, elle aperçut, sous le figuier nu, une ombre qui filait le long de la maison. Elle eut le temps de reconnaître la silhouette frêle de Léon. Son visage ne laissa passer aucune émotion. Depuis son arrivée, elle faisait en sorte de se montrer le moins possible, de ne pas interférer dans la vie de la maisonnée. Elle craignait par-dessus tout de perturber le cours normal des choses et de compromettre ses hôtes par sa présence.

Aujourd'hui, parce qu'elle était juive, parce qu'elle était polonaise, elle devait se cacher dans ce coin de France dont elle ignorait tout. La barrière de la langue lui pesait. Elle aurait tant aimé pouvoir partager, parler, raconter son histoire, dire sa peur, son sentiment de solitude. On frappa à la porte. Maria la salua de la tête et vint poser le plateau du petit déjeuner sur la table. Quelle que soit l'heure à laquelle Clara se réveillait, Maria accourait toujours dans le quart d'heure. Sans doute devait-elle surveiller le bruit des volets que l'on ouvre. Elle mangea avec application, pas par faim, mais par devoir.

Elle connaissait la faim. En Pologne, d'abord, pendant ses études au conservatoire, puis plus tard, en Allemagne, quand elle y avait débarqué avec, pour tout viatique, ses précieuses partitions et une recommandation pour un maître qu'elle ne connaissait pas. Ses parents, restés en Silésie, recevaient alors presque chaque jour une lettre de leur fille. Ils suivaient ainsi une carrière dont ils ne comprenaient pas tout. Mais les mandats, eux, étaient toujours les bienvenus. Et puis, un jour, on s'était mis à pourchasser les Juifs dans toute l'Allemagne. C'est vers Paris qu'elle avait alors choisi de fuir, plutôt que vers Varsovie. C'est là qu'elle avait fait la connaissance de Gustave.

A présent, tout cela lui revenait par bouffées nostalgiques. Pouvait-on parler d'une histoire d'amour entre elle et Gustave ? Elle-même l'ignorait. C'est seulement depuis son arrivée ici, depuis le départ du jeune homme vers un ailleurs dont elle ignorait tout, qu'elle découvrait le manque de lui. Où se trouvait-il à présent ? Pourquoi ne donnait-il pas de nouvelles ? Elle espérait chaque jour, sans vraiment y croire, une lettre qui briserait le silence. Mais depuis tous ces mois, plus rien. Elle frissonna de nouveau. Sa toilette de chat terminée, elle se coiffa d'un fichu, comme les paysannes de son pays, enfila une lourde veste sans forme et descendit dans la cour. Aujourd'hui, elle se sentait plus paysanne que musicienne. Elle étouffait entre les quatre murs de sa chambre. Le couloir la glaçait. Les promenades à la sauvette, le soir, dans le parc, lui pesaient. Elle avait envie de sentir la terre sous ses pas, de marcher dans la paille, de respirer enfin l'odeur des bêtes. Et tant pis si les gens du village la voyaient, et tant pis si on la dénonçait. Seule la peur de compromettre ses hôtes lui commandait de rester tout de même discrète. Elle demeurait piquée là, au milieu de l'allée, à regarder picorer quelques poules. Une voiture attelée à deux bœufs passa sur la route. Un homme sans âge, courbé par les ans, un bâton à la main, marchait à leurs côtés, tenant une longe de cuir. Elle attendit un moment, scruta autour d'elle puis, d'un coup, traversa la cour pour se diriger vers la grange. Elle ne la connaissait que des fenêtres du premier étage. Depuis son arrivée, elle brûlait de la découvrir de l'intérieur.

Chez Fernande, l'air devenait irrespirable. La lampe du plafonnier étirait les ombres sur les petites tables de bois. Un bout de comptoir en zinc, deux étagères dans le mur, couvertes de bouteilles et de verres bien rangés, quelques affiches publicitaires et, surtout, un carillon Westminster suffisaient à composer un décor simple, presque rassurant. Fernande, assise derrière son comptoir, comptait les mailles de son tricot en silence. Un halo de fumée entourait l'ampoule surmontée d'une opaline plate. Depuis le début des hostilités, on parlait moins fort, on se regardait aussi parfois un peu de travers. On évitait certains sujets qui auraient pu fâcher. Mais on ne manquait jamais, le soir, de se retrouver autour d'un verre d'alcool qu'on prenait le temps de siroter délicatement, de faire durer le plus possible. Qui, le premier, lança le sujet ? Fernande eût été incapable de le dire.

— Et d'abord, qu'est-ce que ça peut te faire, qui c'est qui est chez monsieur Armand ?

— Ça me fait que si ça s'en tourne, c'est quelqu'un qui va nous attirer des ennuis.

Le maire, qui jouait à la belote au fond de la petite pièce, releva à peine la tête de son jeu pour lancer :

— Monsieur Armand, il fait bien ce qu'il veut. Ça ne te regarde pas, Paulo !

L'homme petit et trapu, le visage noir de crasse, les cheveux en bataille, leva un regard que l'eau-de-vie faisait briller.

— Et moi je te dis que c'est que des emmerdements ! On n'a pas besoin de ça ici. Et puis d'abord, d'où elle vient, cette bonne femme ?

Florentin, le visage rouge de chaleur, posa son domino devant lui. Sans lever les yeux, il laissa tomber d'une voix basse :

— Moi, je serais que vous, j'y penserais pas, à tout ça. Même, je n'en parlerais pas. Et puis, qui c'est qui te parle d'une bonne femme chez monsieur Armand ?

— Fais pas le con, Florentin. Tu le sais bien, toi.

Le gros homme releva les yeux, l'air innocent. Il fit du regard le tour de la salle et rétorqua, d'un ton lourd de menace :

— Chez monsieur Armand, il n'y a jamais eu de bonne femme cachée, c'est compris ?

Personne n'osa répliquer. Seul Paulo marmonna dans sa barbe :

— N'empêche, c'est pas une étrangère qui va faire sa loi.

Dans le silence gêné, on entendit la voix du maire conseiller, avec un calme contenu :

— Paulo, ta gueule.

Fernande se garda bien d'intervenir, continuant de compter ses mailles du bout des lèvres. Pour ne pas perdre la face, le fameux Paulo ajouta :

— Tu me resserviras, Fernande.

La grosse femme soupira, posa son ouvrage sur le comptoir et vint remplir le verre de gnôle avec une bouteille terminée par un petit bec verseur de métal.

— Ça commence à causer dans le village. Tu devrais faire attention.

Armand quitta son siège, vint repousser une bûche dans la cheminée et, tournant le dos à Elie, le maire, laissa tomber :

— Qu'ils parlent, peu m'importe.

— Mais, et la police ?

— Laisse-la où elle est.

Maria entra dans le salon. La nuit tombait tout doucement. Des reflets rouges pénétraient par les fenêtres et venaient frapper le tapis. Emilie somnolait dans un fauteuil, à côté du feu. On entendait, venant de la cuisine, le ronron des voix de Dominique et Lucien. Du premier étage parvenait le son étouffé du piano. Le poste de radio trônait sur sa petite table. Dans un instant, on l'allumerait.

— Armand, c'est qui, cette fille ? reprit le maire.

Le vieil homme se rassit lourdement. Son regard passa sur son compagnon sans paraître le voir.

— Après tout, qu'est-ce que ça change ? finit-il par murmurer. Ici, il n'y a personne, tu le sais bien.

— Moi, oui, mais dans le bourg, ça parle.

— Laisse faire.

Maria tendit l'oreille. Au premier étage, on devinait dans le couloir le pas de Léon. Le piano jouait toujours, imperturbable, répétant sans cesse le même passage.

— N'empêche, faut aimer ça ! marmonna Armand.

Du doigt, il désignait le plafond et, par-delà, la musique.

— C'est toute la sainte journée...

Il laissa échapper un soupir, sourit à demi et saisit son verre qu'il leva en fixant son vis-à-vis. Maria alluma l'ampoule qui répandit une faible lueur. Armand se pencha pour tourner le bouton de la radio. Au-dessus de leur tête, le piano venait de se taire. On entendit Dominique monter l'escalier avec ses deux brocs d'eau chaude. Elle grommelait, mécontente de ce rôle qu'on lui faisait jouer. Quelle idée aussi de se laver tous les jours, et le soir en plus !

La neige recouvrait à présent les pierres de la cour. Un silence inhabituel régnait autour de la maison, de ces silences de neige quand, au matin, on découvre un paysage tout blanc dans lequel les sons sont étouffés. Une trace de pas menait jusqu'à la grange. Clara, la tête recouverte d'un fichu, posa un pied dans la neige. Son petit soulier de cuir ne la protégeait pas du froid, mais elle s'en moquait. Un peu de buée sortait de ses lèvres. Elle leva les yeux au ciel. Les nuages lourds et bas écrasaient tout. Elle sentit monter en elle une nostalgie sourde, une sensation étrange faite de joie et de tristesse. Cette neige, ce ciel bas, ce froid soudain, tout cela la renvoyait à son enfance et à ce passé si éloigné de sa vie d'aujourd'hui. Depuis plusieurs mois, elle se terrait ici, sans pouvoir se montrer, ni exister officiellement. Elle vivait non pas dans la maison, mais presque en marge de la maison. On ne lui demandait rien en échange de sa présence. On ne lui parlait presque pas, comment l'eût-on fait ? Elle se souvenait encore de ce jour récent où elle avait osé traverser la cour pour se rendre à l'étable. L'odeur chaude des bêtes, le parfum du foin, les poutres chaulées et sales, les toiles d'araignée qui pendaient partout et, dans la pénombre, le mouvement des bêtes qu'on devine. Tout cela, elle connaissait. Pour la première fois, ce jour-là, elle s'était sentie presque comme dans son petit village de Pologne, si triste et pourtant si beau. Elle se souvenait de Lucien, occupé à distribuer le foin, qui semblait ne pas l'avoir remarquée. Clara, le regard perdu, s'était laissé happer corps et âme par cette sensation de vie vraie, de retour à ses racines paysannes.

Aujourd'hui, elle brûlait de retraverser à nouveau la cour, mais n'osait pas. Elle sentit une présence derrière elle. Léon se tenait à deux mètres, sans bouger, portant deux seaux de fer-blanc. Elle lui sourit, frissonna et se pencha pour en saisir un. Le jeune homme, tétanisé, la laissa faire. Elle lui désigna l'autre côté de la cour en demandant, d'une voix légère, très douce :

— Toi venir, les vaches ?

Il avala sa salive.

— Oui… les vaches, gargouilla-t-il.

Puis, d'un geste hésitant, il reprit le seau des mains de Clara. Il la voyait de près pour la première fois. Elle lui semblait la plus belle femme qu'il ait jamais vue, avec ses mèches blondes qui dépassaient de son fichu et son regard presque transparent.

— Je venir ? Possible ? s'enquit-elle en penchant la tête de côté.

Léon jeta un regard vers les fenêtres du premier étage, comme pour s'assurer qu'on ne les regardait pas.

— Venir ? répéta-t-elle en désignant la grange.

Le gamin avala sa salive de nouveau et hocha la tête, incapable de prononcer un mot. Il regarda les souliers de Clara.

— Les chaussures, elles vont se salir, parvint-il à dire.

Clara le regardait en souriant, sans paraître comprendre ce qu'il lui disait. Et lui, pointant du doigt ses escarpins, répétait :

— Les chaussures, salir, sales. Vous comprenez ?

Non, elle ne comprenait pas. Elle se contentait de répondre, en désignant la grange :

— Venir, possible ?

Il finit par hausser les épaules en lâchant :

— Après tout...

Il fila vers l'étable, la jeune fille sur ses talons. Lucien, assis contre une vache, trayait à longs jets. Il suspendit son geste et se pencha de côté, pour regarder par-derrière la croupe de l'animal.

— Eh bé ! qu'est-ce qu'elle fait là, elle ?

Léon haussa les épaules, gêné.

— Je ne sais pas ! C'est elle qui veut venir.

— Avec ses souliers de dame ?

— Je lui ai dit. Elle ne comprend pas.

Lucien reprit son geste, on entendait gicler le lait dans le seau.

— En attendant, dépêche-toi de traire la Rousette, au fond, elle a les pis gonflés.

Clara les regardait, sans comprendre un mot de ce qu'ils se disaient. Elle saisissait un tout petit peu le français, mais pas ce français-là. Il ne ressemblait en rien à celui de Paris. Celui-ci chantait, roulait les « r », rebondissait de syllabe en syllabe, comme un chant. C'est bien plus tard qu'elle devait comprendre qu'il s'agissait d'une autre langue, l'occitan. Pour l'heure elle tendait l'oreille et tentait de saisir de quoi il retournait. Léon approcha un petit tabouret bas à un seul pied. On le fixait à la taille avec une ceinture de cuir, de sorte que, quand on se levait, il vous pendait au derrière de façon un peu ridicule. Avant que le jeune homme n'eût le temps de boucler le ceinturon, elle s'en saisit, s'assit derrière la Rousette, essuya ses mains à sa jupe et commença à traire d'un geste énergique et sûr. Léon restait debout, interdit, la bouche ouverte. Lucien, la main en suspens, incrédule, un peu vexé aussi sans doute, regardait la jeune femme traire la vache qui ne bougeait pas. Clara, le visage penché en avant, tirait sur les pis avec une joie non feinte, presque avec rage. Ses petits souliers disparaissaient dans la paille souillée et sa jupe un peu relevée découvrait deux genoux blancs.

L'eau de la rivière s'engouffrait avec violence dans le canal de dérivation creusé dans la roche. Les ouvriers travaillaient à présent à pied sec dans le lit de la rivière. Un peu en amont, un batardeau détournait les eaux vers le conduit creusé dans la montagne. Les rives, autrefois couvertes de bois et de bruyères, disparaissaient maintenant sous la poussière de ciment, la boue et les chemins tracés à la pelleteuse, des chemins de terre si abrupts qu'on ne s'y risquait qu'avec précaution.

Gustave, le visage amaigri, vêtu d'un vieux pantalon de toile brune et d'une chemise de lin au dos rapiécé, remontait la grande rue du village provisoire. Ses godillots de cuir, lourds de boue, semblaient peser des tonnes. Depuis son arrivée, il s'abrutissait de travail pour ne pas penser, pour ne plus penser, pour ne plus être, pour un temps, le Gustave parisien, le Gustave mondain et raffiné. La guerre lui imposait de ne plus être ce Gustave-là. Il s'efforçait donc de devenir un autre homme, un ouvrier aux doigts gonflés, rougis, à la peau abîmée, un homme aux épaules douloureuses, aux jambes qui ne le portaient plus à la fin de la journée, un Gustave qui n'hésitait pas, le soir, à aller boire sa chopine de vin rouge dans l'estaminet de planches enfumé et bruyant. Il rentrait ensuite, à la nuit, abruti de fatigue.

Il partageait sa chambre avec un réfugié catalan qui parlait à peine le français ; c'est en limousin que Gustave se faisait comprendre de lui. Il disait s'appeler Pedro. Gustave n'en croyait rien, mais il s'en contentait. Pedro passait ses soirées à lire. D'où venait-il ? Il n'osait pas le lui demander. Il savait seulement qu'il partageait sa chambre avec un intellectuel, quelqu'un de brillant, quelqu'un qui avait sans doute de bonnes raisons de se faire oublier. L'autre se posait-il les mêmes questions sur Gustave ? En tout cas, il n'en laissait rien paraître.

Les bruits du chantier rythmaient leur vie, les hurlements de la sirène, le boucan incessant de l'usine à ciment, les pétarades des camions et des machines. Gustave savait que nombre d'ouvriers se cachaient, comme lui, de l'occupant. Les deux ingénieurs qui dirigeaient la construction du barrage accueillaient, au péril de leur vie, autant qu'ils le pouvaient, ces hommes et ces femmes pourchassés, menacés et traqués.

Gustave poussa la petite porte de bois mal équarrie de sa cabane. Pedro, allongé sur son lit, les chaussures aux pieds, lisait un petit livre recouvert de toile rouge. Où trouvait-il tous ces ouvrages ? Gustave l'ignorait.

— Bonsoir, Pedro.

— Bonsoir, Gustou.

L'Espagnol partit d'un grand éclat de rire.

— Tu n'aimes pas quand je dis Gustou, hein ?

Gustave sourit, se laissa tomber sur une chaise et posa sa casquette sur la table.

— Tu dis bien ce que tu veux, mon ami, murmura-t-il pour lui en français. Ici, on n'est plus rien. Plus rien.

Puis, relevant la tête, il fixa le jeune homme qui le regardait, les yeux rieurs.

— Tu es bien heureux, toi, ici. Comment tu fais ?

Dans un coin, un vieux poêle carré, fait de mauvaises tôles, répandait une maigre chaleur. Gustave se releva, ouvrit la fenêtre et s'y accouda pour regarder vivre la ruelle. Pedro comprenait-il le français, oui ou non ? Gustave restait convaincu que le jeune homme en connaissait plus qu'il ne voulait bien le laisser paraître. Un courant d'air soufflait entre les baraques. Des gamins au visage sale jouaient dehors, surveillés de loin par leur mère. Une odeur de soupe flottait dans l'air, une odeur de feu de bois aussi. Un peu plus haut dans la vallée, les bruits assourdis du chantier leur parvenaient par bribes, portés par le vent.

— Est tristé, *amigo* ? lança Pedro dans un mauvais français.

Gustave respira un grand coup.

— Et toi, tu n'es jamais triste ? demanda-t-il en limousin.

Pour toute réponse, il obtint un éclat de rire.

— Yamais, yamais tristé. Lire, voilà lé sécréte, fit Pedro, toujours dans son français écorché.

Gustave haussa les épaules.

— Tu as sans doute raison.

Du haut de la ruelle leur parvinrent des bribes de musique. Un accordéoniste jouait un air venu de l'Est, une mélodie mélancolique. Il eut une pensée pour Clara,

Clara qui occupait son esprit à longueur de journée, jusqu'à l'épuisement. Clara au piano, Clara dans la lumière de sa beauté, Clara dans ses secrets, Clara dans ses mystères, une Clara qu'il avait dû abandonner près d'ici, chez son père, pour la mettre en sécurité. Que faisait-elle à cet instant ? A quoi, à qui pensait-elle ? Son français s'améliorait-il ? Comment sa vie s'organisait-elle dans la Maison-Haute ? Pedro, fine mouche, demanda, en catalan :

— Tu penses à ton amoureuse ?

Gustave se retourna. Il se contenta de sourire tristement. Pedro se redressa.

— Viens, on va manger chez la Polonaise.

Gustave passa la main dans ses cheveux, mit sa casquette sur sa tête et ouvrit la porte. L'Espagnol sauta à bas de son lit, posa son livre ouvert sur la table et prit son camarade par l'épaule.

— La guerre, pas bonne, pas bonne, fit-il dans son français laborieux.

— Non, mon ami, pas bonne du tout, répliqua Gustave.

Puis il éclata de rire, sans bien savoir pourquoi. Deux gosses passèrent devant eux en criant dans la neige sale. En haut de la ruelle, on entendait toujours l'accordéon pleurer sa mélodie.

Depuis deux jours, le piano ne jouait plus. Le premier jour, Léon n'y prêta pas attention. C'est la deuxième journée que le silence devint étrange. La neige recouvrait tout. L'eau du petit étang paraissait plus noire qu'à l'habitude. Sur la berge, la silhouette d'un héron se détachait sur le blanc immaculé. La maison, traversée de courants d'air, se refroidissait chaque jour un peu plus. Dominique ne quittait plus sa cuisine que contrainte et forcée. Elle préférait la chaleur du fourneau au froid humide des couloirs. Lucien gardait du matin au soir un visage marqué de rouge, soit de froid, soit que la chaleur de la cuisine lui montât à la tête.

Léon tapa ses souliers pleins de neige sur le seuil de la cuisine et poussa la porte. Un courant d'air glacé le précéda. Il sentait le froid. Il vint se camper devant le fourneau en frottant ses mains. Lucien, assis à table, coupait un morceau de pain. Il mâchait en même temps un morceau de lard gras. Dominique se retourna à peine.

— Elle ne joue plus ? demanda Léon.

— Qui ça ?

— La Polonaise.

— Tant mieux, laissa tomber Dominique.

— Pourquoi tant mieux ?

— Tant mieux parce que, moi, je dis que ça finira mal, tout ça. On n'a pas besoin d'elle ici. Est-ce qu'on a besoin de se faire remarquer ?

Elle prit sur la table quelques légumes secs et les plongea dans l'eau chaude.

— Moi, je vous dis que ça va mal finir. Si ça venait à se savoir...

Lucien ne disait rien, mais il approuvait chaque phrase par un grognement. Léon fixa la grosse femme un instant, puis déclara :

— Elle est là, alors il te faudra bien faire avec. Et puis moi, le piano, j'aime bien ça, alors...

Un long silence s'installa. Il le rompit en demandant, presque timide :

— Elle est malade ?

— Non, pourquoi ? fit Dominique.

— Ça va faire deux jours qu'on ne l'entend plus.

Elle laissa échapper un petit rire.

— C'est peut-être d'avoir été traire les vaches ? Ça lui aura abîmé les doigts ?

Elle souleva une des plaques de fonte toutes rondes pour tisonner le feu. Du fond de la pièce, on entendit la voix de Lucien qui grommela :

— N'empêche que tu diras ce que tu veux, mais les vaches, elle n'a pas besoin qu'on lui dise comment faire. Elle a fait ça presque aussi bien que toi !

Dominique, piquée au vif, un peu jalouse aussi sans doute, siffla :

— Toi, dès qu'il y a un jupon, de toute façon...

Léon sourit, s'assit à son tour à table et commença à manger, sans ajouter un mot.

Dans sa chambre glacée, Clara tentait de se réchauffer devant un maigre feu de bois. A l'autre bout de la pièce, le piano restait fermé. L'ivoire des touches lui gelait les doigts. Depuis deux jours, il lui fallait garder les mains emmitouflées dans ses manches sans pouvoir jouer une note. Devant la porte de sa chambre, ses chaussures répandaient une odeur d'étable. Elle s'était promis d'aller les nettoyer dans la neige, mais remettait sans cesse le moment d'affronter le froid. Plus le temps passait, plus le sentiment de peur grandissait en elle, une angoisse dont elle ne savait rien, sinon qu'elle l'envahissait insidieusement, chaque jour un peu plus. Sans oser se l'avouer, elle prenait doucement conscience que son séjour ici durerait plus que les quelques semaines envisagées au début. Elle commençait aussi à comprendre à quel point sa présence dans cette maison pouvait représenter un danger pour ses hôtes.

Noël approchait. Elle se sentait seule. Gustave ne donnait pas de nouvelles. Sans doute se cachait-il, lui aussi ? Elle attendait chaque jour un mot, une lettre. Mais le temps passait sans qu'il se manifeste. Parfois, il s'estompait dans sa mémoire. Elle s'en voulait. Elle n'osait pas demander de papier pour écrire. Elle n'osait pas non plus descendre à la cuisine. Elle savait pourtant que, là-bas, elle trouverait de la chaleur et du monde à qui parler. L'autre jour, en revenant de traire les vaches, un bien-être animal l'avait envahie. Depuis, elle n'osait plus croiser le regard d'Armand. Savait-il ? Peut-être.

On frappa à sa porte. Elle se leva d'un bond. Léon se tenait devant elle, penaud, un plateau dans les mains.

— Votre déjeuner, murmura-t-il.

Il rougit. Clara restait les bras ballants, sans oser faire un geste. Elle le fixa. Il baissa le regard.

— Je... je le pose où ?

Elle s'effaça en marmonnant une excuse dans son mauvais français. Elle désignait la petite table, devant la cheminée.

— Là, poser.

Puis elle ajouta, dans sa langue, à voix basse :

— *Chouopchich* [1], avec une inflexion plus tendre dans la voix.

Léon posa le plateau puis, piqué au milieu de la pièce, il montra le piano.

— Pas jouer ?

— *Fortepian* [2] ?

1. Petit garçon.
2. Piano.

— Oui, insista-t-il, vous, plus musique ?

Avec ses mains, il faisait mine de jouer dans le vide.

— Pas possible ! balbutia-t-elle. Trop de froid.

Sa voix chaude portait les mots comme des bijoux. Elle chantait les mots plus qu'elle ne les disait.

— Toi aimes *musika* [1], *fortepian* ? ajouta-t-elle.

Léon rougit de plus belle. Il se dandina un instant sans oser répondre, puis tourna les talons et fila. Elle le suivit des yeux dans le couloir avant de refermer hâtivement la porte. Elle frissonna et vint se camper à nouveau devant le feu. Elle eut brusquement envie de revoir Gustave. Une envie irrépressible. Une silhouette, dans le parc, attira son attention. Elle reconnut la lourde stature d'Armand qui remontait l'allée menant à la terrasse.

1. Musique.

8

Emilie suivait le couloir glacé d'une démarche mécanique. Elle ralentit devant la porte de Clara. Elle perçut un glissement dans la pièce, une note qu'on joue sur le piano, le couvercle du clavier qui claque et, enfin, un corps qui se laisse tomber sur le lit. Elle serra les dents, haussa les épaules et continua son chemin. Depuis le début de l'après-midi, deux hommes parlaient à voix basse dans le salon, avec Armand, des hommes qu'elle ne connaissait pas. Le jour commençait à tomber. La neige étouffait tous les bruits extérieurs. On entendait Dominique remuer des seaux dans la cuisine. Sans doute l'eau chaude pour Clara ? Quelle idée de se laver tous les jours ! Peut-être souffrait-elle d'une maladie ? La cuisinière s'en moquait. Elle n'aimait pas la jeune fille. Depuis le début de cette guerre, trop de choses la dépassaient. Armand recevait de plus en plus de gens qu'elle ne connaissait pas. Que venaient-ils faire là ? De quoi parlaient-ils ? Depuis peu, Florentin se faufilait chaque jour, à la nuit tombée, dans la Maison-Haute. Emilie alla s'enfermer dans la galerie, devant le petit poêle qui répandait une chaleur étouffante. Dans le salon, Armand faisait face à deux personnages bien mis, arrivés discrètement par le parc.

— Et ton fils ? demanda le plus âgé.

— Il est toujours là-bas.

Armand parlait à voix basse. Les deux hommes se sentaient un peu gauches, assis sur une demi-fesse, leur casquette à la main.

— Et pour les armes ?

— Je ne les ai pas encore.

Il se leva pour tisonner le feu.

— Florentin me dira quelque chose dès qu'il saura, laissa-t-il tomber sans se retourner.

Il faisait si froid dans la pièce que la respiration des trois hommes faisait de la vapeur devant leur bouche. Dans le vestibule, Léon tentait de saisir des bribes de phrases. Il sursauta en entendant Clara qui l'appelait du haut de l'escalier.

— *Chouopchich*...

Il releva la tête. Les cheveux blonds entouraient son visage dans un désordre qui formait comme un halo. Elle lui faisait signe de monter.

— Venir. Moi demander... fit-elle dans son français hésitant.

Il monta les marches, en prenant garde à ne pas les faire craquer. Clara le regardait arriver, debout sur le palier. Quand il l'eut rejointe, le jeune garçon remarqua son regard inhabituel. Une flamme y brillait qu'il ne connaissait pas. Elle le regarda approcher sans un mot puis, tendant le bras, elle posa la main sur son cou et l'attira à elle pour le serrer dans ses bras en murmurant :

— *Bratitchek, bratitchek* [1]...

1. Petit frère.

Elle empestait l'alcool. Elle le repoussa brutalement, laissant une main sur son épaule, et le fixa soudain dans les yeux, un sourire mauvais sur le visage.

— Solitude... fit-elle d'une voix sonore.

Puis elle tourna d'un coup les talons et repartit vers sa chambre, en lançant à haute voix :

— Gustave parti, pas là... Gustave laisser pauvre Clara. Clara seule...

Et elle éclata d'un grand rire mêlé de pleurs. Léon, interloqué, restait planté en haut de l'escalier sans savoir que faire, ni que dire. Il gardait sur lui le parfum de cette femme qui venait de le serrer dans ses bras. La jeune femme fit volte-face, le regarda encore une fois, puis retourna s'enfermer dans sa chambre en titubant. Léon, inquiet, vint frapper à sa porte. Elle lança un mot en polonais. On entendit ensuite un bruit de verre brisé, puis encore le même mot. Peut-être un juron ? Léon, anxieux, fit un pas dans la pièce. Clara, debout au milieu d'un désordre indescriptible, le regardait sans paraître le voir. Ses draps et ses couvertures jonchaient le sol, de l'armoire ouverte pendaient ses quelques vêtements, jetés pêle-mêle. Une bouteille vide trônait sur le marbre de la cheminée. Il regarda autour de lui puis, sans même réfléchir, contourna le lit et prit la jeune femme dans ses bras. Il tenta de l'embrasser. Elle le repoussa avec une force qu'il ne soupçonnait pas. Une gifle claqua. Il la fixa un long moment, les yeux pleins de larmes. Elle paraissait soudain dégrisée. Elle tendit la main pour caresser sa joue qui rougissait à vue d'œil.

— Demander pardon... *Bratitchek*, pardon. Clara solitude, trop solitude...

Puis elle se jeta sur son lit en sanglotant. Léon porta la main à son visage pour frotter sa joue. Il s'approcha du lit et posa à son tour sa main sur l'épaule de la jeune femme. Elle se tourna à demi et le fixa un long moment, sans un mot.

— Vous voulez voir Gustave ? C'est ça ? murmura-t-il.

Son regard, habituellement si clair, semblait à présent noyé, lointain.

— Gustave, oui. Où Gustave ? répliqua-t-elle.

— Moi, je sais.

La lune brillait si fort que l'on y voyait presque comme au crépuscule, quand les couleurs disparaissent, quand tout, autour de vous, prend un aspect gris et lisse. Léon claquait des dents. Assis à l'avant de la carriole, il tenait les rênes de la mule dans ses doigts gourds. A l'arrière de la voiture, Clara somnolait, enveloppée dans une couverture emportée à la hâte. Léon n'en revenait pas encore de son audace. Quand Armand découvrirait son départ, demain, Dieu seul savait quelle serait sa réaction. Mais le gamin s'en moquait. Malgré le froid, la nuit, la peur, Clara dormait là, derrière lui. Il en ressentait un sentiment trouble. Bien sûr, il se sentait heureux de cette complicité, mais il savait aussi qu'il emmenait la jeune femme retrouver un autre homme. Il savait aussi qu'elle était plus saoule qu'un régiment, mais qu'importe, il se sentait enfin un homme. Même si, pour l'heure, il hésitait sur le chemin à suivre.

De temps à autre, un chien aboyait. Il sursautait. Il revoyait Clara, debout devant la porte de la grange, titubante. Pour la première fois, elle ne portait pas son foulard sur les cheveux. Elle sentait l'alcool. Il s'en amusait presque.

A présent, il grelottait sous la pleine lune. La mule marchait lentement. Ses fers claquaient de temps à autre sur une pierre. Depuis quelques minutes, il ne savait plus du tout où il se trouvait. Il commençait à sentir une panique sourde l'envahir. Il tira sur les rênes. L'équipage s'arrêta. Clara regarda autour d'elle.

— Où être, *bratitchek* ?

Léon se retourna et la fixa. Elle eut de nouveau un rire d'ivrogne. Puis, sans transition, son visage se referma, deux larmes roulèrent sur ses joues. Elle jeta rageusement la bouteille qu'elle tenait. Le bruit qu'elle fit en se brisant parut envahir toute la nuit.

— Vous... vous voulez toujours retrouver Gustave ? demanda Léon.

La jeune femme prit son visage dans ses mains. On sentait qu'elle cherchait à lutter contre son ivresse, perdue dans un monde dont elle seule possédait la clef. Soudain, dans la lumière grise de la lune, son regard brilla, un regard dur. Elle respira profondément, puis passa la main dans ses cheveux. Léon grelottait. Il ne sentait plus ses doigts crispés sur les rênes de cuir.

— Nous rentrer. Pas bien être dehors, ici.

— Vous voulez... repartir, rentrer ?

— Oui, petit monsieur. Je désolée mon attitude.

Elle paraissait à présent complètement dessoûlée. Léon la fixa un instant puis, dans un geste de rage, tira sur les rênes un coup sec. La mule repartit, droit devant elle.

— Où aller ? demanda la jeune femme.

— Vous vouliez voir Gustave, je vous emmène, voilà tout, lança Léon sans se retourner, le visage buté.

Et il fit claquer de nouveau les rênes. Clara, fataliste, se cala au fond de la calèche et remonta sur elle la couverture qui la protégeait à peine du froid.

Maria pénétra dans la chambre d'Armand, un plateau à la main.

— Bonjour, ma fille, tu as bien dormi ?

— Oui, je te remercie.

— Et la petite ?

La servante posa le plateau sur la table, puis elle se pencha sur le vieil homme. Il posa un baiser sur son front et resta un instant à la dévisager, sans un mot.

— Quelque chose ne va pas, ma fille ?

Elle se dandina d'un pied sur l'autre, mal à l'aise.

— Je... c'est...

— Eh bien ! Qu'est-ce qu'il y a ?

— C'est Léon, il est introuvable ce matin.

Armand fit un geste de la main.

— Il sera parti tôt pour faire un peu de bois, peut-être ?

— Ça n'est pas tout.

Armand grelottait. Il se leva, vint à la fenêtre et jeta un regard sur le parc et sur l'étang au loin. Le givre alourdissait les branches des grands arbres. Le pré, en contrebas, semblait couvert d'une fine pellicule de neige tant la rosée gelée brillait dans les premiers rayons du soleil. Armand se retourna.

— Comment ça, ça n'est pas tout ?

— La carriole et la mule ne sont pas là non plus. Lucien les cherche depuis qu'il est levé.

— Et ?

— Et personne n'a encore rien vu.

Armand s'assit devant son plateau. Maria ne bougeait toujours pas. Il leva la tête vers elle et la fixa de nouveau en silence. Un sourire fugace éclaira son visage.

— Il en reste ?

Maria restait piquée là, sans oser aller plus loin.

— C'est donc si dur à dire ? Il a fait une bêtise ?

— Je... il n'est pas parti seul.

Armand éclata de rire.

— Et avec quelle petite il a filé, ce jeune coq ?

— Avec Clara !

Armand resta un instant interdit puis, contre toute attente, se mit à rire de plus belle.

— Ah, le petit sot, le petit sot !

Il répétait cette phrase comme un leitmotiv, sans cesser de rire. Maria, décontenancée, ne savait quelle attitude adopter. Dans le grand escalier, on entendit le pas lourd de Dominique qui montait un peu d'eau chaude pour la toilette d'Armand.

— Et... on fait quoi ? balbutia Maria.

Il la regarda dans les yeux, se leva, posa de nouveau un baiser sur son front.

— Ce qu'on fait ? On attend qu'il rentre avec Clara et on l'envoie couper du bois pendant le reste de la journée, ça le calmera un peu.

Un peu de givre couvrait les carreaux à l'intérieur de la pièce, tant le froid était vif.

— Dès qu'ils seront là, tu me l'envoies, ce jeune imbécile, fit à mi-voix Armand, redevenu grave.

Maria se dirigea vers la porte.

— Tu es sûr qu'ils vont revenir ? demanda-t-elle au moment de sortir.

— Elle, je ne sais pas. Mais lui, sûr, oui !

Les bruits du chantier paraissaient plus mats, comme si le froid les engourdissait eux aussi. Pedro entra dans la petite pièce mal chauffée. Gustave finissait de se préparer. Ses doigts gourds parvenaient à peine à boutonner sa chemise. Le jeune Espagnol restait piqué sur le pas de la porte, un drôle de sourire sur le visage.

— Eh bien ! Tu en fais une tête, qu'est-ce qui t'arrive ?

Pedro, mystérieux, répondit :

— Moi, *nada*. Mais toi, je crois heureux.

Gustave suspendit son geste.

— Vas-y, explique-toi.

Sans se départir de son calme, l'Espagnol ouvrit un peu plus grand la porte et s'effaça. Gustave resta un instant bouche bée. Derrière son ami, il devinait la silhouette fine et fragile de Clara. La jeune femme grelottait, enveloppée dans sa couverture. Son visage, chiffonné par l'alcool et la nuit de voyage, semblait usé. Il se précipita, se jeta sur elle et la serra contre lui, la tête dans ses cheveux défaits. Elle noua ses bras autour de son cou, respira son odeur, et après un long moment de silence, murmura :

— Toi fâché ?

Il desserra son étreinte, la fixa dans les yeux, son visage contre le sien, sourit et laissa tomber, dans un souffle :

— T'en vouloir ? Mais non, voyons, mais non. Bien sûr que non !

Pedro sortit un instant chercher un peu de bois.

Gustave se détacha de Clara, prit sa main dans les siennes et l'entraîna dans la pièce.

— Viens te réchauffer un peu. Et puis d'abord, tu es venue comment, jusqu'ici ?

Elle sourit.

— Léon amène moi.

— Léon, et il est où ?

Elle fit un petit signe de la main.

— Léon parti. Revenir Maison-Haute, vite.

Gustave commenta pour lui-même, en souriant :

— Petit imbécile !

Il tirait une chaise contre le poêle.

— Mais qu'est-ce que tu es venue faire ici ? Une femme comme toi, dans ce chantier ! Comment tu vas faire ? C'est dur ici, et si froid.

Il ne s'adressait pas vraiment à elle, parlant pour parler, pour ne pas laisser le silence s'imposer, ni le temps des explications arriver. Mal à l'aise, il ne savait quoi faire pour Clara, maladroit et emprunté. Puis soudain :

— Tu as sans doute faim ?

La jeune femme, qui tendait ses mains gelées vers la chaleur naissante, répondit d'un ton sourd.

— Oui, faim. Et puis aussi, dormir. Clara fatiguée.

Gustave se tourna vers son compagnon.

— Tu diras que je ne serai pas à l'heure, d'accord ?

Pedro releva le col de son manteau, cligna de l'œil, dressa le pouce et lança une phrase en espagnol que Gustave ne comprit pas, puis il referma la porte avec douceur.

C'est au matin du deuxième jour qu'Armand s'arrêta devant la petite bicoque de bois. Le givre recouvrait tout. Sur les rochers à pic, l'eau ruisselante se transformait en cascades de glace. Un bruit sourd arrivait du chantier. Un tuyau de poêle tout noirci sortait par la fenêtre. Un peu de fumée blanche montait doucement. On voyait, sur le mur de bois, une trace de suie qui allait s'élargissant. Une femme passa, un panier de linge sur la hanche. Elle marqua un temps, dévisagea Armand et reprit son chemin sans un mot. Il la suivit des yeux un instant. Un gamin morveux, le visage sale, sortit sur le seuil d'une des petites baraques. La femme lui lança une phrase dans une langue qu'Armand ne connaissait pas.

Des Tchèques, sûrement, se surprit-il à penser.

Il frissonna. Les yeux lui brûlaient. Il venait de voyager toute la nuit. La mule tapa du pied. Il attacha la longe de l'animal à un piquet planté devant la bicoque. Par les carreaux embués, il distingua une silhouette qui allait et venait dans la pièce. Il leva la main pour frapper, resta un instant le geste en suspens, comme intimidé, puis toqua légèrement, comme pour ne pas effrayer la jeune femme. Un bruit de pas, la porte qui s'ouvre à demi et, sous un fichu de mauvaise toile, le visage toujours aussi blanc de Clara. Ses yeux s'écarquillèrent. Elle esquissa un sourire contrit, vite évanoui. Il restèrent un moment, immobiles, à se regarder, gênés, chacun attendant que l'autre prenne la parole le premier. Enfin Armand demanda, timidement :

— Je peux entrer ?

Puis, comme pour se justifier :

— Il ne fait pas chaud.

En parlant, il tapait ses mains l'une contre l'autre pour les réchauffer. Clara s'effaça et le suivit un instant des yeux, sans même penser à refermer la porte. Le vieil homme s'approcha du petit poêle carré et tendit les mains. Il remarqua, sans y prendre vraiment garde, qu'un peu de glace s'accrochait au coin des carreaux, à l'intérieur de la maison. Il se tourna vers Clara, la fixa dans les yeux puis, intimidé, baissa le regard. Elle referma la porte sans détourner son attention de lui.

Aucune expression ne se lisait sur son visage. Armand se racla la gorge, comme pour parler. Elle le prit de court.

— Vous fâché ? demanda-t-elle d'un ton détaché.

Il releva la tête et la fixa de nouveau.

— Même pas, murmura-t-il en laissant échapper un sourire.

Enfin, après un silence :

— Pourquoi ne pas m'avoir prévenu ?

— Pas oser. Clara malheureuse.

Les traits du vieil homme se figèrent.

— Chez moi ?

— Non, pas vous. Malheureuse Gustave. Gustave pas là. Clara toute seule.

Armand déboutonna sa veste et remit en place son cache-nez d'un geste machinal.

— Vous savez, ça n'est pas bien prudent, ce que vous avez fait.

Elle le regarda, une lueur candide dans le regard.

— Pas compris. Pas bien je parle français.

Une automobile passa dans la rue dans un fracas de métal et de moteur poussif.

— Faim ? Clara faire thé ? le questionna-t-elle pour se donner une contenance.

Armand sourit.

— Du thé ? Non, merci bien. Mais faites-le pour vous, si vous voulez.

Il regarda la jeune femme aller et venir dans la petite pièce. Elle versait un peu d'eau dans une bouilloire et venait la poser sur le feu. Armand tira une chaise et s'installa. Il finit par lâcher, comme à contrecœur :

— Vous ne pouvez pas rester là, Clara, c'est trop dangereux.

— Dangereux pour Clara ?

Armand secoua la tête de gauche à droite.

— Non, Clara, pas pour vous, pour Gustave.

La jeune femme se raidit. Elle releva lentement le regard. Une infinie tristesse se lisait soudain dans ses yeux, une détresse, une fatalité que rien ne pouvait guérir.

— Gustave ? Dangereux moi, ici ?

— Très !

Le visage de Clara se transforma d'un coup. Un instant auparavant, elle respirait la santé, le bonheur simple, avec un rien de fierté dans le regard. Et d'un coup, elle semblait avoir perdu toute son énergie, son corps se voûta, un voile passa devant ses yeux. Elle redevenait la petite fille de Silésie, la petite Juive aux bas de mauvaise laine, la fillette qui devait se faire le plus discrète possible afin de ne jamais attirer l'attention sur elle. Armand eut pitié d'elle. Toute sa rancune s'envola. Il redressa le buste, lui fit face et, le visage grave, assura :

— On tient à vous là-haut. Vous nous manquez.

Deux larmes perlaient aux cils de la jeune femme.

— Je dois aller… ? balbutia-t-elle.

Armand hocha la tête.

— Et Gustave ?

— Vous ne devez pas chercher à le revoir maintenant, c'est trop dangereux pour lui et pour vous.

Clara fit des yeux le tour de ce petit bout de refuge qu'elle avait déjà fait sien, de ce bout de bonheur qui se dérobait sous ses pieds. Déjà résignée, elle serrait sur ses cheveux un châle de tissu fin et coloré. Elle se tourna vers Armand avec, sur ses traits, un désespoir infini.

— Pour Gustave dire moi partie, comment ?

Armand eut un geste du bras, comme pour signifier : « Ne vous en préoccupez pas. »

— Il sait déjà, laissa-t-il tomber.

Clara pâlit encore un peu plus. Dehors, la mule tapa du pied et secoua son attelage. Armand se leva avec lenteur, presque avec regret.

— Il est temps, à présent.

Au moment de repartir, Clara se retourna, posa sa main sur le bois de la bicoque et y déposa un baiser. Elle ne desserra pas les dents de tout le voyage et c'est seulement en passant la porte de sa chambre qu'elle éclata en sanglots.

— Mademoiselle, ne pleurez pas ! murmura Maria, debout derrière elle.

La jeune fille se retourna d'un bloc et, les yeux dans ceux de la servante, fit dans un sanglot :

— Clara, solitude, si fort !

Et elle alla se jeter sur son lit, le visage dans ses bras repliés.

Léopoldine courait le long du couloir en criant.

— Monsieur « Boise », monsieur « Boise » !

Emilie, le visage hagard, sortit de la galerie qu'elle ne quittait pratiquement plus pour se précipiter à une des fenêtres donnant sur la cour. Son fils avançait, vêtu d'un costume bien coupé, un chapeau élégant sur ses cheveux soigneusement gominés. Elle frappa à la vitre pour attirer son attention, mais il ne l'entendit pas. Elle resta le geste en l'air, le regard flou. A l'autre bout de la maison, Armand regardait approcher son fils, le visage fermé. Maria se baissa pour attraper sa fille.

— Maman, monsieur « Boise » !

— Je sais bien, Léo, j'ai vu.

Dominique sortit pour l'accueillir. Il la regarda avec indifférence, sans la saluer.

— Les vieux sont là ?

Elle en resta un moment stupéfaite puis, le visage rouge, elle rétorqua :

— Il n'y a pas de vieux ici.

Ambroise, mal à l'aise dans son accoutrement, voulut prendre un air offusqué et ne parvint qu'à ressembler à un coq un peu ridicule. La voix de son père tomba de l'étage.

— Te voilà déguisé pour carnaval, à présent ?

Les arbres nus laissaient passer une lumière blanche et froide qui l'éclairait crûment. Ce fut à son tour de rougir. Il leva la tête et lança, comme un défi :

— Tu sais, je suis quelqu'un maintenant ! Tu ne devrais pas me parler comme ça. J'ai des amis, à présent.

Armand sourit.

— Tu sais bien que je n'ai jamais eu peur des voyous, répliqua-t-il d'un ton plein d'ironie. Monte donc, j'ai deux ou trois choses à te dire.

Au loin, on entendait la scie de Lucien. La superbe d'Ambroise venait de s'envoler d'un coup devant son père. On retrouvait en un instant le petit garçon un peu veule et indécis. Armand se tourna vers Maria. Il caressa la joue de l'enfant en souriant.

— Laisse-moi maintenant. Tu prépareras la chambre de mon fils.

Elle laissa tomber un « oui » résigné et posa sa fille devant elle. L'enfant partit en courant vers le grand escalier pour rejoindre la cuisine.

Armand poussa la porte de l'épicerie. Du magasin, on apercevait une longue table dans l'arrière-boutique. Une chaleur douce s'échappait de la pièce. Florentin apparut au bruit de la clochette. Un sourire illumina son visage.

— Ta bergère n'est pas là ? demanda Armand.

— Non, finis d'entrer, fit le gros homme.

Il vint s'asseoir devant la table couverte d'une toile cirée usée. Dans un coin, un poêle rond et haut sur pattes ronflait au gré du vent qui soufflait par bourrasques. Florentin sortit deux verres culottés de rouge et une bouteille de vin qu'il tenait entre deux doigts, par le goulot. Le vieil homme frissonna. Il aimait bien Florentin, mais de notoriété publique, le vin qu'il faisait était le plus redoutable de la commune. Il vous brûlait d'abord l'œsophage, avant de vous clouer l'estomac au fond du ventre pour le reste de la journée. Vous en gardiez les lèvres colorées d'un rouge franc et indélébile. Armand tenta bien de refuser, la main en avant, mais l'autre, sans s'en laisser conter, posa les verres et les remplit sans paraître voir le geste de son ami. Dans un coin, un vieux chien tout noir dormait roulé en boule.

— Qu'est-ce qui t'amène ?

Il regarda son verre, le fit tourner un instant dans sa main, comme pour en mirer les reflets, avant de laisser tomber :

— Il va falloir faire attention ces prochains jours.

L'épicier jeta un regard rapide à la boutique, comme pour s'assurer que personne n'y traînait.

— Qu'est-ce que c'est que cette embrouille ?

— Ce n'est pas une embrouille, c'est mon fils.

— Ambroise ?

Armand hocha la tête.

— J'ai vu sa voiture sur la place, devant l'église, reprit Florentin. Qu'est-ce qu'il vient faire là ?

Armand haussa les épaules, le regard toujours posé sur son verre.

— Faire le malin. Il vient nous montrer ses beaux vêtements.

L'épicier vida son verre d'un trait et le remplit de nouveau. Malgré lui, Armand ne put s'empêcher de lui lancer un regard admiratif. Florentin le dévisagea.

— Tu ne bois pas ? demanda-t-il.

Armand parut sortir de son rêve.

— Si, bien sûr.

Il se garda pourtant bien de le faire et enchaîna :

— Tu feras passer le message de ne plus venir, ces jours-ci.

— Et les autres, ils se retrouvent comment ?

— On ne se retrouve plus, voilà tout.

Florentin réfléchit un instant.

— Tout de même, il y a les gars qui se cachent au Chambon, il faudra bien leur apporter de quoi manger.

— Ils pourront tenir encore quelques jours, non ?

Un silence embarrassé s'installa. Le vieux chien remua en grognant.

— Et pourquoi que ton gars il nous empêcherait de se voir ? fit Florentin, mal à l'aise.

— Je n'ai pas confiance.

— Il t'a dit des choses ?

— Non, mais je n'ai pas confiance. Déjà qu'il commence à tourner autour de ma petite pianiste !

— Elle est revenue ?

Armand releva la tête brusquement.

— Qui c'est qui t'a parlé de ça ?

Florentin eut un sourire amusé. La clochette de l'épicerie sonna. Il se leva en soupirant.

— Tout se sait. Et puis la vieille Suzanne, au Peuch, elle vous a vus passer l'autre jour.

Dans la boutique, une voix se fit entendre.

— T'es là, Florentin ?

— J'arrive, Mado, j'arrive.

Puis, à Armand :

— Tu n'as qu'à sortir par la cour. Je ferai passer le mot.

Il pénétra dans l'épicerie, le ventre en avant, le verbe haut, comme un acteur qui entre en scène, en lançant d'un ton joyeux :

— Alors, Mado, ce sera pour quoi aujourd'hui ?

9

Clara descendait lentement le grand escalier, un châle sur les épaules. La cloche qui appelait au repas venait de sonner pour le dîner. Une odeur de soupe chaude montait par instants de la cuisine. On entendait, derrière la porte, le ronron habituel des voix de Lucien et de Dominique. Maria apparut au bout du couloir de service, une pile d'assiettes à la main.

— Bonsoir, madame Clara, lança-t-elle d'un ton joyeux.

— Bonsoir, Maria.

La jeune femme pénétra dans la pièce glacée sur les talons de la servante. La table, dressée avec soin, lui sembla sinistre. La maigre ampoule, dissimulée dans une monumentale suspension, jetait une tache lumineuse qui éclairait à peine ses extrémités.

— Vous avez faim ? demanda Maria, toujours enjouée.

— Clara pas faim, ce soir.

— Triste ?

Pour toute réponse, la jeune fille laissa passer sur ses lèvres un sourire à peine esquissé.

— Clara loin famille. Guerre longue.

Maria posait ses assiettes sur une longue desserte recouverte de marbre noir.

— Vous ne jouez plus de piano ?

— Clara trop froid.

— C'est dommage.

Un bruit de pas approchait dans le parc. La servante jeta un regard par la fenêtre. Dans la pénombre, elle reconnut la silhouette sans grâce d'Ambroise.

— Manquait plus que lui. Je vous laisse.

Clara, un peu apeurée, regarda la porte s'ouvrir. Une bouffée d'air encore plus froid pénétra dans la pièce. Elle resserra les pans de son châle sur sa poitrine. Ambroise, le visage rougi par l'air glacé, son chapeau sur la tête, marqua un temps en apercevant la jeune femme. Il la dévisagea avec un sourire en coin. Il referma doucement la porte et s'avança vers elle, le regard fixe.

— Comme ça se trouve, petite fille.

Clara recula d'un pas. Plus vif, il se campa devant elle et, les yeux dans les siens, murmura :

— Enfin seuls !

Puis d'un geste brusque, il la prit dans ses bras et tenta de l'embrasser. Elle se débattit, le gifla. Le chapeau roula à terre. Ambroise porta la main à sa joue.

— Petite peste. Tu résistes ?

De nouveau, il tenta de l'enlacer. De nouveau, elle se dégagea. Il ricana, plus fat que jamais.

— J'aime bien que tu me résistes. Ça sera encore mieux comme ça.

Il avança encore vers elle. Elle recula encore. Son dos heurta le mur. Il vint placer ses deux mains à plat, de chaque côté de son visage, et tenta, encore une fois, de l'embrasser. Elle le repoussa de ses deux bras en avant et il se retrouva, l'air bête, assis par terre, une chaise renversée contre lui. Elle ne put s'empêcher de sourire devant sa mine défaite. Vexé, il se redressa en grognant.

— De toute façon, que tu le veuilles ou non, tu devras bien y passer ! Si tu crois que je ne sais pas ce que tu fais ici ! Si tu veux rester là, il te faudra bien être docile, sinon...

Ce furent ses derniers mots avant de tomber à genoux, les deux mains entre les jambes. Clara la douce, Clara l'artiste, Clara la réservée venait de se souvenir de Clara la petite paysanne de Silésie, de la petite Clara qui jouait dans la neige avec les garçons du village, de Clara qui, bien souvent, devait se défendre. D'un coup de genou, elle venait de lui rappeler que les hommes, aussi, possédaient leurs points faibles. Au même instant, Armand poussait la porte, suivi d'Emilie. D'un coup d'œil, il comprit la situation et regarda tour à tour la jeune femme, toute pâle, et son fils, toujours à genoux, les cheveux en bataille. Il éclata de rire, un rire venu du fond du ventre, du fond de son mépris pour ce fils qui le décevait tant. Un rire si communicatif que Clara se surprit à sourire, elle aussi. Armand s'approcha d'Ambroise et lui tapota l'épaule, toujours en riant.

— Eh bien ! fiston, pas faciles, hein, ces Polonaises ? Ça te change de tes petites gourdes de Paris, non ?

Ambroise, surmontant sa douleur, redressa un visage qui virait au vert en grimaçant.

— Elle me le payera. J'ai des amis, moi.

Armand, soudain sérieux, saisit son fils par le col de sa veste, le releva d'un geste ferme et vint l'asseoir sur une chaise, comme on le ferait d'un enfant turbulent.

— En attendant, tu es ici chez moi. Alors tu te tiens bien à table et tu manges proprement.

Puis, tapant dans ses mains :

— Maria, tu peux servir.

Emilie s'approcha de son fils et passa la main dans ses cheveux défaits.

— Tu as mal ?

— Ce n'est rien, maman, ce n'est rien. Mais elle me le payera.

Elle voulut se baisser pour poser un baiser sur son front mais, devant le regard noir de son époux, elle y renonça et vint prendre place à la table. Maria entrait, portant une soupière de métal argenté. Ambroise commençait à reprendre des couleurs. De la main, il refusa la louche de soupe que Maria s'apprêtait à lui verser.

— Tu manges, Ambroise, lança Armand, du bout de la table. Sous mon toit, c'est moi le patron. Je veux bien que tu viennes faire retraite ici, mais à ma table, on mange. Alors tu manges, ou tu repars.

L'autre, muet, se laissa servir malgré la nausée qui l'envahissait. Armand, qui n'entendait pas en rester là, continuait :

— Et puis tu te vantes beaucoup d'avoir des amis. Je les connais, tes amis ! C'est canailles et compagnie. Tu peux le leur dire de ma part.

Il prit le temps de porter à sa bouche une cuillère de soupe puis ajouta, à voix presque basse :

— Des amis, j'en ai aussi. Je serais très en colère qu'il arrive quelque chose à la petite. Très, très en colère, tu entends ?

De la main, il désignait Clara qui ne disait rien, mais à qui rien n'échappait.

Ambroise ne répondit pas. En quelques instants, il venait de retrouver son visage d'enfant soumis et mal dans sa peau.

Léon se tenait devant son maître, les mains derrière le dos. Le vieil homme le fixait, le regard dur. De l'étable sortait par bouffées l'odeur des vaches. De l'autre côté de la cour, on entendait le piano. Clara montait et descendait inlassablement ses gammes. Ambroise se tenait sur le pas de la petite porte, en haut de la cour, une cigarette au bout des doigts. Il se donnait des airs de dur, cherchant à prendre la pose la plus désinvolte possible. Il observait son père de loin. Léon faisait oui de la tête pendant qu'Armand lui parlait. Après un moment, il finit par tourner les talons. Depuis trois jours qu'Ambroise séjournait de nouveau ici, on n'écoutait plus la radio le soir au salon, et les visites se faisaient plus discrètes. Dominique continuait de pester contre Clara, à cause des brocs d'eau chaude à monter chaque soir.

— Mais qu'est-ce qu'elle a donc à vouloir se laver comme ça tous les jours ? C'est le docteur qui lui a dit ?

Maria se gardait bien de répondre. Elle se contentait de sourire. Le froid vif des jours précédents laissait enfin la place à un temps doux et pluvieux. Devant l'étable, un filet d'eau chargé de purin coulait sans discontinuer vers le potager, un peu plus bas. Les chemins devenaient difficilement praticables. Le soir, chez Fernande, une vapeur d'eau se formait dans l'atmosphère, qui se mêlait à la fumée des cigarettes. La présence d'Ambroise dans le village jetait un froid chez certains habitants. Quelques-uns, par intérêt ou par naïveté, y trouvaient leur compte. Mais, dans l'absolu, on s'en méfiait un peu. Plus personne n'osait évoquer devant lui la jeune femme qui se cachait si peu, à présent, dans la grande maison. Beaucoup de bruits couraient à son sujet. Pour certains, elle venait d'Allemagne, pour d'autres de Hollande ou de plus loin encore. En revanche, pour tous, c'était « la Juive » et, sans oser se l'avouer, on en concevait une certaine fierté.

Souvent, elle venait se camper devant la porte de la grange au moment de la traite. Léon échangeait un coup d'œil furtif avec elle et reprenait bien vite sa besogne. Lucien, lui, grommelait en patois, le visage fermé, et tirait de plus belle sur les pis gonflés de lait.

Emilie, debout derrière une fenêtre du premier étage, regardait fumer son fils. La peau de son visage, toute pâle, se marbrait de rouge. A présent, elle buvait tout ce qui lui passait sous la main. Sentait-elle que sa maladie venait de franchir une étape irréversible ? Peut-être ? A table, elle touchait à peine au repas. Ambroise venait la retrouver chaque jour, dans la galerie. Il en ressortait hagard et titubant. Armand rongeait son frein. Le départ de son fils devenait de plus en plus urgent. Un parachutage d'armes se préparait et il ne pouvait plus ni voir ses amis ni écouter Londres. Florentin évitait de se montrer avec lui, ainsi que le maire. Les silhouettes sombres ne se faufilaient plus le soir dans le parc pour venir se réfugier dans le grand salon.

— Monsieur Ambroise, vite, venez...

Maria frappait à la porte du jeune homme. Il mit un moment à sortir des brumes de l'ivresse. Il se dressa sur un coude, balbutia une phrase incompréhensible. Maria recula d'un pas quand il ouvrit la porte. Son haleine empestait l'alcool. Elle se tenait debout au milieu du couloir, une lampe à pétrole à la main. Le châle de laine sur ses épaules ne l'empêchait pas de grelotter.

— Vite, Monsieur Ambroise, il y a votre auto qui brûle ! répéta-t-elle d'une voix affolée.

— Nom de Dieu !

Aussitôt dégrisé, il s'élança vers le bout de la maison pour se précipiter à une fenêtre. Une lueur haute et violente éclairait le côté de l'église. La petite auto disparaissait sous les flammes. On ne distinguait plus qu'une forme allongée au travers du brasier.

— Nom de Dieu ! Nom de Dieu ! psalmodiait Ambroise sans pouvoir s'arrêter.

Puis, brusquement, la flamme parut se réduire ; elle disparut en un instant pour laisser la place à une carcasse noircie, déformée, d'où sortaient encore quelques flammèches. Il retourna à sa chambre, passa un peignoir, une paire de savates et descendit en hâte. Malgré l'heure tardive, une dizaine de personnes se tenaient là, à distance respectueuse de la voiture qui finissait de se consumer. Une chaleur intense se dégageait encore de ses restes calcinés. Ambroise fit un pas en avant. Armand posa une main sur son épaule. Il se retourna d'un coup.

— Je ne t'avais pas vu !

Armand sourit et fit, d'un ton un peu moqueur :

— Moi si !

Puis, après un temps :

— C'est ça la différence entre nous.

On leur jetait des regards furtifs sans oser s'attarder. Lucien arrivait avec un seau d'eau un peu dérisoire qu'il jeta sur la voiture dans un grand bruit de vapeur. On entendit la voix de Florentin qui lançait, mi-goguenard mi-menaçant :

— Te fatigue pas, Lulu, ça n'en vaut pas la peine.

Armand lui jeta un coup d'œil complice. Une vieille femme, les cheveux défaits, se signait dans un coin. On l'entendait marmonner :

— Le diable, c'est le diable, c'est pour le punir, c'est le diable.

La pleine lune éclairait si fort qu'on pouvait presque distinguer les couleurs cette nuit-là. Armand, levant les yeux au ciel, laissa échapper :

— Dommage, ça fait des jours qu'il pleut des cordes et c'est justement cette nuit où il ne pleut plus que ta voiture s'enflamme.

Ambroise se tourna vers son père, une expression de colère sur le visage.

— Elle ne s'est pas enflammée. Voilà des jours que je ne m'en suis pas servi !

Florentin, qui se rapprochait des deux hommes, fit, sans sourire :

— C'est bizarre, oui, en effet. Au moins, nos carrioles, ça ne flambe pas comme ça, en plein milieu de la nuit.

Petit à petit, les curieux quittaient la place. C'est quand elle fut presque vide que le maire arriva, mal coiffé, le chapeau de travers, la chemise pendant hors du pantalon. Il salua les hommes encore présents. Maria se tenait un peu en arrière, sa lampe à pétrole à la main. Elle grelottait en serrant son châle sur ses épaules. Armand se tourna vers elle.

— Va te recoucher, la petite doit t'attendre.

Elle ne se le fit pas dire deux fois et fila. Elie rejeta son chapeau en arrière, se gratta le haut du crâne et, tourné vers Ambroise, laissa tomber :

— Fils, tu me feras enlever ça. Devant l'église, ça la fiche mal. Si monsieur le curé voyait ça !

Armand et Florentin se retinrent pour ne pas rire. Dans la clarté de la pleine lune, ils devinaient le visage décomposé d'Ambroise.

— Mais… mais ce n'est pas moi, je n'y suis pour rien ! Et puis, moi, je dis qu'elle n'a pas pris feu comme ça, ma voiture. Je vais prévenir les gendarmes, moi, demain ! Faut qu'ils viennent voir ça !

Alors, dans le silence qui suivit, on entendit la voix d'Armand qui affirmait, d'un ton sans réplique :

— Ambroise, tu feras comme on te dit, et puis c'est tout. Et ne t'avise pas de faire le malin avec les gendarmes ou je ne sais pas qui, tu entends ?

Le jeune homme tenta bien de revenir à la charge, mais le maire, d'une voix calme, sans même tourner la tête, lâcha un « Ta gueule » qui lui coupa la chique. Désemparé devant tant de mauvaise foi, Ambroise tourna les talons et fila. C'est Maria, au petit matin, en descendant rallumer le feu dans la cuisinière, qui le trouva endormi à la table, la tête sur son coude replié, une bouteille de vin vide devant lui. Des éclats de verre brisé gisaient à ses pieds.

— Alors, c'est vrai, vous ne m'en voulez plus pour Clara ?

— Non, je te pardonne. Mais ne recommence jamais ce que tu as fait. La prochaine fois, c'est les gendarmes, compris ?

Léon, debout devant Armand, vissait de nouveau sa casquette sur son crâne.

— Et maintenant, file donc, murmura Armand, assis à sa table de travail.

Le jeune domestique tournait les talons. Il le rappela.

— Dis voir, Léon.

— Oui, Monsieur ?

— Si on te demande des choses, tu viens me voir, avant.

— Oui, Monsieur.

Le vieil homme suivit le bruit de ses pas dans l'escalier. On entendait Clara qui reprenait sans cesse le même passage au piano, sans marquer un instant de pause. Un passage lent, presque désespéré, une mélodie qui vous entrait dans la tête et n'en ressortait plus. Elle le répétait à l'infini, revenait sans cesse dessus, comme pour en faire ressortir l'essentiel, l'émotion dépouillée de tout le reste. Armand tendit l'oreille. Un chien aboyait au loin. En dessous de sa chambre, les bruits de la cuisine montaient, familiers. Le fourneau que l'on tisonne, une casserole que l'on pose sur la fonte bouillante, un broc d'eau que l'on verse. Et puis le bruit de la petite porte de bois qui racle la pierre, un murmure de voix. Armand se sentait bien. Son esprit, habituellement toujours préoccupé, s'offrait un moment de répit, un moment de sérénité. Il se leva lentement. Le piano reprenait encore et toujours la même phrase lente. Il longea le couloir, se figea devant la porte de la jeune femme. Il hésita un instant, puis frappa doucement. Le piano continuait de jouer. Il poussa la porte, fit un pas dans la pièce et s'immobilisa. Clara, un chandail sur le dos, jouait, le regard posé sur les branches des grands arbres, par-delà la fenêtre. Devant elle, une partition ouverte qu'elle ne semblait plus voir. Maintenant qu'il la regardait de près, il se rendait compte qu'elle chantonnait en jouant, d'une voix profonde, presque intérieure. Elle sursauta, cessa de jouer et se retourna. Elle le fixa comme si elle le découvrait pour la première fois, rougit et esquissa un sourire.

— Pardon, pas entendre vous, murmura-t-elle.

Armand, gêné comme un écolier pris en faute, bredouilla à son tour.

— C'est moi. J'ai... j'ai frappé. Vous n'avez pas entendu.

Il ne refermait pas la porte et restait là, planté devant elle, un peu ridicule.

— Je voulais écouter, reprit-il. C'est beau !

— Ça est Mozart.

Elle prononçait « Motzarte ».

— Vous aime ?

Armand rougit de plus belle.

— Je... je ne sais pas, je ne connais pas.

Elle poursuivait, comme si elle n'entendait pas.

— Habituellement, il y a grand orchestre, beaucoup violons, beaucoup émotion.

Armand, qui pénétrait pour la première fois dans cette pièce depuis que Clara l'habitait, restait troublé par le décor qu'il ne reconnaissait pas. Malgré le froid, malgré les hauts murs, malgré le papier peint un peu fané, qui se décollait par endroits, il y régnait une impression de douceur et de finesse qu'il ressentait sans parvenir à se l'expliquer. Il se sentait gauche dans cet univers féminin. Un tissu chamarré pendait le long du mur, au-dessus du lit. La petite table ronde, posée la plupart du temps devant la cheminée, trônait maintenant sous la fenêtre. Partout, des objets féminins, des petits riens sauvés dans la fuite de Paris. Et puis l'odeur du lieu, mêlée au parfum de la jeune femme. Dans un coin, une tasse de thé finissait de refroidir, en dégageant un relent de jasmin. D'où tenait-elle ce thé ? Il n'en savait rien. Il se contentait de savourer cette ambiance si fine et si discrète. Leurs regards se croisèrent. Armand se troubla.

— Vous toujours d'accord pour moi reste ici ? demanda Clara, toujours sur son tabouret de piano.

Du doigt, elle désignait le plancher. Armand se contenta de sourire.

— Je pas sais où je vais si je pars ! reprit-elle.

— Rassurez-vous, vous ne repartirez pas avant que Gustave ne soit venu vous chercher.

Elle baissa le regard. Un volet claqua sur la façade.

— Et puis ici, personne ne veut vous voir partir.

Elle releva la tête. Son visage semblait à présent marqué par la peur, une peur sourde, profonde.

— Clara dangereux pour vous, ici. Dangereux vous avec moi !

— Ne vous préoccupez pas de ça. Tant que vous serez là, il ne se passera rien, croyez-moi.

Elle se leva, fit le tour de son lit pour venir se camper devant la fenêtre. Elle fixa un long moment le décor du parc, l'étang, puis se retourna. Une larme roula sur sa joue, qu'elle essuya de sa manche, dans un geste de petite fille.

— Je voulais demander à vous...

— Oui ?

— Clara faire repas, un soir, pour tous ?

Armand se cabra.

— Il n'en est pas question, Dominique est là pour ça. Vous êtes mon invitée, et tant que vous serez mon invitée, vous ne devrez pas vous occuper de ça, voulez-vous ?

Passant des larmes au rire d'un seul coup, Clara se planta devant la petite table ronde, les yeux dans ceux d'Armand.

— Alors, avec Dominique il est possible faire cuisine pour vous ?

— Pourquoi y tenez-vous donc tant ?

— Je fais repas, comme chez moi. Vous voulez ?

Armand sourit en coin. Il posa la main sur le bouton de la porte, prêt à prendre congé.

— Après tout, pourquoi pas ? Mais vous vous débrouillerez avec Dominique. Tant pis pour vous. Voyez avec elle ce dont vous avez besoin.

Toute trace de tristesse envolée, la jeune femme vint s'asseoir de nouveau devant son piano et commença à jouer une mélodie yiddish enjouée, dans de grandes envolées de ses mains sur le clavier.

— Bon, je vous laisse, bon après-midi, fit Armand, timide.

Elle lança un mot qu'il ne comprit pas, un mot qu'il prit pour de l'allemand mais qui ne devait pas en être. Avant qu'il ne fût arrivé au bout du couloir, la mélodie triste reprenait, toujours aussi lancinante, toujours aussi poignante. Ce qu'elle ne savait pas, c'est que Léon, au pied de la façade, acagnardé au mur de pierre glacé, écoutait sans se lasser, malgré le froid et les nuages menaçants.

Les cloches sonnaient à la volée. Le vent soufflait presque à l'horizontale, porteur de minuscules flocons de neige qui vous piquaient le visage à chaque rafale. Les paroissiens se pressaient devant la petite église glacée. Le bruit des sabots et des gros godillots résonnait, couvrant le murmure des voix. Dans un coin, une vieille dame, portant un chapeau improbable fait de voilettes noires et de perles entremêlées, jouait de l'harmonium. Le son lancinant et plaintif de l'instrument parvenait par bouffées sur la place. Emilie, le visage marqué par l'alcool, se tenait droite, son livre de messe à la main. Armand, lui, ne venait plus que très rarement à la messe. Ce jour-là, sa place resterait vide. Florentin arriva le dernier et referma la porte. Sa femme, petite et menue, se tenait contre un des piliers. Il vint s'asseoir à côté d'elle. Le prêtre fit son entrée, l'harmonium poursuivit un instant sur sa lancée. Un coup d'œil du curé et les notes moururent dans un dernier souffle. La cérémonie commençait à peine quand on entendit la porte s'ouvrir de nouveau. Un courant d'air glacé se faufila dans l'assistance. Le curé releva la tête, resta un instant saisi à regarder avancer la fidèle dont les cheveux disparaissaient sous un foulard aux couleurs vives. Puis, le visage préoccupé, il reprit son office. Florentin, comme les autres, regarda discrètement qui venait ainsi d'entrer dans la petite église. Il retint son souffle, pâlit un peu puis, le plus silencieusement possible, en écrasant au passage quelques pieds, se faufila dans l'allée pour attraper le bras de Clara.

— Bon sang, mais qu'est-ce que vous faites ici ?

Elle regardait devant elle, sans répondre. Quelques femmes la dévisageaient. Le prêtre, mal à l'aise, poursuivait la cérémonie.

— Vous n'avez même pas de livre de messe !

Elle le fixa, impassible.

— Voulez-vous que je vous prête le mien ? Vous n'allez rien comprendre.

Elle mit un doigt devant ses lèvres.

— Pas important. Dieu partout. Dieu ici aussi, avec moi.

Le gros épicier resta un instant décontenancé puis, en écrasant au passage, de nouveau, quelques godillots, il vint reprendre sa place. Son épouse lui lança un regard acerbe et, replongeant le nez dans son missel, elle entonna, avec les autres paroissiens, un chant qui couvrait presque les notes essoufflées de l'harmonium. Le chapeau de la vieille musicienne bougeait de droite et de gauche au rythme des soufflets qu'elle actionnait dans de grands mouvements des pieds. Clara resta debout pendant tout l'office, un peu en retrait au fond de l'église. Elle grelottait. De temps à autre, une femme lui lançait un regard réprobateur. Qui était-elle ? Officiellement, personne ne le savait vraiment, mais chacun possédait sa petite idée. Quand, enfin, elle vit un grand jeune homme à la lourde tignasse rousse se diriger vers la corde de la cloche, à côté d'elle, elle s'esquiva et retourna se réfugier dans la Maison-Haute, la tête rentrée dans les épaules, le nez rougi par le froid et l'écir.

Armand tendait ses mains à la chaleur des flammes, debout devant le feu. Il entendit le pas léger de Clara qui rentrait dans sa chambre, au-dessus de lui. Maria sortit de la cuisine, pénétra dans le salon gelé. Il se tourna vers elle, la regarda un long moment sans un mot. Elle restait plantée là, devant la porte à demi ouverte. Elle ne le quittait pas non plus du regard. Il aimait ses traits sans grâce, cette façon d'arranger son chignon en équilibre un peu instable qu'elle corrigeait cent fois par jour. Il aimait le sérieux de son visage et la profondeur de son regard. Elle lui avait donné une fille, une petite bâtarde. Et cette enfant, il l'aimait presque plus que ses deux fils. Il se le reprochait parfois un peu.

— Elle vient de rentrer, tu ne vas pas lui parler ? finit-elle par murmurer.

Il tendit de nouveau ses mains en avant, les frotta l'une contre l'autre et répondit d'une voix sourde :

— Elle fait comme bon lui semble.

Maria avança. Son corsage dépassait du tablier de cuisine qu'elle portait serré à la taille.

— Tu sais, si les gendarmes apprennent tout ça, ils vont te faire des ennuis terribles.

— Les gendarmes, ils savent déjà, va !

— Et alors, pourquoi ils ne viennent pas ici ?

Armand sourit, pencha la tête de côté.

— Les gendarmes ? Ils n'ont pas forcément envie de venir fourrer leur nez ici.

Elle le fixa, étonnée. Dans un coin, le poste de radio renvoyait un rayon de soleil vers le plafond.

— Tu veux dire... qu'ils savent ?

— On vit bien par ici, non ? laissa-t-il tomber, sans répondre directement. Personne n'a vraiment intérêt à faire des histoires.

Une odeur de chou arrivait de la cuisine voisine. Maria vint se planter au milieu de la pièce. Armand s'approcha d'elle, caressa du bout des doigts une mèche de cheveux qui lui barrait le front.

— Pourtant, on en parle dans la commune. Et puis, j'ai entendu dire des choses...

— Dire quoi ?

Elle sembla hésiter. Il insistait.

— De quoi tu as entendu parler ?

— A ce qu'il paraîtrait que les Juifs, c'est interdit de les cacher.

Armand sourit de nouveau.

— Est-ce qu'elle se cache ?

Maria marqua un temps.

— Non, c'est vrai !

— Alors ?

Dans la cuisine, on entendait Dominique qui remuait le tisonnier dans le fourneau.

— Alors, moi je dis que ce n'est pas bien prudent de la laisser aller dehors. Déjà que le piano, ce n'est pas discret.

— Moi, j'aime bien.

Armand se dirigea vers un meuble ancien. La petite porte de bois, un peu de guingois, grinça en s'ouvrant. Il saisit un verre ouvragé, une bouteille de vin et se servit largement. Son regard devint soudain plus dur.

— Tu voudrais qu'on la chasse ? Qu'elle aille au diable ? C'est ça ?

Maria se troubla. Elle frotta les mains à son tablier, mal à l'aise.

— Je ne dis pas ça, mais...

— Mais ?

— Mais je crois qu'il faudrait faire plus attention. Sinon, elle risque de se faire arrêter... Et nous avec !

Armand vida son verre d'un trait. Il le reposa sur un petit guéridon de marbre noir. Son visage trahissait maintenant une énergie farouche.

— Eh bien ! Je préfère encore ça à la lâcheté. Imagines-tu que si tout le monde pensait comme ça, on n'aurait jamais aucune chance de sortir de cette guerre ? Tu le sais, ça ?

Les yeux de Maria se remplirent de larmes.

— Je te demande pardon, mais... J'ai si peur, pour toi et pour nous tous, balbutia-t-elle.

Il vint à nouveau près d'elle et la prit dans ses bras. Son haleine sentait le vin.

— Merci, petit bouchon, merci. Mais sois sans crainte. S'il devait prendre envie aux policiers ou aux gendarmes de venir fouiner par ici, on aurait le temps de s'organiser.

Il posa un baiser sur son front.

— Et si c'étaient les Allemands ? demanda-t-elle d'une voix sourde.

Armand la lâcha, posa les mains sur ses épaules, la fixa dans les yeux.

— Il me reste assez de plomb pour en descendre quelques-uns avant de mourir, assez de plomb, crois-moi.

Elle sourit.

— Tu es bête !

Puis elle tourna la tête. Sur les pierres de l'entrée, on entendait le pas lourd d'Emilie. La vieille femme entra dans le salon, son manteau sur le dos, le livre de messe à la main. Elle fixa Maria d'un regard mauvais.

— Encore avec lui ? Dès que j'ai le dos tourné !

Puis, avisant le verre vide de son mari, elle le remplit et le siffla d'un trait.

— Je monte à la galerie. J'espère que tu as pensé à la chauffer un peu. Tu me feras porter à manger là-bas, sale domestique !

Puis, l'allure hésitante, elle tourna les talons et se cogna au chambranle de la porte. Ils suivirent le bruit de ses pas dans l'escalier.

— « Sale domestique », tu as entendu ? « Sale domestique » ! siffla Maria entre ses dents.

Armand rangeait la bouteille dans la petite armoire.

— N'y prends pas garde, elle est malheureuse, voilà tout. Après tout, est-ce ma faute si je t'aime ? Hein ?

Maria ne répondit pas, se contentant de murmurer :

— Je la déteste, je la déteste !

Ambroise s'étira, un vilain goût dans la bouche, la langue pâteuse. Il tenta de se redresser. Son crâne se mit à cogner, comme si chaque battement de son cœur se transformait en un coup de marteau sur son cerveau. Il se pencha vers la table de chevet, saisit la carafe et but goulûment l'eau au goût ferreux. Il se leva lentement. Son costume fripé gisait par terre, devant un fauteuil au tissu rouge, tout usé. Dans la pièce voisine, le piano recommençait à jouer.

— Et c'est reparti ! Petite garce.

Il se mit debout, ouvrit la fenêtre et poussa les volets. Combien de temps devrait-il encore rester ici ? Il portait beau, certes, mais à Paris, ses affaires l'avaient contraint à venir se mettre un peu au vert, histoire de faire oublier quelques dettes qui devenaient par trop voyantes. Chaque jour, il se promettait de parler à son père, comme autrefois. Mais à présent, l'attitude hostile d'Armand le paralysait. Il se reprochait cette lâcheté sans pouvoir la surmonter. Il sentait bien qu'on le tolérait ici, mais sans plus. Et depuis l'histoire avec Clara, Armand ne lui adressait pratiquement plus la parole. Il referma la fenêtre, se retourna quand, dans un bruit de verre brisé, un paquet atterrit dans sa chambre. Il se précipita, mais n'eut que le temps d'apercevoir une ombre qui fuyait au milieu des grands arbres du parc.

— Salaud !

Il se pencha pour ramasser l'objet et suspendit son geste, glacé de peur. Par terre, un petit cercueil de bois, peint en noir, avec, écrit dessus, son nom surmonté d'une croix. Il le ramassa du bout des doigts, comme dégoûté, le regarda un long moment, totalement dégrisé. Il frissonna. Un instant, il eut l'envie d'aller trouver son père. Mais la peur du ridicule le retint et il jeta le petit cercueil dans la cheminée. On frappait à sa porte.

— Entrez ! aboya-t-il.

Maria fit un pas dans la pièce, vit le carreau cassé, les bouts de verre par terre.

— Vous vous êtes fait mal ?

Elle le fixait, le visage impassible. Le jeune homme, mal rasé, les cheveux défaits, le visage blême, un pyjama douteux sur le dos, faisait son possible pour prendre une allure respectable. Il n'en paraissait que plus fragile, plus ridicule. Conscient de ne pas se montrer sous son meilleur jour, il lança :

— Fous-moi la paix ! Sors !

Elle recula lentement, referma la porte et tendit l'oreille. Clara continuait ses gammes, inlassablement. Elle entendit Ambroise donner un coup de pied dans un meuble en poussant un affreux juron. Elle espérait juste que personne n'avait vu Antonin, du « Battu », traîner dans le parc à pareille heure. Elle, en revanche, l'avait parfaitement reconnu. Il faisait partie des silhouettes familières qui se glissaient parfois dans le salon pour écouter la radio avec Armand, le maire et Florentin.

Lucien entra en trombe dans la chambre d'Armand, le visage rouge, en nage.

— Monsieur !

— Eh bien !

Il restait planté devant la porte, en tentant de reprendre son souffle. Le vieil homme, assis à sa table de travail, le regardait, un sourire ironique sur les lèvres. L'hiver finissait et le soleil, chaque jour, se faisait de plus en plus doux.

— Eh bien ! Me diras-tu ce qu'il se passe ?

— Ce qu'il se passe ? Il se passe que je ne la supporte plus, votre pianiste, là !

Armand éclata de rire.

— Pourquoi donc ?

— Tous les jours, elle vient traîner à l'étable pour traire. C'est pas le travail d'une dame, ça ! Et puis, elle veut aussi aider au potager ! C'est pas le travail d'une dame, ça ! Et puis elle veut planter des fleurs. C'est pas le travail d'une dame, ça ! Et maintenant, elle veut faire la cuisine et même, elle veut pêcher dans l'étang, pour nous faire à manger.

Dans un geste grandiloquent, presque théâtral, il lança, comme une évidence :

— Vous ne me direz pas que c'est le travail d'une dame, ça, non ?

Armand le regardait, sans parvenir à retenir un fou rire.

— Mon pauvre Lucien, tu es bien sourcilleux. Et si ça lui fait plaisir, à elle, pourquoi elle ne le ferait pas ?

Il en restait bouche bée, le souffle coupé.

— Tu sais, ce n'est pas facile pour elle. Elle veut se rendre utile. Mets-toi à sa place. Tu en ferais autant. Allez, va. Et tâche qu'elle nous attrape un beau poisson pour vendredi, une belle carpe, c'est possible ?

— En cette saison, elles vont avoir goût de vase ! bredouilla Lucien.

— Eh bien ! On fera avec le goût de vase, voilà tout. Si ça peut lui faire plaisir.

Avant de sortir, le fermier lança en patois :

— Si ça continue, je ne servirai plus à rien, moi, ici.

Il claqua la porte dans un geste rageur.

10

Le mur de béton du barrage coupait déjà la vallée en deux. Le canal de dérivation de la rivière, creusé dans la roche, crachait des eaux furieuses de printemps. Dans le Cantal, la neige fondait, gonflant la rivière qui venait buter contre le batardeau déviant la Dordogne vers le canal souterrain. Gustave, un peu en retrait, tentait de saisir des bribes de conversations. A quelques mètres de là, les roues à demi embourbées, la voiture d'un officier allemand attendait son bon vouloir. Le chauffeur, sans doute pour ne pas salir ses bottes, ne descendait pas et fumait une cigarette, le visage tourné vers le ciel. Le bruit incessant des travaux envahissait l'atmosphère. Par moments, il fallait presque crier pour se faire comprendre.

— Vous avez perdu une pièce de six tonnes ? demandait l'Allemand, incrédule.

L'homme, devant lui, réprima un sourire.

— On est désolés, répondit-il le plus sérieusement du monde. On n'arrive pas à remettre la main dessus !

L'officier reprenait, avec un fort accent :

— Vous dites des mensonges. Une pièce comme celle-là, elle est presque grosse comme la porte de la cathédrale de Cologne.

— Connais pas, fit l'ingénieur, l'air absent.

L'Allemand s'énervait.

— Ah ! pas vous moquer, s'il vous plaît. Je suis sûr vous savez où elle se trouve. C'est du sabotage, c'est tout !

Gustave approchait. Il brûlait de se mêler à la conversation. Un camion passa à côté d'eux, soulevant une gerbe de boue qui vint les éclabousser. Le conducteur eut le temps de lui lancer un clin d'œil. L'ingénieur reprenait.

— On cherche. Dès qu'on la retrouve, on vous le fait savoir. Mais si on ne la trouve pas, il va falloir en commander une autre. Et ça va encore retarder le chantier de quelques semaines.

Puis, il ajouta, presque obséquieux d'hypocrisie :

— Ce serait tellement dommage !

Depuis le début du conflit, on s'ingéniait à retarder le chantier par tous les moyens, même les plus invraisemblables, afin de ne surtout pas livrer à l'occupant une usine de production d'électricité flambant neuve. Aussi, des incidents inattendus se produisaient-ils à intervalles réguliers, qui retardaient chaque fois d'autant la fin des travaux. Cette fois-ci, on venait de « perdre » une lentille d'acier haute de près d'un étage, une lentille papillon qui servait à obstruer les conduits d'eau menant aux turbines. L'Allemand était-il dupe ? En tout cas, il devait faire avec l'explication fournie et s'en contenter. Depuis maintenant de longs mois, les ouvriers et les responsables des travaux faisaient tourner en bourrique l'occupant, défaisant, telle Pénélope, autant que possible la nuit ce qu'ils venaient de faire le jour. En revanche, les Allemands semblaient ignorer ce que le chantier abritait de réfugiés et de résistants sous les traits de modestes ouvriers. L'officier hurla pour dominer le bruit d'un nouveau camion qui approchait, chargé de sable.

— Je reviens dans deux jours. J'espère que vous aurez retrouvé la pièce, sinon...

Il laissa sa phrase en suspens. L'ingénieur eut envie de la finir pour lui : « Sinon, vous ne direz rien, pour ne pas vous faire taper vous-même sur les doigts », mais il préféra rester silencieux. Pas le moment de faire le malin ! Un peu plus bas dans la vallée, le village de planches commençait à s'animer. Un cinéma venait d'y ouvrir ses portes. Ce soir, Gustave irait peut-être y faire un tour avec Pedro. Depuis la visite et le départ surprise de Clara, il ressentait le besoin de retrouver ses habitudes d'autrefois, lire, écouter de la musique, et maintenant aller au cinéma. Pour la musique, il devait se contenter de l'accordéon d'Aldo, un réfugié italien qui jouait tous les soirs, ou presque, dans le bistrot de la Polonaise. Parfois on dansait, souvent on pleurait, quand l'alcool se faisait trop triste. Il arrivait aussi qu'on s'y batte. Mais chaque fois la patronne arrivait et séparait, à grands coups de rouleau à pâtisserie, les hommes trop saouls d'alcool et de fatigue pour entendre raison autrement. Aldo, lui, ne se laissait pas démonter et continuait à jouer, vaille que vaille, au milieu de l'agitation, les airs de son pays.

Gustave se tenait toujours un peu en retrait, au fond de la salle enfumée. Il retrouvait alors ses gestes, ses attitudes d'autrefois quand, à Paris, il traînait dans les cafés à la mode. La cigarette tenue nonchalamment entre deux doigts, la pose un peu raide et le regard ailleurs. Pedro venait s'asseoir de l'autre côté de la petite table, le dos appuyé contre la cloison de bois. Il sirotait toute la soirée le même verre de vin, y trempant tout juste les lèvres. Les deux hommes se parlaient à peine. Ils se sentaient bien là, l'un à côté de l'autre. Pedro parlait peu de lui. Mais Gustave, grâce à de petits riens que l'Espagnol laissait parfois échapper, finit par comprendre que son ami, chez lui, en Espagne, jouait un rôle politique important avant la guerre. Pourquoi se cachait-il sur le chantier, comme tant d'autres ? Gustave n'osait pas le lui demander. A la vérité, il préférait ne pas savoir. Il l'aimait bien ainsi, entouré de mystère. C'est sans doute aussi pour cela que Pedro et lui s'entendaient si bien. Ils gardaient chacun leur part de mystère, se contentant de partager le temps présent.

Depuis la visite de Clara, Gustave consentait parfois à parler d'elle. Mais il le faisait toujours de manière à ne pas en dire trop, à ne pas la mettre en danger. Lui fuyait ici le STO et la guerre, elle se cachait pour échapper à la mort. Et Pedro, que fuyait-il ? La mort, sans doute aussi. Les soirées passaient ainsi, le regard perdu, dans les vapeurs d'alcool et de tabac. Gustave écrivait chaque jour à Clara. Une page, parfois deux, des lettres dans lesquelles il racontait par le menu ses journées. Puis il les détruisait, redoutant qu'elles ne tombent entre des mains mal intentionnées. Que devait-elle penser de lui qui ne donnait jamais de nouvelles ? Parfois, quand la nostalgie se faisait trop forte, il regardait Pedro dans les yeux, tirait sur sa cigarette et laissait tomber, désabusé :

— Quand la guerre sera finie, je serai l'homme le plus heureux du monde.

Puis, après un temps, il ajoutait :

— Si elle veut toujours de moi.

L'Espagnol répondait alors toujours par la même phrase :

— *Si Dios quiere*[1].

Et quand Gustave se plaignait de ce que la guerre n'en finissait pas, il laissait tomber, un demi-sourire aux lèvres :

— *Cado año, un año más*[2].

Il prenait la vie comme elle venait. Il ne se plaignait jamais. Parfois, seulement, son regard restait étrangement fixe et ces soirs-là, il buvait jusqu'à tomber. Gustave le raccompagnait alors en le soutenant et le couchait tout habillé, se contentant de lui ôter ses souliers.

Clara remontait de l'étang, son fichu bigarré sur la tête. Elle tenait un panier d'osier d'où dépassait la queue de la carpe qu'elle venait de pêcher. Léon marchait à côté d'elle, un peu intimidé. Malgré les injonctions d'Armand, Lucien avait obstinément refusé d'accompagner la jeune femme à l'étang, à la grande joie du gamin. Les premières feuilles apparaissaient déjà. Le soleil d'avril faisait briller la surface de l'eau. Une odeur de vase et de terre mouillée flottait dans l'air et un petit courant d'air frais soufflait à la surface de l'étang. Clara, debout sur la petite digue, la canne à la main, avait sorti elle-même le poisson de l'eau, à la grande surprise de Léon. Comment cette jeune femme si frêle, qui passait ses journées à jouer du piano, pouvait-elle se transformer ainsi en une petite paysanne rusée, capable de repérer un

---

1. « Si Dieu veut. »
2. « Chaque année, un an de plus. »

coin à carpe et d'en sortir une sans casser la ligne, ni même paraître forcer ?

Léon ne se lassait pas de regarder, dans son cou, les quelques cheveux fous qui dépassaient du foulard et que le vent agitait par instants. Il ne se lassait pas non plus de ce profil si fin, de ces yeux clairs, ni de l'entendre, dans sa langue, lancer des mots ou des phrases qu'il ne comprenait pas. Il marchait maintenant devant elle, remontant le pré jusqu'à la Maison-Haute. Clara avançait le nez en l'air, comme pour s'imprégner des premiers parfums du printemps. Dominique allait et venait dans la cuisine. Lucien finissait de vider un verre de vin, assis à la longue table de bois. Il se leva en les entendant arriver.

— Bonjour, monsieur Lucien, s'exclama Clara.

Il se contenta de grogner, se leva et fila par l'entrée, sans se retourner.

— Il ne faut pas lui en vouloir, balbutia Dominique. Il est comme ça !

Puis, le regard sur la carpe :

— Dites donc, il est beau, votre poisson. C'est Léon qui l'a sorti ?

Clara rougit un peu, sourit et, posant le panier sur la table, fit d'un ton enjoué :

— Moi pêché.

Dominique sortait l'animal et le posait sur une feuille de journal.

— Je vais le vider.

Clara la regarda, sans cesser de sourire.

— Non, je fais.

La cuisinière parut surprise. Puis, le regard un peu perdu, elle laissa tomber :

— Si Monsieur Armand vous voit faire la cuisine, il risque de « faire beau » ! C'est pas un travail pour vous, ça !

Mais Clara, sans se laisser démonter, ramassa un couteau sur la table et le plongea dans le ventre de l'animal.

Quand Léon revint de la réserve où l'on rangeait les cannes à pêche, il trouva les deux femmes assises à la table de la cuisine, Clara finissant de nettoyer la carpe et Dominique en train d'éplucher des pommes de terre un peu flétries. Quelques carottes et deux ou trois oignons traînaient sur un coin de la table.

— C'est pour quoi faire tous ces légumes ? demanda Léon en patois.

— C'est pour mettre dans la carpe, à ce que j'ai compris.

— Dans la carpe ?

Clara releva la tête et fit, dans un sourire :

— C'est « *gefilte fish* ».

— Et le sucre ?

— C'est aussi pour la carpe...

Dominique se forçait à garder un air sérieux. Clara souriait aux anges, les mains poisseuses.

— Elle appelle ça comment ?

Dominique jeta un regard rapide à la jeune femme et fit, d'un ton hésitant :

— « *Gueflich* », ou quelque chose comme ça, je crois.

Clara ne comprenait pas un mot de patois. Elle saisit toutefois le terme et rectifia, toujours souriante :

— « *Gefilte fish* », c'est repas de chez moi. Ma mère faire souvent, très bon !

Léon soupira :

— Un si beau poisson !

Dominique, le regard malicieux, répliqua, toujours en patois :

— T'en fais pas, c'est pas pour toi. C'est pour ces messieurs.

Du doigt, elle désignait le salon, à côté de la cuisine.

Clara resta l'après-midi entier devant les fourneaux. Elle semblait prendre un plaisir enfantin à cuisiner, loin des soucis de la guerre, loin de sa peur, loin de ses partitions. Elle retrouvait des sensations d'enfance, des petits instants de bonheur simple. Le soir venu, au moment de servir la carpe, elle se tenait tassée sur sa chaise, un peu pâle, un sourire crispé sur les lèvres. Ambroise, hostile, se tenait droit sur son siège, silencieux. Emilie, entre deux vins, semblait perplexe. Seul Armand paraissait réellement curieux de goûter à ce plat qu'il ne connaissait pas. Quand, le premier, il porta la fourchette à sa bouche, tous les regards convergèrent vers lui. Un silence lourd se fit. Au début, le visage du vieil homme se figea. Puis, après un instant, ses traits se détendirent. Clara ne le quittait pas des yeux. Armand fit un effort pour déglutir et, regardant la jeune femme dans les yeux, il déclara dans un grand sourire :

— C'est très bon !

— Merci, bredouilla-t-elle.

Armand se tourna alors vers Emilie.

— Tu ne manges pas ?

— Je... si, si, bien sûr.

— Et toi, Ambroise ?

La suspension, qui descendait presque jusqu'à la table, n'éclairait quasiment rien.

— Je... je n'ai pas très envie de manger, le soir.

Armand redressa le torse.

— Eh bien ! Ce soir, tu auras faim, voilà tout, laissa-t-il tomber, comme un ordre qu'on ne discute pas.

Puis, en patois, pour ne pas être compris de la jeune fille :

— Et tu trouveras ça très bon.

Maria servait à présent Clara. Ambroise lui jeta un regard lourd. Il avança la main pour tenter de frôler sa hanche. Elle sursauta et laissa tomber la longue cuillère d'argent. Emilie redressa la tête et émit un petit rire idiot. Armand fixa son fils d'un regard noir. Puis, d'un ton qui se voulait calme, le regard sur son assiette, il articula lentement :

— Tu trouveras ça tellement bon que tu en reprendras même deux fois.

Ambroise releva la tête, voulut parler, mais ne trouva rien à dire. Courageux mais pas téméraire. Maria sortit de la pièce en souriant discrètement. A la cuisine, Dominique attendait, un peu anxieuse. Léopoldine, assise devant une assiette pleine, mangeait de bon cœur le bout de poisson qu'on lui avait réservé.

— Tu aimes ? demanda Maria.

— Oh ! oui, c'est bon, répondit l'enfant sans la regarder.

— Et là-bas, qu'est-ce qu'ils disent ? murmura Dominique, un peu inquiète.

Maria sourit.

— Ils font une drôle de tête. Mais Monsieur a l'air d'aimer ça. Et la petite aussi. Alors, ça ne doit pas être si terrible !

— Quelle idée de vouloir nous faire manger de sa cuisine, aussi !

Maria plongeait une fourchette dans l'assiette de sa fille. Son visage se détendit. Elle goûta une seconde fois, regarda sa fille, puis Dominique.

— Tu sais que ça n'est pas mauvais du tout ?

Au même instant, Lucien poussait la porte. Il balaya la pièce du regard, debout dans l'encadrement.

— Et pour nous, Dominique, tu as fait quoi ?

Un faitout chauffait doucement sur le fourneau de fonte.

— Toi ? Tu as ta soupe prête, rassure-toi. Et Léon, il fait quoi ?

— Il finit de fermer les vaches. Il arrive.

Sur un coin de la table, un plat de fromages attendait, recouvert d'une cloche de verre.

— Cette Polak, moi, je dis que c'est pas bon, bougonna Lucien. Ça va nous attirer des ennuis.

Il tirait une chaise à lui. L'ampoule, au plafond, répandait une lumière un peu jaune. Il posa son chapeau sur le rebord du grand buffet et passa la main dans ses cheveux.

— Sans compter que c'est une Juive.

— Et alors ? demanda Maria, le visage soudain grave.

— Et alors, rien, répliqua Lucien, comme pour lui-même. Je me comprends, voilà tout !

Elle se retourna.

— Tu n'as rien à dire. Ça ne te regarde pas ! Ça te gêne qu'elle soit juive ?

— En plus, elle va à la messe maintenant ! laissa tomber Dominique.

Maria la fixa, le regard dur.

— Et alors, c'est interdit ?

Léopoldine regardait les trois adultes sans comprendre pourquoi ils se disputaient.

Sa mère reprenait :

— De toute façon, Monsieur a dit qu'elle était chez elle ici, alors...

— Alors, moi je dis que ça va mal finir, reprit Lucien, sans compter que son bastringue là-haut, ça commence à me casser les oreilles !

— Eh bien ! Moi, pas ! fit Maria en prenant le plateau de fromages.

Dans le couloir qui passait derrière le grand salon pour arriver jusqu'à la salle à manger, elle eut le temps d'entendre la voix de Dominique qui demandait :

— Tu ne veux pas goûter, au moins ?

Et celle, péremptoire, de Lucien qui répondait :

— Ah ! Ça non ! Sûrement pas. Moi, je ne mange pas de ces choses exotiques. Donne-moi plutôt le pain.

Dans la salle à manger régnait un silence pesant. Emilie chipotait du bout de sa fourchette dans son assiette. Ambroise repoussait la sienne. Seul Armand, souriant, lança :

— Eh bien ! Maria, tu remportes déjà le plat ? Je crois qu'Ambroise en reprendrait bien.

Le jeune homme releva la tête brusquement, la bouche ouverte, le regard perdu.

— Par exemple, ça va être froid, à présent, laissa tomber Maria, le plus naturellement du monde.

Armand balaya la remarque de la main.

— Quelle importance, c'est bon aussi froid, hein ! Ambroise ?

Clara, heureuse, finissait son assiette, le geste lent, le buste bien droit. Elle regarda le vieil homme et cligna de l'œil, complice. Armand rougit, puis prit le parti de sourire à son tour. Dans l'entrée, on entendait la voix de Léon qui s'enquérait :

— Eh ! Dominique, c'est quoi qu'il y a à manger ?

Emilie releva les yeux.

— Décidément, ce petit ne saura jamais se tenir.

Puis elle replongea dans son monde intérieur, en retenant un hoquet.

La nuit tombait de plus en plus tard. On écoutait maintenant Radio Londres sans devoir allumer l'ampoule. Elie, assis sur un des grands canapés de velours rouge, ne savait comment se tenir. Il se contentait de poser une demi-fesse et restait ainsi, un peu gauche, le chapeau à la main. Florentin sirotait un vieil alcool de prune, bien calé au fond de son fauteuil, un cigare à la main. Armand, debout devant le poste de radio, le buste à demi penché en avant, tournait la molette de l'appareil pour tenter de le régler au mieux. Le brouillage sonore des Allemands pénétrait dans l'oreille, dans le cerveau, puis insidieusement dans tout le corps, mettant les nerfs à cran.

— C'est quoi qu'on attend pour ce soir ? demanda l'épicier, le visage rubicond.

— C'est pour un parachutage, plus bas, fit le maire à voix basse, l'oreille tendue vers le poste.

— Ils envoient quoi ?

— Ça, ils disent pas. C'est les gars du maquis qui voient ça, ensuite.

— A ce qu'il paraît que les gars du Chambon, ils ont eu chaud ? s'informa l'épicier. Pourtant, ils étaient bien cachés, dans leur grotte ?

— On les a donnés, laissa tomber Armand, péremptoire.

Puis, après un instant de gêne :

— Même qu'il y en aurait un qui y aurait laissé sa peau.

— Pauvres petits gars, murmura le maire, les yeux dans le vague. Saleté de guerre !

Ils entendaient Clara aller et venir au-dessus de leurs têtes. Quelques notes commencèrent à virevolter dans l'air. Florentin leva le doigt.

— Et elle, toujours là ?

La double porte donnant sur le parc restait ouverte. Un courant d'air pénétrait par instants dans la pièce. Armand se redressa.

— Ça te gêne ?

Florentin se troubla, rougit encore un peu plus.

— Ce n'est pas ce que je voulais dire. Mais crois-moi, ça commence à jaser. D'ici que tu aies de la visite…

Le maire, gêné, se dandina un instant sur son bout de fesse. Armand, toujours debout devant le gros poste de radio, marmonna, indifférent :

— Eh bien ! Ils viendront.

Puis, les yeux dans ceux de son ami :

— Ne me dis pas que tu as peur, Florentin ? Elle, elle est chez elle ici. Et gare à celui qui voudrait venir y mettre son nez.

Là-haut, le piano emplissait maintenant tout l'espace sonore.

— Et toi, Armand, tu n'as jamais peur ? reprit Florentin.

— Peur de quoi ?

— Ben, avec cette fille ici… Sans compter ton petit qui est…

Il se mordit la langue devant le regard noir que lui lança le vieil homme. Mal à l'aise, il ajouta, à voix basse :

— N'empêche, ce n'est pas bien prudent tout ça, tu ne me l'enlèveras pas de l'idée !

Armand fixa son ami, le visage blême. Puis, petit à petit, il se détendit. Un sourire apparut sur ses lèvres. Enfin, il éclata de rire.

— T'es vraiment con des fois, Florentin, avec ton cigare et ton verre. Tu crois qu'on fait tout ça pour s'amuser ? Bien sûr que c'est dangereux. Mais on n'a pas le choix. Si on ne fait pas ça, on fait quoi ?

L'épicier regardait maintenant son cigare comme s'il tenait quelque chose d'indécent dans la main. Il finit par le jeter dans la cheminée. En reposant son verre, il en cassa le pied. Le liquide se répandit sur le marbre noir du guéridon. Elie, toujours assis sur sa fesse, tournait son chapeau nerveusement entre ses doigts. Florentin leva les yeux vers son ami, les joues empourprées.

— Je te demande pardon. Je... je crois que j'ai cassé ton verre.

— Moi, je ne crois pas, j'en suis sûr !

Ils éclatèrent de rire. Le maire esquissa un sourire sans cesser de tripoter son chapeau. Au-dessus, le piano reprenait ses gammes, toujours aussi entêtant, aussi régulier, aussi doux.

Le printemps arrivait toujours un peu plus en avance dans la vallée que sur les hauteurs. Sur les bords de la Dordogne, les prés se coloraient d'un vert profond, les arbres se couvraient de bourgeons. Sur les versants, on devinait çà et là les taches blanches des merisiers. La colline commençait par prendre un reflet un peu rouge. Puis, très vite, le vert prenait le dessus. Un vert clair pour commencer puis, insensiblement, une couleur plus sombre, plus profonde. Le long des routes mal empierrées, les petits bosquets renaissaient et là où, l'hiver, ils laissaient le regard se perdre au loin, à présent, ils resserraient les perspectives, donnaient le sentiment de réduire l'espace. Léon ne vivait plus que pour voir chaque jour Clara. La voir au moins une fois, l'entendre aussi. Il découvrait le sentiment d'abandon de celui qui se retrouve privé de l'autre. Tous les prétextes semblaient bons pour croiser le chemin de la jeune femme. Si le piano se taisait un peu trop longtemps, il se trouvait une excuse pour aller traîner dans le parc. Elle s'y promenait souvent, prenant bien garde à ne pas se montrer. Il se tapissait alors contre un arbre et la regardait, au loin, marcher de son pas lent. Elle portait toujours le même fichu coloré sur ses cheveux blonds, soigneusement tirés en arrière. De temps en temps, il la croisait dans le couloir ou dans la cour. Invariablement, elle lui souriait en lançant :

— *Bratitchek*, comment aller ?

Et lui, désemparé, bredouillait trois mots indistincts en rougissant. Puis il filait, gêné de ne pouvoir en dire plus, de ne pouvoir lui répondre, engager une conversation.

Emilie veillait. Elle détestait Clara. Si elle surprenait Léon avec elle, il savait qu'elle se vengerait en le faisant retourner deux ou trois fois à la cuisine, au moment des repas, prétextant que les plats arrivaient trop froids à la galerie.

Depuis le début des hostilités, elle ne sortait plus guère comme autrefois, pour aller s'abandonner à quelque gaillard tout en rudesse et en muscles. Elle s'enfonçait chaque jour un peu plus dans une ivresse désormais permanente. Elle se couchait ivre et se réveillait saoule. Armand ne lui adressait dorénavant que rarement la parole. Seul Ambroise passait de longues heures avec elle, dans la galerie. Ils pouvaient rester ainsi face à face, sans se dire un mot, tout un après-midi. Elle immergée dans une torpeur noyée d'alcool, lui buvant, le regard perdu, faussement élégant, faussement sûr de lui.

Depuis plusieurs mois, maintenant, il se terrait là, sans que personne ne lui demande quoi que ce soit. De qui se cachait-il ? Que redoutait-il ? Sans doute, quand, à court d'argent, il lui faudrait renflouer ses caisses, repartirait-il vers de nouveaux trafics, de nouvelles magouilles ? Léon s'en moquait bien. Il ne vivait que pour voir, au moins cinq minutes par jour, la belle Polonaise à la chevelure si claire.

Lucien devenait de plus en plus sombre. Il parlait de Pétain avec respect et tolérait de plus en plus mal de voir Armand le railler, le moquer et interdire qu'on affichât son portrait sous son toit. Lucien savait parfaitement ce que faisait son patron avec Florentin, le maire et quelques autres. Seule la peur lui imposait le silence. On racontait tant de choses sur les résistants ! Ce dont il se sentait certain, c'était que tout cela ne pouvait que mal finir, pour lui et pour les autres aussi. Et cette fille, avec son piano ! Chaque jour il s'attendait à voir débarquer les soldats ou la police. Il vivait dans la peur, dans la crainte permanente. C'était sans doute pour cela qu'il prenait, presque à son corps défendant, Clara en grippe. Peu importait qu'elle fût juive, polonaise ou d'ailleurs. Elle représentait un danger, voilà tout, et ce danger, Lucien n'en voulait pas.

Dominique en revanche commençait à s'attacher à la jeune femme, malgré l'eau chaude du soir, malgré le piano, malgré les habitudes alimentaires qu'elle devait respecter.

Seule Maria ne laissait rien paraître de ses sentiments. Elle vivait dans la maison comme dans un endroit qui ne lui appartenait pas, un endroit qu'elle aimait, sans doute, mais auquel elle ne s'attachait pas. Elle n'échangeait pas trois mots par jour avec Ambroise, se contentait du minimum avec Lucien, seule Dominique trouvait grâce à ses yeux. Quant à Clara, elle la servait sans rien demander, un peu impressionnée tout de même par son éclat, une beauté qu'elle enviait. Mais, plus que la régularité des traits, ce qu'elle enviait ne se voyait pas.

Armand leva la tête. Maria se tenait debout à côté de lui, dans le salon.

— C'est Clara qui tape comme ça sur son piano ? demanda-t-il, incrédule.

Depuis quelques instants, on entendait quelqu'un jouer « avec le piano » et non plus « du piano ». Comme si on s'amusait à taper sur le clavier, sans but précis ni souci de la musique. La servante leva à son tour le visage. Elle sourit.

— Je crois que je sais. Je monte.

Armand se dressa à demi.

— Ne va pas la déranger, tout de même. Elle travaille.

Au-dessus d'eux, le piano devenait de plus en plus fou.

— Je ne crois pas, non, reprit Maria d'une voix amusée.

Armand suivit machinalement son pas dans l'escalier. Il étala un peu plus les papiers devant lui et chaussa ses lunettes. Il entendit la porte de la chambre s'ouvrir. A l'étage, Maria se tenait debout devant la chambre grande ouverte. Clara la regardait, piquée au milieu de la pièce, le visage détendu. Derrière elle, on entendait toujours le piano sur lequel on s'amusait à faire n'importe quoi.

— C'est la petite qui joue ? demanda doucement la servante.

Clara regarda derrière elle. Elle riait.

— Oui, c'est petit enfant qui joue.

Par la fenêtre ouverte, on devinait les premières feuilles sur les grands arbres de la terrasse. Maria rougit.

— C'est... Léopoldine ?

— Oui, petite fille, répéta Clara.

Elle semblait aux anges. Le piano se tut soudain. La frimousse de la gamine apparut derrière la silhouette de la jeune femme. Maria, hésitant entre colère et rire, lança, faussement bougonne :

— Eh bien ! Léopoldine, tu n'as pas honte de venir déranger la demoiselle ?

L'enfant restait un peu en retrait, sans oser avancer. Clara la prit par les épaules, se baissa à sa hauteur et, les yeux dans ceux de la servante, elle dit en riant :

— Moi aime beaucoup quand petit enfant vient jouer. Très bon jouer enfant, très bon pour petit enfant !

— Pardonnez-la, elle vous dérange ! bredouilla Maria.

Puis, à sa fille :

— Allons, viens à présent. Tu ne dois pas rester ici. Tu ennuies madame Clara.

— Pas ennuyer Clara. Elle vient souvent, si elle veut. Piano à tout le monde.

Léopoldine tendait la main à sa mère. Maria se baissa pour poser un baiser sur son front. Elle mettait à peine le pied sur la première marche de l'escalier que les gammes reprenaient déjà. Un instant plus tard, Maria rentrait au salon. Armand releva ses lunettes sur ses cheveux et fixa sa fille.

— Alors, petite poupée, tu apprends le piano maintenant ?

L'enfant lâcha la main de sa mère et se précipita sur ses genoux.

— Moi, je veux un piano, comme « Cala ».

— Clara, pas « Cala ».

— Comme « Calra », oui.

Armand rit, la prit par la taille, la posa par terre et, remettant ses lunettes sur son nez, se replongea dans ses comptes. Maria attendit un instant puis demanda d'une petite voix :

— Tu n'es pas fâché ?

— Non pas, laissa tomber le vieil homme, d'un ton distrait. Et même, je suis bien content qu'elle s'intéresse à ça.

— Ah ! bon, répliqua Maria, surprise. Je croyais, pourtant…

— Laisse-la donc faire à sa guise.

D'un geste tendre, il caressa la joue de la petite fille qui rosit de plaisir et courut se réfugier dans les jupes de sa mère.

11

Léon scrutait la surface de l'étang, assis dans l'herbe. Le bouchon de liège flottait devant lui. Le jeune domestique devinait, dans l'eau, les ombres des gardons qui tournaient autour de son hameçon. De temps à autre, un poisson faisait mine de téter le petit ver au bout de la ligne. Le bouchon semblait alors plonger, puis remontait tout de suite. Enfin, un instant après, il s'enfonçait pour de bon et Léon sortait alors d'un geste sec le petit animal argenté qui frétillait au bout du fil. A côté de lui, la bourriche se remplissait régulièrement. Dominique en ferait une friture. Clara en raffolait.

De la terrasse, accoudée à la rampe de pierre, elle observait le garçon depuis un moment. Un souffle d'air tiède courait dans ses cheveux et sur son visage. Elle respirait à pleins poumons les parfums naissants du printemps. Dans le grand pré qui menait à l'étang, Lucien laissait de nouveau paître les vaches. Clara aimait leur pelage roux, leur ossature courte et puissante, leur corps ramassé et trapu. Dans son pays, les vaches ne ressemblaient pas à cela.

Au loin, Léon sortait de nouveau un poisson. Clara vit briller un éclair au-dessus de l'eau, qui disparut aussitôt dans la main du gamin. De la cuisine émanaient des bruits d'eau et de vaisselle qu'on entrechoque. Dans le potager, en haut du champ, Lucien retournait la terre depuis le lever du jour. Clara sentait bien qu'il ne l'aimait pas. Mais elle s'en moquait. Il lui arrivait même encore, parfois, de venir à la traite aider Léon, sous le regard hostile du fermier.

La voix de Maria s'éleva.

— Madame Clara, c'est une lettre pour vous.

Elle se retourna, surprise, comme sortant d'un songe.

— Pour moi ?

— Oui, madame.

Maria reprenait son souffle et tendait la missive. Clara hésita un instant. Sa main tremblait un peu. Elle regarda l'écriture, retourna l'enveloppe. Ses yeux rougirent d'un coup.

Maria, gênée, restait prostrée sans savoir quelle attitude adopter. Clara décachetait avec soin la lettre. Elle sortait un papier plié en quatre, couvert d'une écriture serrée, tracée au crayon à papier. Clara déplia la feuille avec lenteur. Le regard fixe, elle plongea alors dans un monde qui n'appartenait plus au présent. Une larme naissait au coin de son œil. Elle releva son regard pour fixer Maria dont le visage se marbrait doucement de rouge.

— C'est nouvelles famille de moi, murmura-t-elle. Papa et maman.

Elle lut de nouveau la lettre, sans un mouvement, sans un mot. Maria n'osait plus faire un geste.

— Amie de Paris écrit. Village brûlé. Maison brûlée. Papa, maman partis.

Maria voulut ajouter un mot, une phrase de réconfort.

— Peut-être qu'ils sont partis à temps ? fit-elle maladroitement.

Puis, immédiatement, elle le regretta et se mordit la lèvre. Clara se tourna vers l'étang, le regard au loin. Elle resta un moment immobile. Puis, revenant à la servante, les traits soudain apaisés, elle déclara d'une voix douce, presque inaudible :

— Dieu veille... Dieu veille...

Au même instant, Léopoldine apparut, venant de la cuisine. Elle courait maladroitement, engoncée dans une robe qui semblait trop large pour elle. Elle vint se blottir contre les jupes de sa mère, sans quitter Clara du regard. La jeune femme redressa une mèche qui lui barrait le front et se pencha vers l'enfant.

— Tu veux jouer *fortepian ?*

L'enfant répondit, comme par jeu :

— *Fortepian*, *fortepian*... en tendant la main à Clara.

La jeune femme saisit la main de l'enfant et l'entraîna à son pas, vers la porte de la cuisine.

— Tu es sage avec Clara, hein ? lança Maria.

Sans se retourner, la Polonaise répondit :

— Enfant très sage... très sage.

Elle roulait les « r » d'une façon plus appuyée que d'habitude, comme pour mieux marquer son accent. Maria sourit. Un instant après, on entendait la petite fille tapoter sur le clavier puis, par-dessus le jeu désordonné de l'enfant, une petite mélodie se superposa, une mélodie lente, triste, entêtante comme une ritournelle. Au bord de l'étang, Léon rangeait son matériel. Il remonta sans hâte le chemin bordé de murs de pierres sèches chauffées par le soleil. Il se sentait bien. De loin, portées par le vent, lui arrivaient des bribes de musique.

Ambroise ne se rasait plus depuis plusieurs jours. Sa barbe naissante donnait à ses traits une rudesse que contredisait son attitude veule et sans tonus. Il se leva et sortit sans bruit de sa chambre. Le jour baissait, en laissant à l'horizon de grandes traînées rouge et or. Au loin, un peu de brume remontait du ruisseau qui coulait en bas du village. Elle semblait s'accrocher aux arbres de la colline. Il entendait, venant de la cour, la voix puissante de son père, mêlée au bruit de la carriole. La mule hennit, puis tapa du pied. Deux hommes jeunes descendirent de la petite voiture et s'engouffrèrent dans l'entrée. Maria sortit un instant. Armand lança une phrase que son fils ne comprit pas. Un bruit de pas dans l'escalier. Ambroise se campa au milieu du couloir. Les deux hommes, suivis de la servante, s'arrêtèrent en haut des marches, surpris. Ils le fixèrent un instant. Ils semblaient épuisés. Maria arrivait sur leurs pas.

— Des amis de Monsieur Gustave, laissa-t-elle tomber.

Puis elle les entraîna jusqu'au grenier. Ce soir, Ambroise le savait, des ombres se faufileraient dans le parc et, demain, les deux hommes auraient disparu. Il bouillait intérieurement de se sentir exclu de tout cela. Il sentait confusément que quelque chose d'important se vivait ici, sous son propre toit, et ce depuis le début de la guerre. Pourtant on le tenait toujours éloigné de ce « quelque chose ». Quoi qu'il fasse, on le traitait comme une ombre, comme un enfant qu'on tolère, mais que l'on ne veut pas voir jouer au milieu des grands.

Il ne lui restait plus rien. Sa voiture ? Partie en fumée. Son maigre pécule ? Envolé. Il ne possédait pratiquement plus que ce qu'il avait sur le dos. Sans compter ce costume rayé et ce chapeau, pendus dans un placard, et qu'il n'osait plus porter, par peur du ridicule.

Au-dessus de lui, il entendait les pas des hommes et la voix douce de Maria. Le matin même, il avait de nouveau trouvé dans sa chambre un petit cercueil de bois, avec son nom gravé dessus. Il savait ce que cela signifiait. Mais il ne pouvait plus reculer, ni partir. Où serait-il allé ? Avec la guerre, plus question de vendre une terre pour rembourser ses frasques, comme avant. Il passait ses journées à traîner, de la galerie où sa mère s'abrutissait d'alcool à sa chambre, sans même oser sortir, de peur de croiser ceux qui s'amusaient à lui envoyer ces maudits petits cercueils. Il descendit l'escalier d'un pas lourd. La petite planche du palier craqua. Dominique tendit l'oreille. Ambroise poussa la porte, ouvrit le vaisselier, y prit un verre et la bouteille de vin. Sans un mot, sans un regard pour la cuisinière, il se laissa tomber sur le banc, s'accouda à la table et se versa une rasade qu'il vida d'un trait, avant de s'en servir une deuxième qu'il vida de nouveau d'un coup.

— Ça ne va pas, Monsieur Ambroise ? fit Dominique d'une voix mal assurée.

Il releva lentement la tête, la fixa d'un regard mauvais, se resservit encore un verre et le but de nouveau sans respirer. Son regard devint tout d'un coup plus flou. Ses traits se détendirent imperceptiblement. Il ricana, lançant, comme pour lui seul :

— Vous êtes tous les mêmes…

— Tous, qui ?

D'un geste il embrassa la pièce et, au-delà, le monde qui l'entourait.

— Vous, vous tous… vous me détestez tous.

Puis, après un instant :

— Vous croyez que je ne vois pas votre manège ?

Puis il éclata d'un rire gras, malsain. Son attitude contrastait avec la sérénité de la pièce. Une odeur de légumes en train de cuire se mêlait à celle du feu de bois du fourneau. Un autre parfum, plus subtil, flottait aussi dans l'air, un parfum de pierre humide et d'encaustique. Une odeur plus animale également, celle de la ferme, celle que Lucien rapportait à la semelle de ses souliers quand il revenait de l'étable. Le corps du jeune homme s'affaissait doucement, à mesure qu'il vidait les verres. Il reprenait, sous le regard mi-apeuré, mi-courroucé de Dominique :

— Mais moi, vous pouvez toujours me les envoyer, vos saletés de cercueils. Je suis chez moi, ici. Je ne bougerai pas. J'ai des amis, moi.

Il ricana de nouveau, d'un rire d'ivrogne.

— Si je voulais, il ferait beau ici ! Je n'aurais qu'un mot à dire. Je connais du monde, moi, du monde qu'il n'y a pas besoin de cacher.

L'ivresse déformait maintenant ses traits. Il se leva, fit tomber son verre qui se brisa sur le sol de pierre et sortit comme il venait d'entrer, sans un mot. Dans la cour, Lucien finissait de détacher la mule. Il lui lança au passage, le regard flou, le geste désordonné :

— On les aura tous, ces salauds, ces salauds…

Puis il fila vers le haut de la cour. Le fermier le suivit un instant des yeux. La petite porte de fer forgé grinça sur ses gonds. Ambroise disparut. Le fermier sourit en murmurant :

— Eh bien ! Mon cochon, il en tient une comme il faut !

L'ombre d'Emilie se découpa un instant derrière une fenêtre du premier étage, puis s'évanouit.

Maria regardait manger sa fille, debout devant la table de la cuisine. Dominique pestait en préparant le repas, comme chaque fois qu'il fallait nourrir des bouches imprévues.

— Il pourrait me prévenir avant !

— Comment veux-tu ? Il n'en sait rien lui-même quand il lui faut cacher des gens. On lui dit au dernier moment, et puis voilà tout.

Dominique s'entêtait.

— Tout de même, ce n'est pas lui qui fait à manger pour tout le monde.

Par la fenêtre ouverte, on entendait le vent agiter les arbres de la terrasse. Le maréchal-ferrant forgeait un fer et ses coups, sur l'enclume, arrivaient par bribes. Maria, tendant l'oreille, fit à mi-voix :

— Le vent porte d'ouest. Demain, tu verras qu'il va pleuvoir.

Dominique continuait de ronchonner devant son fourneau. Maria pelait une pomme un peu ridée pour sa fille. L'enfant mangeait en silence, sans perdre une miette de ce que se disaient les grands. Elle ne comprenait pas tout. Mais ce monde de gens qui venaient, repartaient, s'enfermaient le soir pour écouter la radio et se disaient des choses à voix basse, ce monde-là la fascinait.

— Tout de même, reprit Dominique, toujours de mauvaise humeur, est-ce qu'il a besoin de faire tout ce raffut ici ? Déjà qu'avec la Polonaise, la Juive, là-haut, un jour ça finira mal. Et en plus, avec ces gens qu'on sait même pas qui c'est ?

Maria releva la tête.

— D'abord, tu ne parles pas comme ça, laissa-t-elle tomber d'une voix sèche. Elle s'appelle Clara ; pour le reste, ce n'est pas ton affaire.

Dominique continuait, obstinée :

— Si tu crois que je ne sais pas qu'elle est juive ? Ces histoires de ne pas manger de cochon ! Et puis, elle est allée une seule fois à la messe, et même pas devant. C'est Lucien qui me l'a dit.

— L'imbécile ! siffla Maria entre ses dents.

La clochette de l'entrée tinta. Les pas d'Armand claquèrent sur les dalles. Il poussa la porte, sourit à Maria, jeta un regard attendri à sa fille.

— Tu me fais manger la pomme ? demanda l'enfant.

Armand sourit et vint poser un baiser sur ses cheveux.

— Je ne peux pas, petite fille. Je dois aller au grenier. Maria le fera bien.

La fillette le regarda, prit un petit air sérieux, et fit :

— Tu vas voir les monsieurs qui se cachent ?

Le vieil homme se redressa, interloqué.

— Qui t'a dit ça, ma fille ?

Alors, le regard malicieux, elle répondit le plus sérieusement du monde :

— Les gens, ici, ils se cachent au grenier...

La maison sombrait doucement dans la torpeur du soir, quand les bruits familiers cessent petit à petit, remplacés par ceux, plus feutrés, plus rares, de la nuit : petits craquements, souffle d'air, volet qui claque, bruits de pas dans la chambre d'Armand ou la mansarde de Maria. Clara annotait une partition. La tiédeur de la journée réchauffait petit à petit les murs. Les soirées devenaient de plus en plus douces. Clara tourna la tête.

Elle laissa son regard se perdre par-delà la fenêtre, sur les branches couvertes de jeunes feuilles. Elle s'efforçait de ne plus vivre pour Gustave, comme autrefois, de ne plus penser à lui toute la journée, non pas pour l'oublier, mais pour ne pas souffrir. Elle mettait entre parenthèses cette partie d'elle-même, cet amour qui ne voulait pas dire son nom. Officiellement, il s'agissait d'une amitié, d'une simple amitié. Et elle attendait, elle attendait depuis des mois. Après tout, peut-être était-elle tout de même heureuse ? Elle se replongeait dans son travail quand un bruit la fit se redresser. Un petit caillou venait de rebondir sur les carreaux de la fenêtre. Elle attendit un instant encore. Un autre caillou vint heurter les vitres. Elle se leva alors, curieuse, un peu effrayée aussi, et vint se poster devant la croisée. Une ombre se détachait sur la terrasse, une silhouette bientôt rejointe par une seconde, plus petite, plus râblée. Un autre caillou rebondit sur le carreau. Cette fois-ci, elle sursauta. Elle ouvrit doucement la fenêtre et se pencha.

— Qui jette cailloux ?

— C'est moi, Clara, c'est moi.

— Gustave !

— Oui, mais ne parle pas si fort…

Elle restait immobile, interdite, sans savoir quoi faire.

— Va chercher mon père, reprit Gustave.

— Toi monter ?

— Non, je ne veux pas qu'on me voie ici. Va chercher mon père.

Clara, trop surprise pour savoir si elle ressentait de la joie ou de la peur, fila frapper à la porte du vieil homme. Un bruit de pas léger. Maria ouvrait la porte, un tricot à la main. Une lampe brillait doucement sur la petite table.

Armand, assis devant son secrétaire, tourna la tête, l'esprit ailleurs. Il sourit à la jeune femme.

— Entrez, mademoiselle, entrez.

Clara fit un pas en avant. Il régnait dans la pièce une atmosphère de bonheur tranquille, une ambiance douce et reposante.

— C'est pour monsieur Gustave, balbutia-t-elle.

Armand se dressa à demi.

— Il est arrivé quelque chose ?

— Non, monsieur. Mais Gustave en bas, sur terrasse.

Armand se leva d'un bond et courut ouvrir ses volets. Il se pencha en appelant :

— Gustave ! Gustave !

L'ombre se détacha de nouveau.

— Je suis là, papa.

— Nom de Dieu ! Tu es fou ? Qu'est-ce que tu fous là ?

— Je te le dirai, mais viens me faire entrer discrètement. Je ne voudrais pas qu'on me voie.

Armand se retourna vers Maria qui venait de poser son tricot sur la table, à côté de la petite lampe.

— Sois gentille, file le chercher. Tu passeras par la salle à manger. Prends bien garde à ce que Dominique ou Lucien ne traînent pas dans les parages.

Puis, s'adressant à Clara :

— Et vous, comment vous avez su qu'il était là ?

La jeune femme sourit puis lâcha, comme une évidence :

— Lancer caillou, sur fenêtre.

Un bruit de pas dans l'escalier, puis la silhouette de Gustave dans l'encadrement de la porte. Clara n'osait pas bouger. Armand restait, lui aussi, immobile, le visage un peu pâle. Ses mains tremblaient. Gustave se tourna vers lui.

— Bonjour, papa.

— Bonjour, mon fils !

Puis il se précipita vers la jeune femme qu'il prit dans ses bras, sans un mot, sans plus bouger. Combien de temps restèrent-ils ainsi enlacés ? Elle se laissait aller contre lui, simplement heureuse de ce moment, sans oser faire un geste qui aurait pu rompre le charme. Armand détourna les yeux. Maria ne rentrait toujours pas dans la pièce. Elle semblait attendre quelque chose qui ne venait pas.

— Eh bien ! ma fille, tu restes dehors ?

— C'est que...

— C'est que quoi ?

Elle fit un pas en arrière. Pedro s'avança dans la lumière. Armand le salua de la tête.

— Tu nous présentes ? demanda-t-il à son fils.

Gustave se détachait enfin de la jeune femme, sans hâte, son regard collé au sien.

— C'est Pedro. Il est espagnol, fit-il d'une voix douce, un peu absente.

Maria refermait la porte. Elle tendit l'oreille vers sa chambre, au-dessus d'eux.

— Il ne faudrait pas qu'on réveille la petite !

Armand restait debout.

— Alors, mon fils, tu ne me dis toujours pas pourquoi tu es ici ?

Gustave se tourna vers son père. Armand fut surpris de découvrir un autre visage, un visage creusé, aux traits plus durs, un visage vieilli, marqué. Clara se tenait maintenant un peu en retrait. Gustave approcha de son père et vint l'embrasser sur la joue. Pedro, mal à l'aise, restait figé devant la porte.

— Papa, je crois que je serais plus utile ici, à me battre, qu'à me cacher. Tu sais les nouvelles ? Stalingrad est tombé. Partout, les Allemands reculent. Toute cette horreur prendra bien fin un jour. Et ça n'est pas en se terrant qu'on pourra faire quelque chose. Je suis venu te demander de me faire passer. Avec Pedro, on veut aller à Londres.

Tout en parlant, il jeta un coup d'œil à Clara. La jeune femme avait pâli.

— Pardonne-moi, petite sœur, mais c'est la guerre, lui dit-il à mi-voix.

Armand désignait Pedro du doigt, manifestement irrité de sa présence.

— Et pour lui ?

— Pedro ? Il vient avec moi.

Un long silence. Maria se rasseyait et reprenait son ouvrage. Armand désigna une chaise à Clara et le lit à son fils. Pedro et Gustave y posèrent un bout de fesse, mal à l'aise. Le vieil homme passa la main dans ses cheveux et respira profondément.

— Comment tu veux que je te fasse passer à Londres ou à Vladivostok ? Je ne suis pas Dieu le père, tout de même ! J'ai déjà assez de mal comme ça ici, à faire vivre la propriété.

Loin de déconcerter Gustave, la sortie de son père lui arracha un petit sourire.

— Est-ce que je dois t'appeler papa, ou « monsieur Charles » ?

Clara tourna vivement la tête. Maria se força à ne pas bouger. Quant à Armand, le sang venait de se retirer de son visage. Il fit un effort pour ne rien laisser paraître de son trouble et laissa tomber, d'un ton qu'il voulait innocent :

— Je ne sais pas de quoi tu parles. Pourquoi « monsieur Charles » ?

Gustave se leva et, frottant ses mains l'une contre l'autre pour évacuer son émotion, il se mit à arpenter la pièce.

— Papa, sur le chantier, on parle peu. Mais il y a des choses qui se savent. Plusieurs fois, j'ai entendu parler d'un monsieur Charles, un monsieur Charles qui a un réseau pour faire passer des gens à Londres. Un soir, un gars un peu saoul a lâché le morceau. Il m'a dit qu'il devait retrouver quelqu'un, et qu'on l'attendait, dans une grande maison. Le gars parlait mal le français. Je ne sais pas bien d'où il venait. Le soir où il devait partir, j'ai surveillé ce qu'il se passait. Le type que j'ai vu, qui venait le chercher, je l'ai reconnu. Il ressemblait à quelqu'un d'ici. Tu veux savoir à qui ?

Armand le regardait, impassible.

— Enfin, je l'ai reconnu, reprit Gustave. Et ce fameux monsieur Charles dont on parlait toujours, c'est ce soir-là que j'ai compris qui c'était.

Il vint se camper devant son père, qui gardait son air absent.

— Alors, tu peux nous aider ?

Armand releva doucement la tête. Il regarda son fils, un instant indécis.

— Ecoute, Gustave, je ne comprends rien à ce que tu racontes. Mais je vais voir ce que je peux faire pour toi. Tu veux passer à Londres ? Soit. Tu as besoin d'argent ? Soit. Mais, de grâce, ne me parle plus jamais de ces histoires de monsieur Charles et autres âneries de roman pour dames, plus jamais.

Maria souriait dans la clarté de la lampe. Gustave se tourna vers Clara.

— Et elle, elle viendra avec nous. Elle sera mieux là-bas qu'ici.

Alors, de nouveau tourné vers sa table de travail, Armand fit d'une voix ferme, une voix qui ne souffrait aucune contradiction :

— Clara restera ici. Elle y est très bien. Quant à toi et à ton ami, je vais voir ce que je peux faire pour vous. Ta chambre est vide. Tu t'y installeras. Ne te montre pas.

Gustave fit signe à Pedro de le suivre. Il posait la main sur la poignée de la porte quand Armand releva la tête.

— Mon fils, je suis bien content que tu sois ici, bien content.

Quand Pedro ouvrit les yeux, le soleil éclairait la chambre. Il découpait, sur le plancher, l'ombre de la fenêtre. L'Espagnol mit un instant à reprendre ses esprits, à réaliser où il se trouvait. Il se releva sur un coude. La porte grinça doucement. Gustave entrait sur la pointe des pieds. Pedro éclata de rire.

— Té voilà !

Gustave, un instant décontenancé, prit le parti de sourire à son tour.

— Déjà réveillé ?

— Et toi ? Tu as dormi ?

Gustave rougit. Il referma la porte en prenant soin de ne pas faire trop de bruit.

— Rester ici toute la journée ? demanda Pedro.

— Oui, ça vaudra mieux. Pas la peine qu'on sache qu'il y a du monde.

Gustave se dirigea vers la bibliothèque qui couvrait tout un pan de mur.

— Au moins, on aura de quoi lire. C'est pas comme là-bas.

— Té voilà coiffé avec oune râteau, cé matin, laissa tomber Pedro, l'œil rieur.

Gustave rougit de plus belle, passa la main dans ses cheveux et balbutia, gêné :

— Qu'est-ce que ça peut te faire ?

Pedro se leva et vint se camper devant les livres. Gustave ne le quittait pas des yeux. L'Espagnol sortit deux ou trois ouvrages, un peu au hasard, puis opta pour un roman policier. Il déchiffra :

— Siménone...

— Simenon, Georges Simenon, reprit Gustave, tu verras, ça va te plaire.

Pedro retourna s'allonger sur le lit et se plongea dans le roman, sans plus ajouter un mot. Gustave, indécis, tourna un moment en rond puis, de guerre lasse, prit le parti de faire comme son ami. Par bravade, ou par jeu, il saisit lui aussi un roman de Simenon et vint s'asseoir devant la fenêtre ensoleillée. Un bruit de pas dans le couloir, Maria entra sans frapper, portant un plateau chargé de pain, de beurre, avec une cafetière et deux bols. Pedro, confus, se levait et se recoiffait du plat de la main, ne sachant quoi faire de son livre. Gustave se dressait lui aussi en se frottant les mains, en homme heureux de vivre et de bien démarrer sa journée.

— Monsieur a fait dire à Lucien d'aller travailler dans les bois, fit Maria à voix basse. Quant à Dominique, il l'a envoyée pour la journée chez sa mère. Vous pourrez sortir de la chambre, mais pas de la maison.

— Et mon frère ?

— Il cuve.

— Il est rentré tard ?

— Je ne sais pas.

Pedro fixait son ami, surpris.

— Tou as oune frère ? Tu n'as jamais dit ?

Gustave le fixa un instant avant de laisser tomber d'un air grave :

— Et toi, que m'as-tu dit de toi ? Je ne sais même pas d'où tu viens.

Pedro se versait un peu de café. L'odeur envahit la pièce.

— D'Espagne, tu le sais.

— D'Espagne, oui...

Maria écoutait, essayant de deviner derrière les mots ce que les deux hommes cherchaient à se dire. Un bruit de pas résonna dans le couloir.

— Qui c'est ? fit Gustave.

— Léon.

— Il sait ?

Maria se contenta de hocher la tête.

— On peut lui faire confiance ?

Elle acquiesça de nouveau. Dans la pièce voisine, on entendait Clara qui allait et venait. La porte d'une armoire grinça.

— Elle se lève toujours à cette heure-là, murmura Maria.

Gustave se troubla un peu. Puis, à Maria qui sortait sans faire de bruit :

— Porte-moi son plateau, je le lui donnerai moi-même.

Ce fut au tour de la servante de rougir. Quand la porte fut refermée, Pedro se laissa de nouveau tomber sur le lit, un bout de pain à la main. Gustave, debout devant la fenêtre, buvait son café à petites gorgées, le regard perdu. De l'autre côté de la porte, on entendit les galopades d'un enfant et la voix de Maria qui ordonnait :

— Moins de bruit, Léopoldine, Monsieur Ambroise dort encore.

Les traits de Gustave se détendirent. Il se tourna vers son ami.

— C'est la petite de Maria.

— Elle est mariée ?

— Non.

— Et c'est qui le père ?

Gustave ne répondit pas.

— Chez nous, ces filles-là, elles sont chassées de la maison, reprit Pedro.

Gustave, posant son bol sur la table, se contenta de murmurer :

— Pas ici.

Lucien se tenait penché en avant. Il semblait fixer, sans le voir, son verre de vin à demi vide. Il allongea le bras et saisit un cruchon de grès pour le remplir de nouveau. Sa petite pipe éteinte, qu'il ne sortait que le soir, quand il venait au bistrot, pendait à sa lèvre. Deux vieux le regardaient sans un mot. La patronne, assise derrière son comptoir, venait de reprendre son tricot. On ne voyait d'elle que son profil et sa bouche qui remuait en silence. Un des vieux toussa. Son compagnon, toujours sans un mot, battit son briquet à la longue mèche d'amadou pour rallumer un mégot informe. Lucien vida son verre cul sec. Fernande le regarda un instant, sans cesser de compter ses mailles. On entendit des pas monter l'escalier de granit qui menait au café. Pour y entrer, il fallait d'abord passer un petit couloir. La clochette de la porte tinta et Ambroise se campa sur le seuil. Il fit le tour de la pièce du regard et vint prendre place à la table de Lucien.

— Une prune, demanda-t-il, la voix déjà éméchée.

Fernande se leva lentement. Elle saisit un petit verre et une bouteille, puis vint le servir. Il vida son verre d'un trait en faisant signe de le remplir de nouveau. Fernande posa la bouteille sur la table.

— Vous le ferez bien vous-même, monsieur Ambroise, je ne vais pas venir me lever sans cesse.

Et elle repartit de son pas lent se rasseoir derrière son bar. Lucien montrait sa bouffarde à Ambroise.

— Vous avez du feu ?

— Tiens !

Le fermier tassait du bout du doigt les cendres éteintes et grattait une allumette.

— Saleté de guerre, hein ? grogna-t-il.

— Saleté, oui.

Puis, après un temps :

— Ça va mal finir, n'oublie pas ça, mon gars.

Dans son ivresse, il se mettait à tutoyer Ambroise, comme il l'aurait fait d'un vieux camarade. Il se servit de nouveau un verre, puis reprit :

— Moi, j'ai même plus le droit de venir dans la journée. Même Dominique, ils l'ont envoyée chez sa mère aujourd'hui. Tu ne vas pas me dire que ce n'est pas bizarre, ça, non ?

Puis, dans un ricanement d'ivrogne :

— Et toi, pauvre ! Qu'est-ce que tu fous là ? Tu n'y es pas, à la guerre ?

Ambroise le fixait de son regard noyé d'alcool, un regard flou, délavé.

— Moi, la guerre ? Je m'en fous. J'ai des amis !

Il mettait dans ses propos une bravade qui cachait mal une détresse que l'eau-de-vie ne parvenait pas à masquer.

— Des amis, toi ? Où ça, à Paris ? Et qu'est-ce qu'ils font pour toi, tes amis ?

La clochette de la porte tinta de nouveau. Florentin faisait son entrée, un bout de cigare au coin de la bouche, le visage un peu rouge. Lucien, plus par bêtise qu'autre chose, crut malin de lancer :

— Alors, les nouvelles à la radio, ce soir ?

— Lucien, tu ferais mieux de fermer ta gueule ! répondit l'épicier, agacé.

— Si je veux, que je la fermerai, ma gueule, après tout.

Ambroise pâlit. Il se tassa sur sa chaise.

— Si tu crois que je ne les connais pas, vos petites combines, reprit Lucien.

Cette fois, ce fut au tour de Fernande de laisser tomber d'une voix calme, sans lever les yeux de son ouvrage :

— Lucien, tu parles trop !

L'autre, perdu dans son ivresse, se leva à demi, les mains à plat sur la table et le visage en avant.

— Si je veux, je parle, parce que moi, les choses, je les sais plus qu'on croit ! Et je le dis, ça va mal finir. Tous, on va tous y passer !

Ambroise se resservit un verre de prune. Sa main tremblait. Il ne disait toujours rien. Florentin, devant le comptoir, sirotait un verre d'alcool qui lui empourprait le visage. Elie apparut à son tour. Il vint s'accouder à côté de l'épicier. Lucien se laissa retomber sur son siège. Ambroise alluma une cigarette d'un geste faussement décontracté. Conscient qu'il avait maintenant un public, et grisé par le vin, Lucien continuait de plus belle.

— Parce qu'on me tient à l'écart, mais je sais des choses, moi, oui, j'en sais. Si je voulais...

Il eut à nouveau ce rire d'ivrogne, un peu sot. Alors, dans le silence gêné qui suivit, on entendit la voix du maire, très calme, ne s'adressant à personne en particulier, mais à tout le monde à la fois.

— Des fois, quand on parle trop, on n'arrive pas à rentrer chez soi, des fois...

Ambroise ne bougeait plus du tout, le visage décomposé. La cigarette tremblait au bout de ses doigts. Florentin souriait. Il ne quittait pas Lucien des yeux. Il regarda sa montre, puis son compagnon.

— Tu me notes ça, Fernande ?

— C'est ça, Florentin, je te le note.

Il sortit, accompagné d'Elie.

Un instant après, on entendait remonter du fond du bourg la camionnette poussive du maire. Fernande leva la tête, écouta un instant puis reprit son tricot.

12

— Et quand tu pars ?

— Demain soir.

— Ton père dit ?

Gustave marqua un temps. Clara se tenait contre lui, la tête sur son épaule. Depuis combien de temps rêvaient-ils là, main dans la main, au bout du parc ?

— Mon père ou quelqu'un d'autre, qu'importe ?

Devant eux, le soleil finissait de se coucher derrière la colline, de l'autre côté de la vallée. Le ciel devenait rouge sombre. Bientôt, ils n'y verraient plus rien. Clara se sentait bien. Elle releva la tête.

— Papa, patriote ? murmura-t-elle.

Gustave haussa les épaules. A quoi bon lui avouer qu'il n'en savait rien lui-même ? Il savait seulement qu'un réseau de résistance existait dans le canton, un réseau dirigé par un certain monsieur Charles, un réseau qui faisait passer des hommes en Angleterre et qui réceptionnait aussi, parfois, des armes et des hommes. En tout cas, son seul salut pour tenter de rejoindre l'Angleterre passait par la maison de son père et à Dieu va !

— Papa, patriote ? insista Clara.

— Je crois, oui.

Elle reposa la tête sur son épaule.

— Tous les soirs, papa écoute radio.

— Je sais, j'ai vu le poste.

Elle se redressa, saisit la main du jeune homme et passa ses doigts sur sa paume en riant.

— Gustave, mains de paysan, aujourd'hui.

Il sourit. On entendait un chien aboyer au loin. L'air doux de la journée commençait à laisser la place à une bise plus fraîche.

— C'est le travail au chantier.

— Toi travail, très dur ?

— Parfois, oui.

Un long silence se fit. Gustave regardait la jeune femme. Elle semblait perdue, le regard ailleurs.

— Clara vient à Londres, laissa-t-elle tomber au bout d'un moment, sûre d'elle.

— Non, tu restes ici.

— Pourquoi ?

— C'est plus sûr. C'est trop dangereux pour toi de venir.

— Et toi ?

— Moi ? C'est l'inverse, c'est trop risqué de rester ici. Et puis, ça n'est pas là qu'on a besoin de moi.

Il se tourna vers elle, posa un baiser sur son front et caressa ses cheveux.

— On se retrouvera après la guerre, je te le promets. La vie reprendra comme avant. Je pars tout à l'heure. Je t'écrirai dès que je pourrai.

Un sentiment étrange les habitait tous les deux, mélange de tristesse et d'harmonie. Ils vivaient l'instant présent comme un répit, comme un bonheur passager, mais ils savaient aussi que, dans quelques heures, ils seraient de nouveau séparés, peut-être pour de longs mois.

— Et Ambroise, pas partir ? demanda Clara d'une voix hésitante.

— Mon frère, je crois que c'est bientôt lui qui va devoir se cacher ici.

— Ton frère avec Allemands ?

Gustave se leva, s'approcha de la table de pierre devant eux, une table couverte de mousse et de débris de feuilles mortes. Il soupira, le regard sur les derniers rayons de soleil, au-delà de la colline.

— Je ne crois même pas. C'est un faible, mais pas un traître. Je crois plutôt qu'il traîne avec des gens peu fréquentables. Va savoir quelle ânerie il aura faite pour devoir venir se cacher là.

Puis, après un temps :

— Du reste, ça n'est pas la première fois que cela arrive.

Clara se levait à son tour.

— Ambroise, beaucoup alcool.

— Je sais.

Il soupira.

— C'est peut-être même le fond du problème.

— Alors, promis, tu fais guerre et chercher Clara ?

Il se pencha vers elle, posa de nouveau un baiser sur son front et murmura, en la serrant dans ses bras :

— Promis.

Le chien aboyait toujours. La jeune femme frissonna.

— Tu veux rentrer ?

Elle releva le visage et sourit.

— Non, si nous rentre, toi pars…

C'est le lendemain que l'on retrouva le corps de Lucien, flottant dans une mare, en haut du bourg. Un peu avant minuit, on avait pu voir des ombres se glisser dans le parc et disparaître dans l'obscurité. Clara, à sa fenêtre, eut le temps de les voir filer avant de se jeter sur son lit sans pouvoir pleurer. Emilie dormait, abrutie de vin. Quant à Ambroise, une cigarette tremblait de nouveau au bout de ses doigts, au fond du café. Florentin ne parut pas de la journée du lendemain. Le maire dut se résoudre à appeler les gendarmes. Les avis furent unanimes pour dire que, la veille au soir, le fermier en tenait une sévère. On s'accorda sur la thèse de l'accident sans que personne n'ait l'idée de se demander ce qu'il pouvait bien faire là-haut, à plus d'un kilomètre de chez lui, en pleine nuit et ivre mort.

On emporta le corps dégoulinant d'eau sur une charrette tirée par un âne.

— Je le mets à la mairie ? demanda le maire aux gendarmes.

— Oui. De toute façon, il faudra bien que le médecin passe délivrer le permis d'inhumer.

Puis, debout sur le marchepied de sa fourgonnette sans âge, le pandore demanda :

— Vous avez un cercueil ?

— Ça, on en a un, oui !

Un peu en retrait, Armand assistait à la scène sans dire un mot. Il paraissait infiniment triste. Pour la première fois, Elie crut deviner sur ses traits une forme de renoncement, de lassitude. Il posa la main sur son épaule.

— On n'avait pas le choix, Armand. Il buvait de plus en plus et, quand il était saoul, il se mettait à parler. On n'avait pas le choix...

— Saleté de guerre... Saleté de guerre !

On devinait chez le vieil homme, mêlées à la fatigue, des larmes de rage prêtes à jaillir.

— Et pour la propriété, comment tu vas faire ? reprit Elie.

— Ne t'occupe pas de ça. J'ai Léon avec moi. Et puis, il y a mon fils.

— Ambroise ?

La petite charrette disparaissait au bout du chemin.

— Oui, Ambroise.

— Si tu le dis ! lâcha le maire, dubitatif.

Les deux hommes se mirent en marche vers le village, sans un mot. Arrivé devant chez lui, Armand demanda :

— Tu t'arrêtes un instant ?

On entendait, venant de la maison, des bouts de musique portés par l'air tiède. Les arbres de la cour, couverts de feuilles claires, répandaient des taches d'ombre sur le sol. Le soleil chauffait les pierres grises de la façade. Maria se tenait debout devant la porte de la maison, son visage disgracieux marqué par le chagrin. Léopoldine jouait, assise par terre, avec sa poupée de chiffon.

— Maria, tu nous porteras un pichet, tu veux bien ?

Elle hocha la tête puis tourna les talons, sans un mot. En une matinée, le monde venait de changer radicalement, presque avec brutalité. Jusqu'à présent, cette guerre, on la suivait à la radio, dans les journaux, on la vivait de loin. Il y avait bien quelques hommes prisonniers en Allemagne, d'autres qui ne reviendraient pas, on le savait. Mais, depuis tout ce temps, l'existence s'organisait vaille que vaille autour de l'attente de la paix, chacun s'efforçant de vivre sa vie le moins mal possible. Et puis, ce combat de l'ombre que menaient Armand et ses amis, depuis de longs mois maintenant, ne concernait que des gens qu'on ne connaissait pas, des gens d'ailleurs. Et voilà que, pour la première fois, la mort venait s'imposer à eux comme une solution inéluctable, eux qui se battaient pour la vie, pour la liberté.

En passant dans l'entrée, Armand eut le temps de deviner, dans la cuisine, la silhouette de Dominique, assise, la tête dans les mains. Sa gorge se noua. Il n'eut pas le courage d'aller la serrer dans ses bras, de lui demander pardon. Il préféra se réfugier au salon, blotti au fond d'un des deux fauteuils Voltaire posés de part et d'autre de la cheminée. Au-dessus d'eux, le piano jouait un air très lent, mélancolique, quelque chose qu'Armand entendait pour la première fois. Il redressa la tête. Maria entrait, portant deux verres et un pichet de vin qu'elle venait de soutirer à la cave. Elle regarda son amant un moment. Il aurait voulu lui dire, lui expliquer, se justifier, mais devant le visage fermé de la jeune femme, il restait désemparé. La pièce sentait encore le froid de l'hiver. Au cœur de l'été, quand la chaleur vous étouffait, elle était le dernier endroit où se réfugier, tant elle restait fraîche.

— Veux-tu t'asseoir ? finit par demander le vieil homme.

Maria fit non de la tête. Elle restait plantée là, sans bouger. Un silence lourd, pesant, s'installa, seulement troublé par le tic-tac de la pendulette posée sur le marbre d'un buffet, de l'autre côté de la pièce.

— Qui ? dit la servante d'une voix blanche.

— Qui quoi ?

— Lucien.

Armand se tourna vers son compagnon, le regard perdu. Le maire, habituellement si timide, fit d'une voix ferme :

— Ça n'est pas lui, Maria, je peux te l'assurer, ni personne d'autre ici.

Le visage de la jeune femme sembla se détendre un peu.

— Alors pourquoi ?

— Il commençait à trop parler.

Elle tourna les talons, sans rien ajouter. Un instant après, on entendait dans la cuisine le ronron de sa voix. Elle consolait Dominique.

Pendant les jours qui suivirent, Armand ne sortit presque pas de sa chambre. Il y passait ses journées plongé dans ses livres de comptes ou assis devant la fenêtre ouverte, à regarder les grands arbres du parc. Maria réalisa soudain que, pour la première fois, il faisait son âge. Jusqu'alors, l'énergie, sa puissance de conviction et son charisme le faisaient paraître encore jeune, animé d'une force et d'une lumière intérieures. A présent, les traits de son visage semblaient plus mous, son regard plus flou. Il ne revivait que quand Maria trouvait un instant pour venir le rejoindre, le soir, dans sa chambre. Elle s'asseyait alors sur la petite chaise, à côté de la table sur laquelle elle posait son carreau de dentelle, puis elle faisait mine de s'intéresser à son ouvrage. Lui ne la quittait pas des yeux, sans dire un mot.

Dans la journée, il prenait aussi Léopoldine sur ses genoux de longs moments, toujours sans un mot. L'enfant jouait alors avec sa petite poupée de chiffon et son père la regardait en souriant à peine. A l'autre bout de la maison, Emilie et son fils passaient leurs journées dans la galerie surchauffée par le soleil. Ils buvaient. Non par vice, mais plutôt par désœuvrement, par ennui. Deux vies qui ne servaient à rien. Deux vies gâchées, deux destins qui passaient à côté d'eux-mêmes, deux êtres qui se voyaient sombrer.

Plutôt que d'embaucher un nouveau fermier, les hommes en âge de travailler se faisant rares, Armand choisit de revendre ses bêtes. Il ne garda que deux vaches pour le lait, quelques poules et un cochon. Au milieu de cette morosité étouffante, Clara restait la même. Elle travaillait de plus belle, persuadée que Gustave ne tarderait pas à revenir la chercher. Elle continuait ses longues promenades dans le parc, à la nuit tombée, son fichu multicolore sur les cheveux.

Dominique parlait de partir, de rentrer dans son village. Ambroise avait pris l'habitude de venir la retrouver dans la cuisine, après le déjeuner. Il prenait dans le placard un petit verre, la bouteille de prune et venait s'asseoir au bout de la longue table, sans rien dire. Il sirotait ensuite son alcool en silence, les yeux posés sur la cuisinière. Il la regardait aller et venir. Il aimait bien Dominique. Elle le dégoûtait un peu et le fascinait à la fois. Sans se l'avouer vraiment, il aurait aimé qu'elle fût sa mère. Il se sentait en sécurité à côté d'elle. Le percevait-elle ? Il ne se posait même pas la question. Il se trouvait bien avec elle, voilà tout. Puis il partait rejoindre sa mère, une cigarette toujours pendante au bout de ses doigts jaunis.

Léon devait maintenant s'occuper seul de la propriété avec Armand. Il trouvait parfois un moment pour venir se blottir au pied de la façade, sous la chambre de Clara. Il restait alors de longues minutes à écouter le piano, parfois au bord des larmes tant la musique le pénétrait, le faisait vibrer. Dominique ne manquait jamais une occasion de le rabrouer quand elle le trouvait là, debout, immobile, à écouter la musique, le visage offert au vent. A présent, Clara venait presque tous les jours à l'étable, elle aimait aider à la traite. Léon rayonnait alors de bonheur. Elle commençait à parler quelques mots de patois. Peu de chose en réalité, mais assez pour faire rire le jeune homme qui s'ingéniait à ne lui apprendre que des expressions un peu osées.

C'est vers la fin de l'été qu'Armand commença à sortir de sa prostration. Maria retrouvait un peu de sérénité et cela la rendait presque belle. Ce fut Dominique, la première, qui le remarqua.

— Dis-moi voir, tu as un nouvel amoureux ?

Maria rougit, sourit et, les yeux à terre, souffla :

— Tu es folle ?

Les deux femmes finissaient de ramasser les haricots verts. Le lendemain, il faudrait les mettre en bocaux.

— C'est... c'est toujours Monsieur ?

— Tu es bien curieuse.

Dominique éclata de rire.

— Tu en as un autre ?

— Tu es folle ? Non !

— Alors ?

— Alors rien, c'est tout.

Elles reprenaient leur travail. Le soleil cognait. Dominique, en nage, devait s'arrêter souvent pour s'éponger.

— Et à la radio, ils disent quoi ces derniers jours ? reprit-elle.

— A ce qu'il paraîtrait qu'en Italie ça ne va pas fort.

Dominique passait de nouveau son mouchoir sur son front.

— Ce n'est pas ce qu'ils disent, dans le journal !

— En tout cas, c'est ce qu'ils disent à Radio Londres.

Léon, au bout du potager, retournait la terre à grands coups de bêche. Il entassait les pommes de terre dans une vieille brouette de bois. On entendait le piano par les fenêtres grandes ouvertes. Maria commençait à aimer l'écouter, elle qui, au début, le supportait sans enthousiasme. Le jeune garçon posa sa bêche. Les deux femmes papotaient. Il essuya ses mains à son pantalon et fila vers la Maison-Haute. Quelque chose de léger flottait dans l'air. Il entra par la cuisine, se versa un verre d'eau et resta un long moment, le nez en l'air, à écouter la musique. Il regarda ses pieds terreux, son pantalon sale, ses mains calleuses. Il envia Clara, là-haut, qui savait jouer de si belles choses, Clara à la peau si blanche, aux yeux tellement clairs. Il se sentit gauche, presque sale en dedans. Léopoldine passa en courant et se précipita dans l'escalier. Léon s'élança.

— Léo, Léo, reste ici ! Va pas la déranger.

Mais la gamine filait déjà. Il la suivit dans le couloir. L'enfant frappait à la porte de la jeune femme. Il appela de nouveau :

— Léo, non ! Laisse-la tranquille.

La porte s'ouvrit. Clara se baissa pour embrasser le front de l'enfant. En grandissant, Léopoldine prenait de plus en plus les traits ingrats de sa mère. Et pourtant, chez elle, loin d'être laids, ces traits prenaient un relief particulier qui la rendait belle. Clara saisit la main de l'enfant et l'entraîna dans la chambre. Un instant après, on entendit le piano qui jouait maladroitement et la voix de Clara chantonnant une mélodie que l'enfant essayait de suivre. Léon s'appuya au mur, devant la porte, et se laissa glisser à terre, le regard dans le vide. Dominique et Maria au potager, Armand parti voir Florentin, personne ne pouvait le surprendre ici. Il en profitait et buvait la musique maladroite avec délice. Il aurait tant aimé, lui aussi, pouvoir poser ses mains sur le clavier, caresser les touches si blanches, sentir les vibrations de l'instrument. Il ne savait pas vraiment qui, de Clara ou du piano, l'attirait le plus. Peut-être les deux à la fois ? Elle représentait pour lui un mystère qu'il ne parvenait pas à percer.

La musique s'arrêta soudain. On entendit la fillette s'esclaffer puis la porte se rouvrir. Léopoldine fila en riant. Clara posa ses yeux sur Léon, étonnée de le trouver assis là, dans le couloir, devant sa chambre.

— Léon, malade ?

Il se releva, pivoine, en essuyant ses mains à son pantalon pour se donner une contenance.

— Je... j'écoutais.

Elle riait.

— Léon, écouter petite fille ?

Il se troubla.

— Je... oui, j'aime bien.

— Toi, aime musique ?

— Oui, murmura-t-il, comme on avoue une faute.

Clara lui tendit la main.

— Léon entrer. Clara joue, tu veux ?

Le gamin sentit sa tête tourner, le sang bourdonner à ses oreilles. Ses jambes se dérobaient.

— Je... je suis sale, balbutia-t-il, gêné.

Il montrait ses sabots. Clara riait.

— Pas important, entrer !

Elle laissa la porte ouverte et vint s'asseoir devant son instrument. Léon se planta au milieu de la pièce, sans savoir que faire de ses mains. Elle commença à jouer. Il ferma les yeux. Il s'enivrait déjà du parfum de la pièce. Clara jouait, il écoutait, il vibrait. Comment se retrouva-t-il assis par terre à côté d'elle ? Combien de temps joua-t-elle ? Il ne le sut jamais. Quand elle eut terminé, elle referma doucement son piano et le regarda, l'esprit ailleurs. Il releva son visage. Elle tendit la main et caressa doucement ses cheveux. Il posa son visage sur ses doigts. Ils restèrent ainsi, sans un mot, un long moment. Un bruit de pas dans l'escalier le fit se relever, de nouveau rouge jusqu'à la racine des cheveux. Clara souriait encore. Elle le regardait. Il se sentait gauche. Il sortit à reculons, en balbutiant des excuses confuses.

— Merci écouter musique, lui lança-t-elle. Clara seule, toujours ! Clara seule...

Il entendit la porte de la chambre d'Emilie se refermer, à l'autre bout du couloir. Il soupira puis détala. Sa brouette remplie de pommes de terre lui parut laide, repoussante. Il tendit l'oreille. Le piano jouait de nouveau.

Léon passa le reste de l'été à guetter Clara. Parfois, il se laissait de nouveau aller à écouter la musique, le dos contre les pierres chaudes de la façade. Souvent aussi, il se postait dans la grande allée du parc qui faisait face à la maison. Il n'entendait alors que des bribes de musique portées par l'air chaud. La police l'avait longuement interrogé au sujet de la mort de Lucien. Pas seulement lui, mais aussi Ambroise et Armand. Pour Ambroise, les choses faillirent mal tourner. Les policiers semblaient le connaître et ils l'emmenèrent jusqu'à Tulle. Il y resta deux jours pleins. Quand il revint, il paraissait vieilli de dix ans. Ses mains tremblaient, son visage creusé et mal rasé paraissait terreux. Léon ne comprit pas pourquoi les policiers le tutoyaient, alors qu'ils vouvoyaient Armand et même lui, le petit domestique. Emilie traversa les interrogatoires l'air absent. Florentin fut inquiété un temps, lui aussi. Puis, brusquement, les inspecteurs parurent se désintéresser de l'affaire. Elle fut classée en accident.

L'été finissait tout doucement. Les journées restaient chaudes mais, dès que le soir venait, la fraîcheur tombait brusquement. Léon allait maintenant sur ses dix-huit ans. Il entendait de plus en plus parler du maquis. Il rêvait d'en découdre. Contre quoi, contre qui ? Il ne le savait pas vraiment. Il savait qu'Armand et Florentin faisaient partie d'un groupe. Mais que faisaient-ils exactement, comment se battaient-ils ? Il l'ignorait. Et pendant ce temps-là, Clara jouait, jouait toujours et encore. Le piano occupait tous les après-midi, obsédant et envoûtant. Clara semblait se griser de musique pour pallier l'absence de Gustave.

Un soir, après le repas, Armand frappa à sa porte. La jeune femme resta un instant interdite devant la silhouette du maître de maison. Il se tenait un peu gauche dans le couloir, ne sachant pas comment lui parler. Pour aussi étrange que cela puisse paraître, Armand restait intimidé par cette femme venue de si loin, qui malgré les longs mois passés ici demeurait une quasi-inconnue. Il finit par bredouiller, un peu rouge :

— Je... enfin, c'est pour vous dire de venir au salon, ce soir.

— Clara descendre ? Maintenant ?

Armand se dandinait d'un pied sur l'autre.

— Oui.

— Clara venir.

La petite bougie posée sur la table de la chambre répandait une lumière douce, qui laissait dans l'ombre une bonne partie de la pièce. Armand huma l'odeur particulière de la chambre, mélange de fraîcheur du soir, de thé froid et de parfum épicé. Clara passait sur ses épaules son châle aux couleurs vives. Elle ne semblait pas gênée par la présence du vieil homme devant sa porte ouverte.

— Clara prête ! lança-t-elle en souriant.

Dans la grande pièce, le maire, Florentin et un homme qu'elle ne connaissait pas écoutaient déjà la radio. Elle sifflait en continu, un sifflement derrière lequel on devinait une voix presque inaudible. Florentin se leva à demi, en rougissant. Le maire se contenta de saluer la jeune femme, l'oreille tendue vers le poste. Armand avança un des fauteuils couverts de velours rouge. Clara s'y laissa tomber, intimidée et curieuse à la fois. Maria passa la tête par la grande porte. Elle fixa Clara un moment puis se retira. Armand levait la main, le visage penché vers la radio. Derrière le sifflement, la voix nasillarde poursuivait sa litanie de messages. Elle égrena une phrase que la jeune femme ne comprit pas. Armand se leva, rouge de joie. Florentin sortit un de ses cigares malodorants et l'alluma. Quant à Elie, il se contenta de sourire doucement. L'inconnu, lui, ne bougeait pas. Son visage ne trahissait aucune émotion. Ce fut lui qui prit le premier la parole. Il s'adressa à Clara en russe.

— Madame, je suis venu de loin pour organiser un parachutage. Savez-vous de quoi il s'agit ?

Clara se troubla.

— Oui, enfin, je crois.

— La résistance française va recevoir des armes, madame.

Armand, qui ne comprenait pas un mot de ce qui se disait, restait impassible, les yeux sur l'inconnu qui poursuivait, toujours en russe.

— Madame, il s'est passé ici des choses qui mettent votre sécurité en danger, ainsi que celle des habitants de cette maison.

Ce fut au tour de Clara de rougir.

— Qu'est-ce qu'il raconte ? demanda Florentin.

Le vieil homme se contenta de hausser les épaules.

— Je viens de loin pour organiser ce parachutage, continua l'inconnu. Et si vous le souhaitez, je vous propose de repartir avec moi, à la fin de ma mission.

Clara regarda autour d'elle, un peu perdue. Les trois autres la dévisageaient, sans paraître savoir que faire, ni que dire. Armand toussota.

— Vous lui avez expliqué ? s'enquit-il.

— Oui, commandant.

Il parlait français avec un drôle d'accent.

— Elle... elle est d'accord ?

Ce fut au tour de l'homme de sourire.

— Comment voulez-vous que je le sache ? Il faudrait d'abord qu'elle me donne sa réponse.

Armand se leva, vint tisonner le feu qui ne réchauffait rien.

— Eh bien ! demandez-le-lui ! laissa-t-il tomber, agacé.

Avant que l'inconnu n'ait pu ajouter un mot, la jeune femme fit, d'une voix claire :

— Clara pas partir. Ici famille Clara.

Puis elle se leva et se dirigea vers la fenêtre. Le crépuscule donnait aux arbres du parc une présence mystérieuse, immenses masses sombres entre le ciel qui disparaissait peu à peu et la maison. Elle resta un instant à regarder dehors. Puis, d'une voix sourde, elle déclara en russe :

— Si je dois partir, je partirai. Mais je ne souhaite pas partir. Pouvez-vous l'expliquer à mon hôte ?

— Qu'est-ce qu'elle dit ? demanda de nouveau Florentin.

Armand haussa encore les épaules.

— Elle veut bien partir, mais elle ne le souhaite pas, murmura l'homme à l'accent étrange.

Le regard du vieil homme se porta sur Clara qui lui tournait toujours le dos. Il laissa échapper un soupir de soulagement. Elie fit mine de ne pas le voir. Florentin tétait son cigare avec volupté.

— Vous croyez vraiment qu'elle est en danger ici ? demanda-t-il, comme un écolier timide.

— On est tous en danger ! répondit Armand d'une voix sourde. Alors, un peu plus, un peu moins...

Il s'approcha de la jeune femme et, pour la première fois, posa la main sur son épaule. Elle se tourna, le fixa. Deux grosses larmes roulaient sur ses joues.

— Merci, madame, chuchota-t-il.

Puis, de la même voix douce, il la questionna :

— Alors, vous partez, ou vous restez ?

Un long silence se fit. Tous attendaient des mots qui ne venaient pas. Clara ne pleurait plus. Son regard devint plus dur. Elle passa les mains dans sa chevelure, la ramena derrière sa tête, dégageant son visage à la peau si blanche. Florentin se tortillait sur sa chaise. Enfin, d'une voix ferme, elle affirma :

— Clara reste. Ici Gustave me cache, ici je reste. Si vous vouloir, Clara reste ici.

Armand sourit puis, de la tête, la gorge trop nouée pour parler, il acquiesça.

L'inconnu se précipita vers elle.

— Mais vous n'y pensez pas ? C'est très dangereux ! fit-il, toujours en russe.

Puis, en français, tourné vers les autres :

— Vous ne vous rendez pas compte ! Nous avons besoin de vous vivant et libre, pas mort ou enfermé !

Armand prit la main de Clara dans la sienne. Il fut surpris par la finesse et la douceur de cette peau, troublé aussi, un peu. Il la fit de nouveau asseoir dans le grand fauteuil rouge. Puis, se tournant vers l'homme, toujours debout :

— Que m'importe ? J'ai déjà perdu tant d'amis ! Et puis mon fils m'a demandé de veiller sur elle. Alors je veille sur elle. Voilà tout.

L'inconnu, le visage fermé, vint se rasseoir, manifestement en colère.

— Vraiment, je ne vous comprends pas. Vous risquez de tout compromettre pour cette... pour...

— Pour cette quoi ?

— Pour cette femme qui serait bien plus en sécurité ailleurs.

Alors, dans le silence qui suivit, ce fut au tour du réservé, du discret Elie de se lever. Il vint se camper devant l'homme. Il le regarda un long moment. Puis, d'une voix ferme, il lança :

— Ecoutez-moi bien, monsieur.

— Lieutenant, le reprit l'autre.

Elie fit un bruit de bouche, agacé.

— Que m'importe votre grade. Tout ce que je sais, c'est que nous, ici, on ne vous a pas attendu pour faire ce qu'on devait faire. Cette petite, si elle veut rester là, elle restera là. Et ce n'est pas vous et vos « chefs » qui nous direz ce qu'on doit y faire. Le réseau, on ne vous a pas attendu non plus pour le mettre en place. Si on doit y rester, on y restera, après tout ! Si on avait peur de ça, on ne ferait pas ce qu'on fait.

Armand souriait en coin. Florentin se resservit un verre de vin qu'il siffla d'un trait. Quant à Clara, elle devinait plus qu'elle ne comprenait ce qu'Elie disait, mais elle se sentait rassurée. Ce qu'elle ignorait, c'est que Maria, de la cuisine, ne perdait pas un mot de la scène. Dans la petite chambre, sous les toits, Léopoldine dormait à poings fermés. Dominique équeutait quelques haricots verts, assise au coin du fourneau, à la lueur jaunâtre de l'ampoule qui pendait du plafond. Léon, lui, finissait de s'occuper des vaches. Il rêvait des doigts fins et blancs de Clara courant sur le clavier, il rêvait aussi à ce moment unique qu'il venait de vivre, assis par terre, à l'écouter jouer pour lui, pour lui seul.

13

Ambroise paraissait maintenant bien plus vieux que son âge. Ses costumes, autrefois bien coupés, pendaient autour de son corps de plus en plus décharné. Il ne sortait presque jamais de la propriété, hormis le soir, pour aller se caler au fond de la salle, chez Fernande, derrière sa petite table de bois. Là, il vidait son litre de rouge, sans un mot, à petites gorgées, sa cigarette tremblant au bout des doigts. Il posait sur le monde qui l'entourait un regard noyé, un regard absent, un regard qui ne vous voyait pas. Armand ne lui parlait plus. Les deux hommes vivaient dans la même maison sans se voir.

Emilie ne venait plus qu'occasionnellement manger avec eux le soir, préférant se faire servir dans sa chambre. Clara mettait un point d'honneur à se montrer toujours à son avantage, à ne jamais descendre pour le dîner sans une coiffure impeccable, sans une touche de coquetterie dans sa mise. C'est Maria désormais qui lui montait son eau chaude pour la toilette du soir. Dominique sombrait chaque jour un peu plus dans la mélancolie. Maria, en revanche, semblait s'épanouir. Un soir qu'elle montait son plateau à Emilie, elle la trouva dans son lit, le visage fatigué, les yeux dans un ailleurs qui n'appartenait qu'à elle. Elle fixa la servante.

— Alors, te voilà bien heureuse maintenant ?

— Bien heureuse de quoi, Madame ?

Emilie eut un rire d'ivrogne.

— De me voir là, dans mon lit, toute seule.

La jeune femme rougit. Elle vint poser le plateau sur la table, près de la porte.

— Vous devriez manger maintenant, c'est encore chaud.

— Tais-toi donc ! Si je veux, je me lève.

Et elle eut de nouveau ce rire un peu niais. D'un geste brusque, elle rabattit les couvertures pour montrer ses jambes nues sous la chemise de nuit.

— Regarde, mais regarde donc mes jambes ! Tu crois que je peux encore en faire quelque chose ? Regarde ! Elles sont belles, hein ? Mais je suppose qu'il préfère les tiennes ! Elles sont plus souples, plus fermes, hein ? Tu es jeune, toi. Tu es fraîche encore.

Elle parlait presque sans haine, d'un ton résigné.

— Je mangerai dans le lit, ce soir. Pas envie de me lever.

Maria s'approcha d'elle pour relever son oreiller. Elle eut un geste de recul.

— Ne me touche pas. Je peux bien me débrouiller toute seule, laisse-moi.

Puis, après un silence :

— Et puis, file donc. Je n'ai pas besoin de toi, sale putain !

Maria retint ses larmes pour ne pas offrir ce plaisir à sa maîtresse. Elle voulut parler, se défendre, mais ne trouva rien à dire. Elle resta un instant immobile puis tourna d'un coup les talons. Elle tira si fort la porte qu'on dut l'entendre claquer jusqu'en bas de la maison. Quand elle reparut dans la salle à manger, Clara, comme d'habitude, mangeait avec lenteur. Ambroise releva son regard vide de toute expression. Armand fixa son visage blême.

— Quelque chose qui ne va pas ?

Deux petites larmes de colère perlèrent au coin des yeux de la servante. Elle tapa du pied.

— Si, ça va, ça va…

Armand se leva à demi. Elle le regardait avec dureté. Il se rassit lentement. Clara fit mine de ne rien remarquer.

— Maria malheureuse, fit-elle d'une voix douce quand la jeune femme fut ressortie.

Le vieil homme la regarda, surpris. Pour la première fois depuis qu'elle vivait ici, Clara laissait deviner ce qu'elle pensait. Armand en conçut comme un réconfort, sans bien comprendre pourquoi.

— Malheureuse ?

— Oui, je crois.

Il resta un moment pensif. Puis demanda, comme un petit garçon :

— Et… pourquoi dites-vous cela, Clara ?

Alors, le regard planté dans celui de son hôte, elle laissa tomber comme une évidence :

— Parce que Maria aimer très fort, très !

Armand rougit, voulut répondre, balbutia quelques mots en patois et se replongea dans son assiette. Il ne vit pas le sourire de Clara. Ambroise se resservit un verre de vin qu'il vida d'un trait, sans quitter la jeune femme des yeux.

Florentin retirait ses volets de bois. Il huma l'air qui fraîchissait à l'approche de l'automne. Depuis la mort de Lucien, les langues commençaient à se délier dans le bourg. Tout au bout du village, dans une ruelle si pentue que les jours de pluie on hésitait à s'y risquer, se trouvait l'atelier de Laurie, le menuisier du village. Un peu plus loin, on trouvait le moulin du père Laburle, en contrebas d'un bief grand comme un étang qui se déversait en une cascade bruyante jusqu'à la grande roue de bois. Campé devant l'atelier du menuisier, le vieux meunier respirait les odeurs de bois frais, le parfum un peu épicé du sapin, mêlé à celui plus sucré du châtaignier. La casquette rejetée en arrière, Laurie rabotait un bout de planche. Les copeaux volaient à ses pieds, au rythme de ses gestes amples et réguliers. Il tourna à peine la tête en devinant la silhouette du meunier devant sa porte.

— Té, entre donc. Tu ne tournes pas aujourd'hui ?

— Si, si. Mais je laisse bien remplir le bief. C'est des noix qu'on va me porter. Faudrait pas que je vienne à manquer d'eau.

— Des noix, à cette période ?

Le meunier haussa les épaules, les mains dans les poches.

— Est-ce que je sais, moi ? Elles seront de l'an passé, voilà tout.

Le menuisier posa son rabot, un outil tout en longueur, au bois patiné et usé. Le père Laburle s'approcha, sortit les mains de ses poches et prit le verre qu'on lui donnait. Il le vida sans respirer, puis le tendit. Laurie le remplit de nouveau. Il ne disait rien non plus, sachant pertinemment que si le vieux meunier prenait le temps de s'arrêter, c'est qu'il voulait parler. Mais, par fierté, ou par pudeur, il attendait que l'autre se lance le premier.

— C'est vrai, fit le vieil homme au bout d'un moment, c'est vrai ce qu'on dit ?

Laurie le regarda par en dessous, l'œil malicieux.

— Et on dit quoi ?

— Cette fille, là, à la Maison-Haute.

— Oui, eh bien ?

Le père Laburle semblait hésiter. Il prit le temps de reposer le verre qu'il venait encore de vider cul sec.

— Eh bien ! A ce qu'on dirait, que ce serait à cause d'elle.

— A cause d'elle quoi ?

— Ben, pour Lucien.

Laurie prit un air gêné. Il saisit de nouveau son rabot et, laissant son geste en suspens au-dessus de son bout de bois, il laissa tomber, faussement ingénu :

— Moi, je ne m'occupe pas de ça. Les gens, ils parlent. Moi, je rabote, je cloue, je coupe et je colle, voilà tout. Toi, tu fais tourner ton moulin, et voilà, aussi.

Pour couper court, il passa la main sur la planche, comme pour mieux sentir les imperfections que l'œil ne voit pas. Le meunier ne bougeait toujours pas.

— Tout de même, Laurie, tu ne vas pas me dire, cette fille-là, elle fait quoi toute la journée, qu'on ne la voit même pas dans le village ? Comme si elle se cachait ! Moi, je te dis que ce n'est pas clair, tout ça.

— Arrête donc ! Tu le sais bien qui c'est. C'est une poule à Gustave. Elle se cache ici parce qu'à ce qu'il paraîtrait que c'est une Juive.

— Peut-être, mais moi, je dis que c'est bizarre. Et puis cette manie qu'elle a aussi, toujours à ce que je sais, de jouer de la musique toute la journée. C'est des occupations, ça ?

Laurie se redressa en souriant.

— En tout cas, ce n'est pas tes affaires. Et puis je ne vois pas pourquoi elle aurait à voir avec Lucien.

L'autre haussa les épaules, les mains de nouveau dans ses poches.

— A vivre tous, là-haut, enfermés comme ça, va-t'en savoir.

Le menuisier, penché sur son ouvrage, répondit sans regarder son ami :

— De toute façon, si tu ne veux pas finir pareil, t'occupe pas de tout ça. La Maison-Haute, il y a des choses qui se passent, peut-être, mais ce n'est pas nos affaires.

— Tu feras moins le fier quand les Boches vont venir mettre leur nez là-dedans, je te le dis, moi, grommela l'autre, mécontent.

— Pour l'instant, ils ne sont pas là.

Le vieux meunier sortit alors sans plus rien ajouter. En montant les quelques marches qui menaient chez Fernande, il croisa Florentin qui en sortait, la mine réjouie. Il le regarda approcher, puis l'apostropha brutalement.

— Toi, l'épicier, je le sais bien que tu traînes par là-haut, le soir. Ça finira mal, je te le dis, moi, ça finira mal !

Le gros homme sourit, s'arrêta un instant et, la main sur l'épaule du meunier, fit d'un ton enjoué :

— Laburle, midi n'a pas sonné et tu es déjà bien parti, encore aujourd'hui. A deux heures, tu verras même plus où est la roue de ton moulin. Mais laisse-moi te dire une chose : en ce moment, il vaut mieux garder les yeux dans ses poches et pas trop regarder où il faut pas. Tu comprends ? Tu crois que les Boches ils vont rester là encore longtemps ? Moi pas. On fait ce qu'il faut pour, voilà tout. Alors maintenant, va te saouler si tu veux, mais par pitié, tais-toi.

Et il fila. En poussant la porte de l'épicerie, il surprit les regards de sa femme et de la vieille Suzanne. La conversation s'arrêta net. Après un instant, elle reprit sur un ton faussement badin.

— De quoi elle te parlait encore, cette pie ? demanda-t-il quand la vieille fut sortie.

— De Lucien.

— De Lucien ? Elle en sait quoi, de ce pauvre Lucien ?

Sa femme passa dans la cuisine, à l'arrière de la boutique, en lançant :

— Elle dit qu'à ce qu'il paraîtrait que c'est à cause de la fille de la Maison-Haute qu'il est mort.

— Clara ?

— Clara, si tu veux.

Florentin se surprit à rougir devant le ton moqueur de son épouse. Il se reprit.

— Elle n'y est pour rien, la pauvre. Elle se cache ! Voilà tout.

— N'empêche, les gens parlent maintenant. Même qu'il y en a qui disent que si elle reste là, on va tous avoir des ennuis. Alors, si elle ne part pas, il faudra bien la faire partir.

Florentin serra les poings.

— Si je t'entends encore dire des conneries pareilles, je te botte le derrière et à tous ceux qui les colportent, jeta-t-il d'une voix blanche. Cette femme, elle est là parce que, ici, elle est en sécurité.

— N'empêche, rien faire que jouer de son bastringue toute la sainte journée, tu ne vas pas me dire !

Florentin se contint encore une fois, chercha une réponse cinglante, ne la trouva pas et sortit de la boutique en faisant claquer la porte le plus fort possible.

C'est en début d'après-midi qu'on vit deux voitures pointer leur calandre au bout de la longue ligne droite qui menait au village. Les deux vieilles qui se tenaient debout devant le puits, sur la place, se turent. Elles fixèrent un moment les automobiles noires et filèrent chacune de leur côté.

Laurie, qui remontait de son atelier pour aller boire un coup chez Fernande, rebroussa chemin. Elie, qui binait son potager, suspendit son geste et murmura :

— Cette fois-ci, mon vieux, c'est pour toi.

Les deux voitures s'arrêtèrent devant la mairie, en bas du bourg. L'un des hommes vint frapper à la porte de la salle du conseil. Elie, prudent, passa par l'arrière du village pour les rejoindre. Il eut le temps de compter huit hommes, des hommes à l'aspect banal, des hommes de la ville. Ils portaient tous des souliers cirés. Il sourit en pensant que, ce soir, leurs chaussures ne brilleraient plus. Il se montra enfin, la houe sur l'épaule, prêt à fuir.

— Vous demandez qui ? fit-il en patois.

Un des hommes le toisa, l'air méprisant.

— Vous ne pouvez pas parler français ?

— Vous demandez après qui ? répéta Elie, toujours en patois.

Celui qui venait de parler se tourna vers les autres.

— Qu'est-ce qu'il dit ?

— Il demande après qui vous cherchez.

— Après qui je cherche ? Mais il est demeuré ? Si on frappe ici, à la mairie, c'est qu'on cherche le maire, non ?

Puis, tourné vers Elie :

— Alors, mon vieux, il est où votre maire ?

— C'est moi, répondit Elie, toujours en occitan.

— Qu'est-ce qu'il dit ?

— Il dit que c'est lui.

Le visage de celui qui paraissait mener la troupe commença par pâlir, avant de virer au rouge. Il fixait Elie qui ne laissait rien paraître de son trouble, sa houe toujours sur l'épaule. Il s'efforçait de regarder ce petit homme, un peu ridicule dans ses habits mal coupés, avec un air le plus lourd possible. L'homme reprenait, de nouveau tourné vers celui qui traduisait :

— Il ne parle pas français ?

— Vous ne parlez pas français ?

Elie se contenta de sourire imperceptiblement, sans répondre. L'autre, tourné vers son chef, fit, l'air contrit :

— Je crois que non. Il ne répond pas.

Autour d'eux, les autres personnages échangeaient des regards ironiques. Le chef de la troupe, conscient que son autorité vacillait devant la placidité de ce paysan au cuir tanné, tapa du pied.

— Dites-lui d'ouvrir sa putain de mairie.

— Oui, monsieur.

Puis, tourné vers Elie qui ne bougeait toujours pas :

— Tu peux ouvrir ?

— *Tournaran* [1], lança Elie.

Et, sans rien ajouter, il fila dans la direction opposée. Le petit chef resta un instant interdit, puis, le visage décomposé, demanda d'une voix blanche :

1. « Je reviens. »

— Qu'est-ce qu'il fout, bon Dieu ?

— Il a dit qu'il revenait.

— Et il va où ?

— Chercher la clef, peut-être ?

Dès qu'il fut hors de vue, Elie se précipita jusqu'à la Maison-Haute. Il arriva le souffle court, sa houe à bout de bras.

— Armand, viens-t'en vite, viens-t'en vite…

Le vieil homme, assis sur la terrasse dans son fauteuil d'osier, tirait sur sa bouffarde, ce qui ne lui arrivait pas deux fois l'an, en regardant le vent se prendre dans les hautes branches. Devant lui, Léopoldine jouait dans l'herbe avec une poupée. De la cuisine grande ouverte parvenait le bruit du fourneau qu'on tisonne. Maria épluchait quelques légumes, assise devant la longue table de bois. Armand le savait et cela suffisait à le rassurer, à le rendre heureux. Il se tourna vers son ami. Il découvrait un Elie qu'il ne connaissait pas, un Elie en nage, le visage défait, un Elie qui paraissait affolé.

— Qu'est-ce que tu as donc ?

— Des types, à la mairie. Il y en a deux voitures. Ils n'ont pas l'air commode.

— Qu'est-ce qu'ils veulent ?

— Entrer dans la mairie.

— Et ?

— Et alors j'ai fait l'andouille qui ne comprend rien et me voilà. Ils attendent que je leur apporte la clef.

Il ne put s'empêcher de sourire en disant cela. Armand se leva, l'air préoccupé.

— Tu viens ?

— Où ça ?

— Boire un coup !

— Et… et les autres ?

Armand sourit. Il montait les deux petites marches menant à la cuisine. Maria salua le maire du regard et se remit à ses légumes.

— Les autres ? Ils ne sont pas perdus. Ils ne sont pas pressés non plus. Ils attendront bien.

Le maire posait sa houe devant la porte et ôtait son chapeau, qu'il commença à faire tourner entre ses doigts.

— C'est que, il y en a un, il n'a pas l'air commode...

Armand ouvrait le placard, prenait deux verres et la bouteille de vin.

— Raison de plus. Ils auront le temps de se calmer.

Il posa les deux verres sur le coin de la table.

— C'est peut-être pas bien prudent de les énerver ? fit Maria sans lever les yeux pendant qu'il les remplissait.

Armand posa son regard sur elle, resta un moment silencieux et dit d'une voix songeuse :

— Peut-être bien, mais ça soulage.

Puis, changeant brusquement d'attitude :

— Toi, Maria, tu vas me conduire Clara chez la vieille Johanna, au « Pont de la Mère ». Je suis sûr qu'ils sont là pour elle. Trouve-lui des vieux habits, que s'ils la croisent, ils ne la voient pas, d'accord ?

La cuisinière poussait la porte, les bras chargés de bûches qu'elle vint poser à côté du fourneau.

— Ah ! Dominique, prends ton panier et va chez Florentin. Dis-lui que je suis avec des messieurs à la mairie, avec Elie.

— Et... ?

— Et rien, il comprendra.

Puis, l'air sérieux, les yeux dans ceux de la cuisinière :

— Des gens vont venir. Des pas gentils. Ils vont rentrer, fouiller partout. Tu ne sais rien, et tu ne parles jamais en français, d'accord ?

— Pourquoi je ne parle pas en français ?

— Parce que ces ânes, il n'y en a pas la moitié qui parlent le patois. C'est toujours ça de gagné.

Puis, au moment de sortir :

— Et bien entendu, Clara, connais pas, hein ?

Dominique parut se décomposer.

— Je le savais, moi, que cette femme-là, qu'on ne sait même pas d'où elle vient, elle nous ferait que des ennuis !

Une gifle claqua, qui la fit taire d'un coup. Maria la regardait droit dans les yeux.

— Si tu en veux une autre, je peux.

La grosse femme, interloquée, restait les bras ballants, le regard perdu. Une larme perla, qui roula sur sa joue. Elle fixa la jeune servante, l'air désemparé.

— Pourquoi... pourquoi tu as fait ça ?

— Pourquoi ? Pour toi. Qu'autrement, sinon, Dieu sait quelle ânerie tu allais dire encore !

Les deux hommes vidèrent leur verre d'un trait et filèrent. Sur le pas de la porte, Armand se retourna une dernière fois.

— Maria, tu as bien compris ? Ils ne seront pas longs à venir jusqu'ici. Et toi, Dominique, n'oublie pas Florentin.

Puis, tourné vers Maria :

— Surtout, qu'il ne se montre pas.

Alors, pour la première fois en public, la jeune domestique s'approcha de son amant, le regarda dans les yeux, posa une main sur son visage et fit, en patois :

— Dieu te garde.

Dominique, gênée, détourna le regard sans savoir où le poser.

Clara marchait d'un pas léger, presque alerte. Le petit chemin descendait à pic vers le fond de la gorge étroite et encaissée. Au fond, on entendait rouler les eaux d'un torrent. Maria marchait en avant, prenant bien garde à ne pas glisser sur les rochers affleurant sur le chemin. Clara dissimulait sa chevelure blonde sous un fichu ordinaire. Son visage ne trahissait aucune émotion. Une fois de plus, elle devait fuir, se protéger, se cacher, se faire oublier. Pourquoi ? Au nom de quelle logique absurde ? Une fois de plus, elle marchait sur un sentier dont elle ignorait tout, comme la petite fille d'autrefois. Armand, qu'allait-on lui faire ? Et Léon ? Elle tremblait pour eux. Maria, quelques instants auparavant, entrait dans sa chambre sans même prendre le temps de frapper. Clara était restée un moment les mains sur le clavier puis, sans qu'un mot ne soit prononcé, s'était levée, avait fermé son piano, rassemblé à la hâte quelques vêtements et, debout sur le seuil de la pièce, avait demandé :

« Clara partir ? »

Maria avait rougi, s'était troublée.

« Oui, il vous faut partir, pauvre !

— Soldats ici ?

— Je ne sais pas. Des gens qui vont venir, je crois. Il ne faut pas vous montrer. »

Clara avait fermé la porte, sans même jeter un coup d'œil en arrière. Reverrait-elle son piano, cette pièce si haute, ce monde patiemment fabriqué depuis de longs mois ? Et Gustave qui ne donnait pas de nouvelles ! Et cette guerre qui n'en finissait pas, cette peur, toujours, latente, diffuse, cette peur pour elle, mais aussi et surtout pour ses hôtes ! De nouveau, elle fuyait. Elle fuyait sans savoir pour combien de temps, ni pour où. Elle suivait

Maria, Maria la discrète, Maria la disgracieuse, Maria dont elle ne savait toujours pas, après tous ces mois, si elle l'aimait ou non.

Au bas du chemin, une bicoque se nichait dans un coin de rocher, une vieille bâtisse toute tassée sur elle-même, un ancien moulin dans lequel habitait une femme si chargée d'ans que plus personne ne connaissait vraiment son âge. Elle vivait là à l'abri du monde, à l'abri de la guerre, des hommes et de leurs folies, en autarcie, sans paraître manquer de quoi que ce soit. De temps à autre, elle montait jusqu'au bourg pour acheter à Florentin un peu de café. Quelques poules erraient en liberté devant la maison. La porte ouverte laissait deviner un intérieur noir de suie. Tout, les murs, les poutres, les carreaux, le vieux buffet de guingois, tout disparaissait sous une couche noire.

La vieille, assise devant sa porte sur une chaise à la paille effilochée, les regardait arriver, sans manifester de surprise. Maria la salua. Elle se contenta de hocher la tête. Clara remarqua, un peu en retrait, un vieux chien noir tout pelé qui dormait en boule. L'animal tourna la tête, huma l'air et se leva péniblement en lançant un jappement rauque. Il tourna une fois sur lui-même avant de se laisser retomber d'un bloc et de se rouler de nouveau en boule. Maria s'approcha de l'oreille de Johanna.

— Je t'amène quelqu'un ! cria-t-elle.

La vieille posa son regard sur la jeune femme, un regard presque indifférent.

— Je reviendrai ce soir. Peut-être qu'elle devra rester là pour la nuit.

Une lueur d'intérêt illumina le visage de Johanna. Elle fixa plus attentivement Clara, qui hocha la tête en souriant. Maria lui fit signe de la suivre à l'intérieur de la maison.

— Posez votre balluchon là. Si je ne reviens pas ce soir, vous dormirez ici. Vous comprenez ?

Elle acquiesça. Puis, après un instant de silence, elle demanda :

— Clara dort où ?

Maria parvint à rougir sous son teint mat.

— Eh bien, mais... là...

Elle montrait du doigt un lit haut, dans un coin de la pièce.

— Et vieille dame ?

— Johanna ? Là, aussi.

Clara laissa échapper un sourire fugace.

— Clara dort avec vieille femme ?

Maria, gênée, se contenta de hocher la tête. Un feu de veuve brûlait dans le *cantou*[1]. Clara se campa devant et, pour la première fois en présence de la jeune servante, elle se laissa aller à parler d'elle.

— Clara petite fille, dort en Pologne avec grand-mère, souvent.

La servante la regardait, les yeux brillants.

— Maison de Clara petite comme ici, tout en bois. Aujourd'hui, maison brûlée. Papa, maman partis.

Johanna se levait enfin de son siège. Elle se tenait toute pliée en avant, appuyée sur un bâton noueux. Elle avançait le visage relevé. Sa bouche édentée lui faisait une mâchoire toute ratatinée. Seul, dans cette figure sale à la peau parcheminée, le regard semblait vivre intensément. Elle vint s'asseoir sur un petit banc de bois, devant

1. Cheminée ouverte.

le feu, et sembla se désintéresser des deux femmes, les yeux ailleurs.

— Pour manger, Johanna vous trouvera bien un peu de pain et de caillade, si je ne redescends pas.

14

Elie revenait d'un pas lent, sa vieille houe toujours sur l'épaule. Le petit homme mal mis, qui semblait diriger la troupe, bondit de la voiture en écrasant rageusement sa cigarette. Il arracha la grosse clef de la mairie des mains d'Elie et se mit à farfouiller dans la serrure, sans parvenir à l'ouvrir.

— Permettez ? lui fit Elie, en français.

Il sursauta.

— Mais... vous parlez français ?

— Oui, et alors ?

— Et alors... tout à l'heure...

Il s'en étranglait de rage. Les autres le regardaient, l'air catastrophé.

— Vous ne devriez pas vous agacer comme ça, c'est pas bien bon, laissa tomber Elie.

La porte s'ouvrit en grinçant.

— Taisez-vous, abruti ! Qu'est-ce que vous savez de ce qui est bon ou pas, ici ?

Le maire haussa les épaules, se forçant à cacher sa peur derrière sa bonhomie.

— Ce que j'en dis, moi, hein ?

Les autres personnages entraient à leur tour dans la grande pièce. Une odeur d'humidité et de poussière, mêlée à celle de l'encaustique, flottait dans l'air. Elie ne se donna pas la peine d'ouvrir les volets. Le petit homme tira une chaise à lui et lança, le regard dur :

— Vous savez pour quoi on est ici ?

Elie se garda bien de répondre. Il fallait gagner du temps, le temps pour Clara de partir. Le temps pour Dominique de ranger ses affaires, le temps pour Armand de faire disparaître les traces de la jeune femme dans la Maison-Haute. Il fallait gagner du temps mais Dieu que ce petit homme lui faisait peur, une peur panique, une peur atroce qui lui vrillait l'estomac. Il devait jouer l'imbécile le plus longtemps possible, faire l'ignorant, ne rien laisser paraître. Le petit homme se leva, mal à l'aise. Il ne supportait pas d'être assis devant ce grand gaillard qui le dominait de toute sa masse.

— On est là parce qu'un bon citoyen nous a fait prévenir que vous cachiez des Juifs, ici !

En parlant, il tapait du pied, rageusement. L'autre ne répondait toujours pas, se contentant de le fixer d'un regard inexpressif.

— Vous m'entendez ?

Il tapa de nouveau du pied. Elie réprima un sourire, malgré sa peur. Il finit par laisser tomber, d'une voix sourde :

— Des quoi ?

— Juifs, des Juifs ! C'est interdit, vous comprenez ? Interdit, ici. Ils sont où ?

Elie se sentait de plus en plus mal. Des bouffées de chaleur lui montaient au visage. Il se força à sourire benoîtement.

— Et pourquoi on n'a pas le droit ?

— Parce que c'est comme ça, et puis c'est tout ! hurla le petit homme.

Ses compagnons demeuraient un peu en retrait autour de la porte restée ouverte. Certains dehors, d'autres contre le chambranle. Ils regardaient sans oser intervenir. L'un d'entre eux alluma une cigarette et déclara :

— Chef, on n'arrivera à rien avec celui-là. C'est chez de La Coste qu'il faut aller fouiller. On perd notre temps.

L'homme parut réfléchir un instant puis demanda, d'un ton sec :

— C'est où chez ce « de La Coste », hein ?

Elie, acculé, se contenta de répondre :

— Eh bé ! C'est la Maison-Haute.

Il y eut un instant de silence glacial, malgré la chaleur qui s'engouffrait dans la pièce. Le chef des miliciens insista, les dents serrées de rage :

— Et… c'est où, la Maison-Haute ?

Alors Elie, dans un geste ample, se tourna vers le mur du fond, pointa son doigt et fit, comme une évidence :

— C'est par là…

Malgré sa peur, il eut le temps de deviner un sourire fugace sur le visage du plus âgé des hommes, qui se tenait acagnardé au mur, à côté de la porte. Dehors, quelques habitants observaient ce qu'il se passait. Laurie poussa même jusqu'à la salle.

— C'est quoi qui se passe ici ?

Le maire murmura entre ses dents :

— Salaud.

A cet instant, il eut la certitude que le menuisier savait parfaitement ce qu'il se tramait là. Les hommes montaient dans les voitures. Elie marchait devant le « chef » qui le poussa dans son automobile.

— Emmène-nous à la Maison-Haute.

— Là-dedans ?

— Oui, là-dedans, pourquoi ?

Elie prit son air le plus stupide possible.

— Mais, parce que c'est plus vite d'y aller à pied.

Le petit homme eut à nouveau un moment de rage silencieuse, la main posée sur la poignée de la portière.

— On descend, lança-t-il.

Alors, on vit ce spectacle étrange du maire, sa houe sur l'épaule, qui remontait le village d'un pas lent et pesant, suivi par des hommes en nage, en souliers de ville et qui le suivaient à la queue leu leu en s'efforçant de marcher à son pas. Depuis une des fenêtres de la galerie, Armand les regardait approcher, un sourire au coin des lèvres. Derrière lui, Emilie observait la petite troupe, le regard plus noyé que jamais. Armand se surprit à penser : Tiens, où est passé Ambroise ?

Puis l'idée le quitta. Il les laissa tambouriner un long moment à la grande porte, avant de se décider à aller ouvrir. Elie se tenait devant, l'air penaud. Il lui sourit fugacement pour le rassurer.

— Je... c'est ces messieurs. Soi-disant qu'il y aurait quelqu'un de caché.

Le pauvre faisait son possible pour jouer son rôle d'imbécile. En réalité, il mourait de peur. Ces hommes l'effrayaient. Un instant, il se surprit à maudire Clara. Mais, bien vite, il se reprit et accepta son sort. La peur disparut alors presque instantanément. Il se sentit comme soulagé d'un poids. Armand posa la main sur son épaule, les yeux dans les siens.

— Ça y est ? Tu as compris ?

Comment savait-il ? Elie lui sourit à son tour. Un des hommes le bouscula.

— Et alors, c'est où qu'ils sont, ces Juifs ? Tu vas nous le dire, oui ?

Armand s'avança vers le milicien, le visage fermé.

— Dites, monsieur, ici c'est chez moi, et chez moi, on ne bouscule pas mes amis. Présentez vos excuses.

— Mes… quoi ?

— Vos excuses.

L'homme, intimidé, voulut faire le faraud et se tourna vers les autres en rigolant.

— Vous entendez, chef ?

Le petit homme, impressionné par la maison, par l'attitude d'Armand et par son ton sans réplique, commençait à se demander si quelque chose ne leur échappait pas dans toute cette histoire.

— Tu t'excuses, voilà tout, murmura-t-il, contraint. Et après, on fouille partout.

De la grange, Léon surveillait discrètement ce qu'il se passait. Il comprit que ces hommes venaient chercher Clara. Il ignorait qu'elle avait quitté la Maison-Haute et il tremblait de tous ses membres, de rage, de peur, d'envie de tuer aussi. Quand la troupe repartit, une heure plus tard, il eut le temps d'entendre le plus petit d'entre eux lancer :

— On sait qu'elle est ici. On reviendra, on reviendra… et on vous fusillera tous…

Une main se posa sur son épaule. Il sursauta et se retourna. Ambroise se tenait debout derrière lui, les pieds dans la paille sale, lui qui ne venait jamais jusqu'à la grange.

— Qu'est-ce que vous faites là ?

Ambroise haussa les épaules.

— Mettons que j'ai eu envie de venir voir les bêtes, voilà tout.

— Je ne vous avais pas vu.

Du doigt, Ambroise désignait le plancher disjoint, au-dessus d'eux.

— Je dormais dans le foin.

Léon le détailla des pieds à la tête.

— Dans la paille ?

Pas un brin d'herbe sèche ne s'accrochait aux cheveux ou aux vêtements d'Ambroise. Le domestique préféra ne pas insister. Dehors, les miliciens remontaient l'allée, un chien venu d'on ne sait où sur leurs talons, qui aboyait en courant autour d'eux.

Quand le calme fut revenu, Armand poussa la porte de la cuisine et se laissa tomber sur le banc, devant la table. Elie restait debout, au milieu de la pièce, mal à l'aise. Le vieil homme se prit la tête entre les mains et ses épaules eurent deux ou trois soubresauts. Quand il releva les yeux, son regard brillait d'une lueur dure, une lueur que le maire ne lui connaissait pas.

— Il va falloir lui trouver un autre refuge. Elle ne pourra pas revenir.

Dominique, pour se donner une contenance, mit une bûche dans le fourneau. Léon entra en tapant ses sabots contre les petites marches de granit. Armand se leva, prit dans le vaisselier deux verres et la bouteille de vin vide. Il la tendit au jeune domestique.

— Sois gentil, file me remplir ça.

Quand Léon fut à la cave, sous la cuisine, Armand se leva et vint se pencher au-dessus de l'escalier de pierre tout humide qui y menait.

— Et tâche de bien refermer la barrique, pas comme l'autre fois, hein ?

On entendit la voix du gamin qui lançait, du fond de la réserve :

— Oui, Monsieur Armand.

Ce fut comme un signal, un signal inconscient. La tension tomba d'un coup. Armand et Elie se regardèrent, puis fixèrent Dominique qui rougit et, enfin, ils éclatèrent de rire, un rire nerveux, un rire libérateur. Leur hilarité redoubla quand ils virent surgir Léon, décontenancé, sa bouteille à la main, qui restait piqué devant la porte de la cave, sans comprendre ce qu'il se passait.

Clara vivait depuis deux jours aux côtés de Johanna. La vieille ne parlait presque pas. Eût-elle parlé que Clara n'aurait pas compris un mot de ce qu'elle disait. Elles n'en vivaient pas moins en bonne harmonie. Clara se sentait sale. Sa toilette du soir lui manquait. Et puis surtout, elle ne comprenait pas pourquoi on la laissait sans nouvelles depuis si longtemps. C'est au soir de la seconde journée que la silhouette de Maria se profila en haut de la combe, sur le petit sentier escarpé. Quelques minutes plus tard, la vieille regardait les deux jeunes femmes repartir, sans paraître les voir vraiment. Clara se retourna pour lui faire un petit signe de la main. Elle ne bougea pas. Son chien restait couché devant elle, la tête relevée. Il émit un bref jappement et se remit en boule. Quand Clara poussa sa porte, il ne restait plus rien dans sa chambre que son piano. Elle se figea.

— Affaires de Clara, pas là ?

Maria sourit. Elle lui fit signe de patienter et fila au grenier. Elle revint avec un grand sac de toile qu'elle posa sur le lit aux draps impeccablement tirés.

— Il faut nous excuser, ça a été si vite ! On n'a pas eu le temps de tout bien ranger.

Clara sortait un à un ses vêtements roulés en boule, ses partitions jetées à la va-vite au milieu du reste. Elle défroissa du plat de la main, avec lenteur, quelques feuillets cornés. Il lui restait déjà peu de son passé et ce peu, on venait de le lui souiller. Maria demeurait un peu en retrait, sans oser parler ni bouger. Elle fixait le visage défait de la Polonaise. Enfin, après un long silence, Clara se tourna vers elle et demanda, d'une voix blanche :

— Clara partir, maintenant ?

Maria se contenta de hocher la tête.

— C'est plus prudent.

Dans le couloir, on entendit le pas lourd d'Armand. Il vint se camper devant la porte et frappa doucement.

— Bonjour, Clara. Vous n'êtes pas trop fatiguée ?

La jeune femme se contenta de secouer la tête.

— Pardonnez-nous pour vos affaires, mais tout a été si vite, reprit Armand. Nous avons dû tout fourrer dans ce grand sac. J'espère que nous n'avons rien abîmé ?

Clara lissa une page de musique pliée.

— Non, tout est bien, merci.

Armand se tourna vers sa maîtresse.

— Laisse-nous, veux-tu ?

Quand Maria fut sortie, il avança une chaise vers la jeune femme.

— Asseyez-vous.

Puis, après un instant de silence :

— Vous avez été dénoncée à la milice. Vous comprenez ?

— Milice ?

— Oui. Et ils reviendront, c'est certain.

Elle le fixa d'un regard dur.

— Clara pas peur.

— Je le sais. Mais c'est dangereux à présent pour vous, ici. Vous pouvez rester si vous le souhaitez. Mais si vous préférez partir, je vous aiderai.

La jeune femme fit des yeux le tour de la pièce. Elle s'arrêta un instant sur le piano fermé, puis sur le rai de lumière sur le plancher, qui pénétrait par la fenêtre. Enfin, ses yeux se posèrent sur Armand.

— Clara rester ici. Possible ?

Le vieil homme sourit.

— Oui, c'est possible. Mais c'est très risqué. Vous devrez pouvoir vous cacher très vite, s'ils revenaient.

— Chez vieille dame Johanna ?

— Par exemple. Ou au grenier, pourquoi pas ?

Il se leva et vint se poster devant le petit piano.

— Par exemple, il ne faudra plus jouer, jamais. Ni vous montrer. Vous comprenez ?

Clara hocha la tête.

— Pourquoi ne pas partir plus au sud, ou en Angleterre ?

Ce fut au tour de la jeune femme de se lever. Elle vint se planter un instant devant la croisée, les mains jointes. Puis, d'un coup, elle se retourna, le visage transformé.

— Clara reste ici. Si vous veut bien. Clara toujours fuir, Clara toujours vivre avec peur. Papa, maman toujours peur, aussi. Fini peur maintenant. Clara plus peur, plus partir. Clara choisit maintenant pour elle, pas les autres.

Et elle répéta, comme pour bien marquer sa décision :

— Clara plus peur, fini.

Ils restèrent un long moment sans parler, sans bouger, la jeune femme serrant ses doigts entremêlés à en faire blanchir les articulations et Armand contenant une émotion qu'il sentait monter en lui. Puis, rompant le charme, il fit un pas vers elle.

— Je vous admire, mademoiselle. Cette maison est la vôtre.

Avant de sortir, il se retourna et murmura :

— Merci.

Florentin poussa le premier la petite porte de fer forgé qui grinça sur ses gonds. Le crépuscule commençait à peine. Cette histoire de miliciens ne lui plaisait pas du tout. Depuis de longs mois maintenant, Armand abritait cette femme dont on ne savait rien, sans même pouvoir expliquer pourquoi il la gardait chez lui, ni même pourquoi elle restait là. Après tout, Gustave pouvait bien s'en occuper lui-même. Patiemment, au prix de risques énormes, au prix de vies sacrifiées, un réseau de résistance s'était constitué, qui les mettait tous en danger. Quel besoin éprouvait-il de garder chez lui cette Polonaise qui ne faisait rien, rien que jouer du piano et, parfois, traire quelques vaches ? La clochette de l'entrée tinta doucement. Maria ouvrit la porte, tenant Léopoldine par la main. Florentin sortit un biscuit de sa poche et le tendit à l'enfant.

— Tiens, j'ai apporté ça pour toi, avant que tu n'ailles au lit.

L'enfant attrapa le gâteau en souriant.

— Tu ne dis donc pas merci ? souffla Maria.

Léopoldine laissa tomber un :

— Merci, « Flentin ».

Le gros homme rit et demanda :

— Ils sont arrivés ?

— Non, vous êtes le premier. Achevez d'entrer.

Une odeur de sous-bois régnait dans le salon. Les fenêtres grandes ouvertes laissaient passer tous les parfums du soir. On entendait, portés par le vent, les tintements lointains de quelques cloches de vaches. Maria se pencha vers sa fille.

— Tu vas prévenir papa que monsieur Florentin est arrivé ?

La gamine fila à l'étage en galopant dans l'escalier.

— Doucement, Léo, que tu vas tomber ! protesta Maria.

Mais la fillette n'entendait pas et filait tout droit. Florentin s'installa dans un des fauteuils de velours rouge. La radio trônait toujours dans la pièce. Etrange que les gars de la milice n'aient pas fait de remarque là-dessus, pensa-t-il. Il sortait déjà un de ces cigares dont personne ne savait d'où il les tenait. Peut-être en possédait-il déjà une réserve, avant la guerre ? C'est ce que pensa Armand quand il pénétra dans la pièce, en le voyant occupé à allumer son barreau de chaise.

— Salut, Florentin. Déjà installé ?

Le gros homme se troubla, rougit et balbutia :

— Je... je t'attendais.

— Tu fais bien. Elie ne devrait pas tarder.

Au-dessus de leurs têtes, on entendit le pas traînant d'Emilie dans le couloir. L'épicier demanda, tout en tétant son cigare :

— Et ta femme, comment ça se passe ?

Armand haussa les épaules.

— Ça se passe, voilà tout.

— Et... pour tes... tes activités, elle est au courant ?

Armand sourit.

— Non pas ! Tu sais, depuis le début de la guerre, c'est comme si elle n'était plus dans le même monde.

Elle passe ses journées toute seule, dans la galerie. Des fois, son fils la rejoint. Et ils restent là des heures, sans rien se dire, à regarder dans le vide.

On entendit grincer de nouveau la petite porte, en haut de l'allée. Florentin murmura en soufflant la fumée :

— C'est Elie.

Armand se levait pour allumer le poste.

— Ils prévoient un parachutage pour bientôt ? demanda l'épicier.

— Elie nous dira ça.

La clochette tinta de nouveau. On entendit la voix de Maria.

— Ils sont là.

Le maire se figea en entrant dans la pièce. Il regarda les deux hommes en faisant tourner son chapeau dans ses doigts. Il resta ainsi un long moment, sans oser parler ni avancer. Armand lui sourit.

— Finis d'entrer, viens t'asseoir.

Mais il restait piqué debout, gêné.

— Quelque chose ne va pas ?

Il se racla la gorge, puis lâcha, d'une voix inquiète :

— Tu... tu as eu des nouvelles, pour les gars de l'autre jour ?

— Non. Ils finiront bien par revenir. Mais pour l'instant, pas de nouvelles.

Le maire fit un pas en avant, son chapeau toujours dans les mains.

— Et... ta Polonaise, elle est toujours là ?

Armand se contenta d'acquiescer. Puis il fit mine de chercher des stations sur la radio. Des grésillements, des bouts de voix nasillardes et, enfin, le son lointain de

Radio Londres avec, en surimpression, le brouillage caractéristique des Allemands.

— Ce n'est pas encore commencé, murmura Armand.

Puis, tourné vers Elie :

— Tu sais quelque chose ?

— Oui. Ce serait pour des armes.

— Où ?

— Vers le Cantal, sur les hauteurs.

— Et la phrase ?

Elie rougit et lança, comme un gamin qui profère une incongruité :

— « Le poisson de tante Jeanne n'aime pas les fleurs. »

L'épicier éclata de rire.

— Mais où c'est qu'ils vont nous chercher ça ?

Armand se laissa tomber dans un des fauteuils, en souriant.

— C'est vrai que parfois on se demande.

Elie revenait à la charge.

— Pour tes *gouyats*, là, tu n'as pas peur qu'ils reviennent... et qu'ils la trouvent ?

— Qui ?

— Ben... ta Polonaise.

Armand rougit.

— Mais bon sang, qu'est-ce que ça peut vous faire qu'elle soit là ? Je cache qui je veux dans ma maison, non ?

Florentin tira une bouffée malodorante de son cigare et souffla la fumée droit devant lui.

— Ce n'est pas la question qu'elle se cache. Mais ici, c'est quand même dangereux, tu ne crois pas ? Elle risque de nous faire attraper tous.

Elie lui coupa la parole.

— Sans compter qu'elle pourrait aller se cacher ailleurs. Ça ne changerait rien.

Armand leva la main comme pour réclamer le silence, le visage penché vers la radio.

— C'est bon, ils l'ont donnée.

— Je n'ai pas entendu, fit l'épicier d'un ton boudeur.

— Forcément, tu parles trop. Et tu dis des âneries en plus, répondit Armand.

— Je dis peut-être des âneries, comme tu dis, mais admets que j'ai raison. Cette fille, on ne sait même pas qui c'est, d'où elle vient, pourquoi elle est là. Et toi, il y a le feu à la maison et tu nous dis : « C'est pas grave, il ne se passe rien. » Alors, tu veux faire quoi, maintenant ?

— La garder auprès de moi. Mon fils me l'a demandé.

Ce fut déclaré sur un tel ton que les deux autres n'osèrent rien ajouter. Maria entrait avec un petit plateau et quelques verres.

— Je suis allée coucher la petite.

— Et Clara ? interrogea Armand.

— Elle est dans sa chambre.

Laurie traînait de plus en plus souvent vers le haut du bourg. Il n'osait pas approcher trop de la Maison-Haute, mais il y jetait de brefs coups d'œil et surtout, il tendait l'oreille. Florentin, du fond de son épicerie, le regardait aller et venir. Pendant plusieurs jours, le menuisier répéta son manège. Puis, un matin, il se décida à tirer la clochette de la Maison-Haute. Ce fut Maria qui vint ouvrir. Il puait l'alcool. Son regard flottait un peu. Léopoldine courait dans la maison et son pas résonnait dans le couloir, au-dessus de leurs têtes.

— Salut, Laurie. Qu'est-ce que tu veux ?

Il dansait d'un pied sur l'autre, mal à l'aise.

— Ton patron, Armand, il est là ?

Elle restait debout, sans le faire entrer.

— Armand, il est sorti ? demanda-t-il de nouveau.

— Non, il est là.

— Je veux le voir.

Elle s'effaça pour le laisser passer, sans un mot. L'homme, intimidé, restait planté au milieu de l'entrée. Maria disparut, toujours silencieuse. Laurie tenait sa casquette du bout des doigts, l'air penaud. Il sursauta quand Armand posa sa main sur son épaule. Il ne l'avait pas entendu venir. Il se retourna. Le regard d'Armand le glaça.

— Tu veux quoi, fripouille ?

Piqué au vif, le menuisier haussa le ton, sans vraiment y croire.

— Dis, tu ne me parles pas comme ça !

Avant qu'il ait eu le temps de comprendre ce qu'il lui arrivait, le menuisier sentit Armand l'attraper par le fond de son pantalon et par le col de sa chemise, qui craqua, puis il se retrouva les quatre fers en l'air, devant la porte, humilié, la casquette toujours serrée dans ses gros doigts.

— T'aurais pas dû, Armand, t'aurais pas dû, siffla-t-il entre ses dents.

Le maître de maison le toisa un moment puis, d'un ton glacial, laissa tomber :

— Jamais personne ne m'a parlé comme ça sous mon toit. Ce n'est pas avec toi que ça va commencer.

Laurie se relevait maladroitement en ricanant, pour se donner une contenance.

— Je venais pour savoir si elle était toujours là, ta Juive.

Il se figea dans une attitude de provocation infantile. Armand le dévisagea un instant.

— Parce que tu sais, maintenant, c'est plus la peine de nous en dire, reprit l'autre. On sait tous qui tu as chez toi. Et nous, on ne veut pas de ça ici !

Il crevait de trouille, mais continuait, grisé par sa propre audace.

— On ne la laissera pas ici, qu'on ne sait même pas qui c'est.

La gifle claqua si fort que le menuisier se retrouva sur son derrière. Armand l'attrapa une nouvelle fois par le col, le releva d'une bourrade et, le visage contre le sien, fit à voix basse, les yeux dans les siens :

— Ecoute-moi bien, crevure. Ici, c'est chez moi. Qui y vit, ça ne te regarde pas. S'il y a quelqu'un ici, c'est mon affaire, pas la tienne. Ni celle de personne. Tu m'as compris ? Alors, tu files d'ici. Et ne t'avise pas de trop parler, ça pourrait te porter tort.

Laurie ne voulait pas s'avouer vaincu.

— Comme pour Lucien ?

La seconde gifle claqua encore plus fort que la première et, de nouveau, il se retrouva par terre, hébété et ridicule. Armand riait. Léon arrivait du potager, une binette sur l'épaule.

— Qu'est-ce qu'il fait là, lui, par terre ?

Armand cracha dans la direction du menuisier.

— Il cherche des ennuis. Et je crois qu'il a fini par en trouver !

Puis, tourné vers Laurie :

— Et maintenant, file.

L'autre ne demanda pas son reste. Il se releva maladroitement et partit sans se retourner. Quand il passa le coin du portaïl, un chien vint vers lui en aboyant.

Il voulut le chasser d'un coup de pied mais l'animal s'accrocha au bas de son pantalon en s'arc-boutant sur ses pattes, comme pour jouer. Laurie sautilla un moment sur un pied, agitant l'autre jambe pour se débarrasser de la bête. Armand sourit.

— Décidément, quel con ! lança-t-il à l'adresse de Léon.

Puis, comme saisi d'une idée brusque, il appela :

— Clara, Clara !

Maria passa la tête par la porte de la cuisine.

— Qu'est-ce que tu lui veux ?

— Dis-lui qu'elle peut jouer du piano maintenant, tant qu'elle veut, et qu'elle peut jouer fort, le plus fort possible, si elle le veut.

— Tu n'y penses pas ?

Il éclata de rire et rétorqua, joyeux :

— Mais si, j'y pense ! Je ne pense même qu'à ça, figure-toi.

Maria le regarda, interloquée. Puis elle monta le grand escalier en haussant les épaules. La planche du palier craqua. Elle s'arrêta, se tourna vers son amant et laissa tomber :

— Des fois, je me demande...

Il la regardait, les yeux pétillants. Il fit un geste de la main.

— Va. Et surtout qu'elle fasse le plus de bruit possible.

Le plus heureux, sans doute, fut Léon. Il fila au milieu de l'allée du parc pour s'asseoir dans l'herbe et les feuilles mortes du sous-bois. L'air portait la musique qui semblait couler comme une source.

15

Léon regarda ses mains, des mains dont les doigts commençaient à se déformer, des mains à la paume épaisse, à la peau calleuse. Il poussa la porte de la cuisine. Le fourneau ne ronflait plus comme autrefois. L'odeur de feu de bois mêlée à celle de la soupe ne flottait plus dans la pièce. Seule la pendule, dans son coin, continuait de battre régulièrement. Léon mettait un soin jaloux à la remonter chaque semaine. Il tira une chaise à lui et s'assit au coin de la table, comme il le faisait depuis si longtemps, maintenant. Dans quelques jours, la Maison-Haute accueillerait de nouveaux propriétaires. Enfin ! Depuis combien de temps le silence y écrasait-il tout ? Depuis combien de temps n'entendait-il plus que le bruit de ses propres pas dans la maison, et rien d'autre ? Il regarda la photo jaunie posée sur le linteau de la cheminée. Il se souvenait encore de cette journée d'été. Monsieur Armand posait, assis à côté de sa femme. Derrière eux, toute la domesticité se tenait sagement alignée. Maria et son petit visage ingrat, Léopoldine, Dominique et même Lucien. Le pauvre Lucien... Il revoyait le jeune photographe avec sa grosse mallette noire. Il découvrait, ce jour-là, pour la première fois de sa vie, un appareil photo. Il prit sa tête dans ses mains et ferma les yeux, puis il se redressa, saisit la lettre posée au milieu de la table et la déplia de nouveau. Combien de fois l'avait-il lue depuis la veille ? Elle venait de Paris, du vieil Ambroise.

« Salut Léon. Ce petit mot pour te dire que la maison est vendue. Tu me pardonneras, mais je n'avais pas le choix. Tu sais que ma santé m'empêche de descendre te voir et même de venir accueillir les nouveaux propriétaires. Les papiers ont été signés à Paris. Tu verras, ils ont l'air bien et je leur ai parlé de toi. J'espère qu'ils pourront te garder à leur service. Salue la vieille Maria pour moi.

« Bien à toi, Ambroise. »

Des nouveaux ! Il se leva pesamment, plia la lettre et la glissa dans sa poche. Dehors, le soleil de juin réchauffait la terre qui dégageait un parfum doux et sucré. Il marcha, le regard ailleurs, jusqu'en haut du bourg. La bicoque de Maria se trouvait un peu en retrait de la route. Elle cousait devant sa porte, assise sur une petite chaise de paille. Son visage, en vieillissant, devenait moins ingrat. Elle vivait là depuis bientôt vingt ans, depuis que monsieur Armand…

— Adieu, Maria.

— Te voilà, toi ?

Elle continuait son ouvrage, sans même lever la tête. Il se laissa tomber sur un petit banc de bois, posé le long du mur. Il resta un instant sans rien dire. Un peu d'air tiède courait le long de la maison.

— Maria, j'ai une drôle de nouvelle.

— Et quoi ?

— La Maison-Haute...

Elle leva enfin son regard vers lui.

— Eh bien ! Quoi ?

— Elle est vendue.

— Vendue ?

Elle reprenait sa couture, en apparence indifférente. Un long silence se fit.

— C'est ce démon qui l'a vendue ? demanda-t-elle d'une voix posée.

Léon la regarda, un sourire amusé sur les lèvres.

— Tu lui en veux toujours ?

Elle le fixa de ce regard froid qui lui faisait si peur, autrefois.

— C'est bien lui qui m'a chassée, non, après la mort d'Armand ?

— Lui ou Emilie, j'ai jamais bien su.

Elle reprenait son travail, en haussant les épaules.

— Peu importe, c'est un démon, voilà tout. Un bon à rien. Et voilà qu'à présent il vend la Maison-Haute. Tu ne me diras pas, tout de même...

Puis, après un nouveau silence :

— Sers-toi à boire, si tu veux. Je ne me lève pas.

Elle l'entendit farfouiller dans la maison. Il revint bientôt avec un verre et une bouteille.

— Et c'est à qui qu'il a vendu, ce démon ?

— Je ne sais pas. Des Parisiens, à ce que je crois. Il m'a écrit pour me dire que ce sont des gens bien.

— Toujours meilleurs que lui, en tout cas, laissa-t-elle tomber, amère.

Léon, les yeux en l'air, regardait se transformer un gros nuage de beau temps, comme lorsque, gamin, il s'amusait à leur trouver une ressemblance avec des personnes ou des animaux. Celui-ci lui faisait songer à un éléphant. Il sourit. Maria s'arrêta soudain. Elle releva la tête, l'esprit ailleurs.

— Et si, par cas, ils ne te gardent pas, tu feras quoi ?

— Je trouverai bien à m'embaucher ici ou là. Ce qui m'ennuierait, c'est de quitter la Maison-Haute. Depuis mes treize ans que je vis là ! Je n'ai pas d'autre chez-moi.

— Et moi, fit Maria, tu crois que ça a été facile ? Démon, va !

Léon se levait pour poser son verre sur la table. De l'intérieur de la maison, elle l'entendit demander :

— Et ta fille ?

— Elle vient de faire un deuxième petit.

— Il était temps. Garçon ?

Elle soupira :

— Et non, pauvre, encore une petite. Mais peu importe.

Léon se campa sur le pas de la porte. Il mit les mains à ses reins et s'étira.

— Je te laisse.

Il fit trois pas sur la route, puis se retourna.

— Si par cas ils cherchaient de la domesticité, tu en serais ?

Elle redressa de nouveau la tête.

— Pourquoi non ?

Sans répondre, Léon reprit sa marche. Il s'efforça de ne pas montrer son sourire, des fois qu'elle ne change d'avis.

Le jeune homme se promenait de pièce en pièce, un petit transistor à la main. De la terrasse, Léon suivait sa progression dans la maison. Il l'entendait ouvrir les portes une à une. En bas, dans le salon, son père et sa mère tentaient d'attraper une station parisienne sur le gros appareil de monsieur Armand. L'air brûlant de juillet réchauffait la maison par les fenêtres grandes ouvertes.

Léon continuait de biner les mauvaises herbes sur les allées de la terrasse, l'oreille aux aguets. Pour la première fois depuis tant d'années, des étrangers devenaient les maîtres ici et lui, lui se sentait devenir un étranger dans sa propre maison. Il se redressa, s'épongea et leva les yeux vers la façade. Le jeune homme venait de pousser une deuxième porte, celle de la chambre de Madame. Il l'entendit ouvrir tous les placards puis ressortir. Il se figea. Dans un instant, il ouvrirait la troisième porte, celle que lui-même n'osait plus pousser depuis si longtemps. Il se raidit, le regard rivé à ce qui resterait à ses yeux, et pour toujours, la chambre de Clara, une chambre que seul monsieur Ambroise ouvrait de temps à autre. Lui n'y parvenait pas. Mais comment le dire, comment l'avouer ?

Le jeune homme coupa sa radio. Léon attendait, les nerfs tendus. Une note s'éleva dans la maison, une note toute tordue, toute désaccordée, puis une deuxième, une troisième, des notes jouées au hasard, sans lien entre elles. Il entendait de nouveau le son du piano, pour la première depuis plus de vingt ans. Un flot d'images remontait à sa mémoire. Clara dans le parc, Clara dans l'étable, Clara assise devant son instrument, Clara qui jouait rien que pour lui, Clara dans la carriole. Il aurait pu dessiner son visage, tant il se souvenait de chaque détail. Il se souvenait de sa voix aussi, de sa démarche, de ces yeux si bleus, presque transparents. La porte de la chambre claqua, une nouvelle s'ouvrit. Le transistor reprenait son bruit de fond. Le buste du jeune homme apparut à la croisée de la chambre d'angle. Il posa son appareil sur le rebord de la fenêtre, sourit à Léon et lui fit un petit signe.

— J'ai vu le piano. C'est à qui ?

Léon voulut parler, mais il resta la bouche ouverte, sans savoir quoi répondre. Comment raconter Clara ? Il avait appris si peu de choses de la jeune femme. Et puis, surtout, il ne savait plus rien d'elle. Il réalisa soudain que là, peut-être, se trouvait une blessure enfouie au plus profond de lui, une blessure dont il prenait seulement conscience.

— C'est une dame, autrefois, qui en jouait, balbutia-t-il.

Le jeune homme parut se satisfaire de la réponse. Il posa ses coudes sur l'appui de la fenêtre, la tête dans ses paumes, et se laissa aller à rêver, bercé par le bruit lancinant de son transistor. Dans la cuisine, Maria rallumait le fourneau. Il retrouvait un à un les bruits familiers d'autrefois.

— Léon, s'il vous plaît…

— Oui, Madame.

La femme se tenait debout sur le perron du salon, le visage radieux.

— Vous déjeunerez avec nous ?

Il parut décontenancé.

— Mais… et qui donc vous servira ?

— Maria le fera bien, non ?

Léon posa son outil devant lui. Il regarda sa nouvelle patronne. Il la trouvait belle. Elle le troublait. Ses yeux peut-être, ou alors cette façon de se tenir, à la fois décontractée et stricte.

— Je... Madame, je crois que... je ne peux pas. Ça me gênerait.

— Comme vous voudrez, Léon. Nous prendrons le repas dans la salle à manger.

— Oui, Madame, s'entendit-il répondre.

Puis, un peu gêné, il reprit son travail. Maria se posta à l'entrée de la cuisine.

— Tu viendras ? La soupe est prête.

Dans le salon, l'homme venait enfin de capter une station avec de la musique, qu'il mit à fond. Les cloches de l'église sonnèrent. Léon vint s'asseoir devant la longue table de bois, à la même place qu'autrefois. Maria mangeait debout, une assiette à la main. La femme entra par la petite porte donnant sur le salon. Elle riait.

— Comme c'est amusant, ce petit passage, comme c'est amusant.

Elle s'immobilisa, regarda Maria debout, puis Léon sur son banc.

— Eh bien ! Vous ne vous asseyez pas, Maria ?

— Oh ! non, Madame ! Ce ne serait pas correct !

— Pas correct ? Les femmes n'ont donc pas le droit de s'asseoir pour manger, ici ?

— Les dames si, pas les servantes.

Léon restait la cuillère en l'air, gêné. Une odeur de ragoût flottait dans la pièce. A côté, le poste jouait une chanson moderne.

— Et vous, Léon, vous ne voulez vraiment pas venir déjeuner avec nous, dans la salle à manger ?

Il leva vers elle un regard un peu perdu, sourit doucement et laissa tomber, fataliste :

— Madame, il y a plus de quarante ans que je mange là, sur cette table, à cette même place. Autrefois avec les domestiques, ensuite tout seul et, à présent, devant vous. Je ne pourrais plus changer maintenant.

Le grand escalier résonna sous les pas du fils de famille. Il descendait les marches deux par deux, son transistor vociférant à bout de bras. Léon échangea un coup d'œil avec Maria. La femme eut un drôle de rictus.

— Vous pardonnerez à mon fils, il est comme son père. Ils ne savent pas vivre sans bruit. Parfois, j'en ai la tête pleine.

Elle partit en riant dans l'entrée. On l'entendit ouvrir la grande porte du salon.

— Tu arrêteras ta radio, Jacques, nous allons bientôt pouvoir passer à table.

Son fils l'interrompit, l'œil brillant.

— Maman, tu ne sais pas ? Il y a un piano là-haut, dans une chambre.

— Je le sais bien, Gérard, je le sais bien. Mais sois gentil, ne va pas l'abîmer.

Dans la cuisine, Léon reposa sa cuillère et repoussa son assiette.

— Tu ne manges pas ? demanda Maria.

— Pas faim.

Il regardait devant lui, les yeux dans le vague. La servante, devant son fourneau, lança sans se retourner :

— Il fallait bien que ça arrive.

— Il fallait bien, oui, il fallait bien.

Il se leva et vint prendre la photo, au-dessus de la cheminée. Son regard s'embua un instant. Maria fit en patois, d'une voix douce :

— On a été bien heureux, non ?

— Oui, Maria, mais on ne le savait pas.

La vie reprenait dans la Maison-Haute avec les mêmes bruits qu'autrefois, les mêmes rires, les mêmes odeurs. Peu à peu, de nouvelles habitudes se prenaient. Madame déjeunait dans sa chambre, tandis que Monsieur, levé tôt, partait dès son café avalé arpenter sa propriété, chaussé de grandes bottes de caoutchouc. Quant à Gérard, malgré ses vingt ans, il restait au lit jusqu'à des midi, ce qui ne manquait pas d'agacer Maria. Elle attendait qu'il ait pris son petit déjeuner, tout en préparant le repas de la mi-journée, et cette cafetière qui restait au chaud, sur le coin du fourneau, lui semblait incongrue à onze heures du matin.

— Dites-moi, Maria...

Elle restait piquée au milieu de la chambre, les yeux dans ceux de sa nouvelle patronne.

— J'aimerais que vous m'appeliez par mon prénom, vous voulez bien ?

Elle baissa les yeux un instant, puis fixa de nouveau la femme assise dans son lit, bien calée contre ses coussins.

— C'est que, Madame, je crois que... que ça ne serait pas bien convenable.

— Savez-vous au moins mon prénom ?

Maria fit non de la tête.

— Je m'appelle Mélanie.

— Bien, Madame Mélanie.

Puis elle fit demi-tour. Elle posait à peine la main sur la poignée de la porte, le plateau en équilibre sur l'autre bras, que Mélanie la rappelait.

— Dites-moi, Maria, vous les avez bien connus, vous, les parents d'Ambroise de La Coste ?

La servante rougit.

— Quelle sorte de gens était-ce ?

Maria se tourna de nouveau vers la femme. Elle la regardait avec une infinie douceur.

— Madame, ils étaient... des gens, un peu comme de la famille.

Puis, dans un soupir, le regard perdu :

— Vous savez, j'y pense tous les jours.

Et, sans lui laisser le temps de poser d'autres questions, elle fila dans le couloir, en laissant la porte à demi ouverte. Mélanie se laissa couler dans ses draps tièdes, en souriant. Dehors, le soleil se faufilait au travers des hautes branches et venait éclairer le parquet tout de guingois de sa chambre. Elle se sentait bien.

Léon regardait s'éveiller la campagne, du fond du potager. Un peu plus haut, un tracteur toussait au ralenti, garé devant la grange, attelé à une charrette pleine de foin. Il ne restait que deux vaches dans l'étable. Elles appartenaient au vieux Florentin. Une lubie, sur le tard, ces deux vaches. Sa femme voyait cela d'un très mauvais œil, mais il s'en moquait. Au fond de lui, sans oser se l'avouer, il savait qu'il faisait tout cela plus en souvenir d'Armand que pour le peu de lait que lui fournissaient les bêtes. Léon aussi y trouvait son compte. Il venait chaque soir traire les bêtes, les pailler et les nourrir. Au-dessus de l'étable, la grange débordait de foin. Les charrettes se suivaient depuis le début des fenaisons et viendrait le moment où la place manquerait. La maison revivait. Monsieur s'intéressait de près à tout cela, sans trop poser de questions, de peur de paraître ridicule. Il parlait même de financer une vache de plus. Gérard, lui, son poste de radio à la main, venait parfois le regarder traire. Il restait prudemment à la porte de la grange, sans oser y pénétrer, de peur de crotter ses chaussures. Léon s'en amusait. Un soir, même, il lui avait proposé de s'essayer à la traite.

« Vous verrez, c'est facile, avait-il dit dans un sourire.

— Mais... je vais salir mes chaussures.

— Et alors ? Vous les laverez. »

Malgré de louables efforts, le garçon ne put tirer la moindre goutte de lait de l'animal. Plusieurs jours après, il se plaignait encore de sentir, sur ses mains, l'odeur forte de la vache. Maria riait en écoutant Léon lui raconter la scène.

« Le pauvre, tu n'aurais pas dû faire ça. Qu'est-ce qu'il va penser maintenant ? »

Léon haussa les épaules.

« Peu importe. En tout cas, ça lui aura fait poser son appareil de radio un moment. On dirait qu'il est né avec. Drôle de gamin ! Figure-toi qu'il n'est pas encore sorti jusqu'à l'étang depuis qu'il est là. »

Puis il répéta, dans un soupir :

« Drôle de gamin ! »

Gérard poussa la porte de la cuisine. Maria, debout devant le fourneau, soulevait une des petites plaques rondes pour enfourner une bûchette. Elle se tourna vers lui, le visage un peu rouge de la chaleur du feu.

— Bonjour, Monsieur Gérard.

— Bonjour, Maria. Vous faites le repas ?

Elle sourit.

— Je crois bien, oui.

— Vous faites quoi ?

— De la mique.

Il la regarda, incrédule.

— De la mique ? C'est quoi ?

— Des légumes, de la viande, et une boule de pâte à pain. Je la fais cuire dans le bouillon des légumes.

Il marqua un temps, l'air effaré.

— Vous faites cuire le pain dans de l'eau ?

— Oui, vous verrez, c'est très bon.

Tout en parlant, elle continuait de remuer ses faitouts. Une bonne odeur se répandait dans toute la pièce, malgré la fenêtre grande ouverte. Gérard leva la tête. Il approcha du manteau de la cheminée et saisit avec délicatesse la photo un peu jaunie. Il la regarda un long moment puis demanda, sans pouvoir détacher son regard des personnages :

— Qui c'est, tous ces gens ?

La servante lui fit face. Elle essuya ses mains à son tablier et releva son chignon, sans oser approcher du jeune homme.

— Ce sont les gens de la Maison-Haute, autrefois.

— Et... pourquoi elle est là, cette photo ?

— Et vous voudriez qu'elle soit où ?

Gérard, déstabilisé, balbutia :

— Bé, heu... ! Je ne sais pas, au salon par exemple.

Maria attrapa la photo délicatement et la reposa à sa place, en murmurant :

— Elle est bien, là. Si vous voulez, vous pourrez demander à Léon. Il vous racontera.

Gérard, surpris, regardait de nouveau le cliché. Il désigna du bout du doigt l'homme assis au premier plan.

— Lui, qui c'est ?

Maria jeta un bref coup d'œil. Puis, pour ne pas montrer son trouble, elle fit mine de remuer une casserole en grommelant :

— Lui, c'est Monsieur Armand.

— C'était qui ?

— Le maître. Le père de Monsieur Ambroise.

— Il a l'air sévère.

Maria rougit de nouveau. Elle se tourna d'un bloc.

— Oh ! que non pas. C'était un homme très bon, très doux.

Puis, sans transition :

— A présent, Monsieur Gérard, il faudra me laisser finir de faire le repas, qu'autrement sinon ce ne sera pas prêt pour une heure.

Midi sonnait à l'église. Léon tapa ses pieds sur le petit perron de la cuisine et vint s'asseoir à la grande table de bois. Gérard sortit, son petit transistor à bout de bras, qui crachait de nouveau sa musique entêtante.

Maria pénétra dans sa chambre, au grenier. Tout semblait figé depuis le jour où Emilie et Ambroise l'avaient mise à la porte. Elle s'approcha du lit, tapota l'oreiller. Même les draps étaient encore là. Dans un coin, le lit de Léopoldine, un petit lit en fer. Là, en revanche, il ne restait rien de la literie. Maria se souvenait avoir eu le temps de partir avec les draps de la petite, mais pas les siens. Elle s'assit sur le bord du lit. Il grinça. Une odeur de miel et de poussière flottait dans la pièce surchauffée. Elle se leva pour ouvrir la petite fenêtre donnant sur le parc. Un courant d'air fit voler les rideaux tout sales. Elle se rassit, le regard dans le vague. Une foule de souvenirs affluaient à sa mémoire, des souvenirs tendres, heureux, des souvenirs plus sombres aussi. Un bruit de pas léger dans l'escalier et la silhouette de Mélanie qui se détache soudain dans l'encadrement de la petite porte. Maria ne put s'empêcher de la trouver belle, avec son fichu de couleur sur les cheveux, sa jupe de tissu bleu et son regard curieux. Elle aurait aimé lui ressembler. Elle semblait si heureuse ! Mélanie la dévisageait.

— Quelque chose ne va pas ?

— Non, Madame, je vais bien.

Mélanie ne bougeait pas.

— J'ai beaucoup de souvenirs, ici. C'était ma chambre.

La maîtresse de maison regarda le petit lit.

— Il y avait un enfant avec vous ?

— Ma fille, oui.

— Elle dormait ici, avec vous ?

Maria se mit debout, referma la fenêtre et resta un instant indécise.

— Et votre fille, elle vit au village ?

— Non pas, elle est mariée, à Brive.

— Et son papa ?

Maria se troubla. Elle marmonna deux ou trois mots indistincts. Puis, les yeux dans ceux de sa nouvelle patronne, elle fit :

— Je préfère ne pas en parler, vous comprenez ?

— Je comprends, oui. Pardonnez-moi, Maria.

La servante referma la porte qui racla le plancher. Elles redescendirent sans un mot. Quelque chose venait de se produire, quelque chose d'impalpable, quelque chose qui les unissait soudain, un non-dit, un secret préservé, un moment du passé qu'il ne fallait pas toucher. Maria resta sombre le reste de la journée. Quand Léon vint prendre sa place à table, le soir, il ne put s'empêcher de lancer :

— Tu as l'air bien triste, Maria.

Dehors, le soleil commençait à peine à se coucher. Les grillons chantaient dans le pré, sous la terrasse, et leur chant envahissait tout l'espace sonore. Dans le salon, on entendait Monsieur qui tentait à nouveau de prendre un peu de musique sur le gros poste de radio. Maria se tourna vers son ami, le visage fatigué.

— Ils commencent à poser des questions.

— Qui ça ?

— Le fils d'abord, ce matin, avec la photo. Et puis Madame cet après-midi, au sujet de Léopoldine.

Léon soupira.

— De toute façon, ils finiront bien par savoir quelque chose. Il faudra leur dire, un jour.

Maria le fixa de son regard resté vif.

— Pas moi, en tout cas. Je crois que je préfère encore m'en aller que de reparler de tout ça, tu comprends ?

Il sourit doucement, saisit la tourte de pain et commença à en couper une tranche épaisse.

— Je crois que je comprends, oui, je crois que je comprends.

Gérard passa devant la porte de la cuisine, son poste de radio à bout de bras.

— Décidément, fit Léon, entre lui et son père, ils aiment ça, la radio ! Toute la sainte journée avec ce bruit, je deviendrais *falourd*[1], moi.

Maria disposait le repas du soir dans des plats de porcelaine. De la mique de midi, il ne restait rien.

— En tout cas, il y a une chose qu'on ne peut pas dire, c'est qu'ils n'ont pas bon appétit. Ça fait plaisir à voir.

Elle laissa échapper un petit rire flûté et fila vers la salle à manger, son plat à bout de bras.

---

1. Fou.

Maria poussa la porte de la chambre de Clara. Elle y retournait pour la première fois. Elle retardait ce moment depuis son retour dans la Maison-Haute. La veille, Madame lui annonçait l'arrivée, pour aujourd'hui, de quelques amis. Elle devait donc préparer les chambres. Mélanie tenait à ce que celle de Clara soit prête. Elle la trouvait si belle ! Ce qui frappa d'abord la vieille femme, ce fut le parfum de la pièce. Elle le reconnut tout de suite. Elle s'arrêta un instant sur le seuil et ferma les yeux. Il ne manquait que le son du piano. Il lui semblait qu'elle l'entendait encore, comme si Clara allait apparaître, avec son fichu sur ses cheveux blonds. Elle vint se planter devant la fenêtre et repoussa doucement les volets. La lumière inonda d'un coup la chambre. Le petit piano, le lit sans draps, la petite table et sa chaise de paille, tout semblait dormir et attendre le retour de la jeune pianiste. Maria soupira. Elle laissa son regard errer sur ce monde disparu. Elle revoyait ce matin où la milice avait pénétré avec ses voitures dans la cour. Elle revoyait Ambroise, planté devant ces hommes qui le saluaient. Elle revoyait le regard affolé de la jeune femme. Mélanie se tenait au milieu de la pièce, derrière elle.

— Quelque chose ne va pas, Maria ?

— Si, si, Madame.

— Vous pleurez ?

Maria se força à retrouver son visage habituel. Quelques rougeurs marquaient ses joues.

— Voulez-vous que nous remettions tout ça à plus tard ?

— Non, Madame, il faut le faire. Seulement, c'est la première fois que je rentre ici depuis...

— Depuis... ?

Maria se troubla.

— Eh bien ! Depuis... que je suis partie.

Mélanie posa deux draps soigneusement pliés sur le matelas.

— Savez-vous où sont les couvertures ?

— Il y en avait autrefois dans le grand placard de la chambre d'angle.

Elle revint un instant plus tard, les bras chargés.

— Elles sentent un peu l'humidité.

— Il n'y a qu'à les mettre à la fenêtre.

Sur la terrasse, Gérard lisait, assis dans un carré de lumière. Maria le regarda un moment, tout en secouant la couverture contre la façade.

— Pourquoi vous n'êtes jamais revenue ici ? reprit Mélanie.

— Vous savez, Madame, ici, il s'est passé des choses... pas toujours bien, murmura Maria, le regard toujours perdu.

— Vous voulez dire, pendant la guerre ?

La servante se retourna, le regard dur.

— Pendant la guerre, non. C'est à la fin que c'est arrivé.

Mélanie se redressa et fixa la vieille femme.

— Arrivé quoi, Maria ?

Il se fit un long silence. Du parc parvenait le piaillement des oiseaux. Au loin, on entendait le ronron d'un tracteur.

— C'est que... c'est une longue histoire, vous savez. Et c'est des choses, il vaut mieux ne pas en parler. C'est mieux ainsi.

Mélanie n'insista pas. La chambre fut bientôt prête. Maria, avant de sortir, passa la main sur le couvercle du petit piano.

— Ce sont les anciens propriétaires qui en jouaient ? demanda Mélanie.

Maria secoua la tête en baissant les yeux, pour ne pas montrer son trouble.

— Non, Madame.

— Qui donc, alors ?

— Une... une dame, pendant la guerre. Mais je préfère ne pas en parler.

— Décidément, il y en a des choses dont il ne faut pas parler !

Maria fit mine de n'avoir pas entendu.

— Madame n'a plus besoin de moi ? J'ai encore à faire à la cuisine.

— Merci, Maria, ça ira.

La servante s'éloigna de quelques pas, puis elle fit volte-face, plantée au milieu du long couloir.

— Il ne faut pas m'en vouloir, Madame. Ici, j'ai tant de souvenirs.

— Je comprends. C'est moi qui vous demande pardon de remuer tout ça.

La marche du palier craqua sous le pas de Jacques qui remontait, en tenue de bain, les cheveux mouillés plaqués sur son crâne. Il sourit en apercevant les deux femmes.

— Cet étang est merveilleux pour la baignade. L'eau est si douce !

Il tenait à la main ses vêtements roulés en boule.

— Je vais me sécher.

Maria rougit violemment. Elle voyait pour la première fois un homme en si petite tenue dans la maison. Elle hâta le pas et courut se réfugier dans la cuisine.

16

Les odeurs de la vie quotidienne se réinstallaient tout doucement dans la Maison-Haute. Odeur de savon, de lessive, odeur de cire, de draps propres, odeurs de cuisine, parfum aussi, dont Mélanie se plaisait à changer chaque jour. Gérard se promenait toujours avec son petit poste de radio, du matin au soir. Léon commençait même à en prendre ombrage. Toute cette agitation, tout ce bruit changeait trop ses habitudes de vieux garçon. Et puis, avec la vie qui revenait, le passé se faisait plus présent. Tout ce que, jusqu'à ce jour, il avait gardé enfoui dans sa mémoire lui revenait désormais par vagues.

Maria aussi fatiguait un peu. Elle qui vivait seule, dans sa petite maison, entre ses travaux de couture et son jardin, se retrouvait brutalement à devoir entretenir une maison grouillante de vie, une maison pleine de souvenirs, pleine de sentiments aussi. Mélanie et son mari prenaient un plaisir enfantin à profiter des moindres recoins de la bâtisse, à les découvrir un à un, à leur redonner vie. Un matin, revenant de sa baignade quotidienne, Jacques s'arrêta dans la cuisine grande ouverte. Léon mangeait posément un bout de pain, accompagné de fromage et d'un morceau de lard, le tout arrosé d'un verre de vin rouge ordinaire.

Jacques passa la main dans ses cheveux mouillés. Il portait un short sur son maillot de bain. Il enfila sa chemisette et vint s'asseoir face à lui. Maria posa sur la table un verre et un couteau. Léon sourit.

— Vous voulez casser la croûte ?

— Du vin rouge à cette heure ? C'est peut-être un peu tôt, non ?

— Et un peu de fromage, ça ne peut pas vous faire de tort ?

Jacques haussa les épaules.

— Après tout, pourquoi pas ?

Tout en mangeant, il laissa son regard errer dans la pièce. Il s'arrêta à son tour sur la photo, au-dessus de la cheminée et, comme son fils quelques jours plus tôt, il se leva, la prit et se mit à la scruter avec attention. Léon le suivait des yeux, un peu anxieux. L'homme resta un long moment silencieux, détaillant chaque personnage un à un, poussant de temps en temps une exclamation amusée. Maria posa quelques légumes sur la table, qu'elle se mit à éplucher. On entendait, quelque part sur la terrasse, un oiseau chanter. Il répondait à un congénère, plus loin dans le parc. Jacques releva lentement la tête.

— Ce sont les anciens propriétaires ?

Maria se retourna, sans rien dire. Léon la regarda. Puis, fixant l'homme assis face à lui, il laissa tomber, comme à regret :

— C'est toute la famille, avant la guerre.

Jacques désignait un des personnages du doigt.

— Là, c'est Ambroise de La Coste ?

— Oui. Et à côté, son frère, Gustave.

Maria lui lança un regard sévère.

— Et là, la dame assise ? poursuivait Jacques.

— C'est Madame.

— La mère ?

— Oui.

Il posait le doigt sur Armand, au premier plan.

— Et lui, c'est le père d'Ambroise ?

Léon, gêné, laissa tomber.

— C'est Monsieur, oui.

— Et vous, Léon, vous y êtes ?

Du doigt, le domestique désigna le gamin un peu gauche qui posait pour la première fois de sa vie. Jacques se tourna vers la servante.

— Et vous, Maria ?

Elle échangea un bref regard avec Léon. Il désigna du doigt un des personnages.

— Là.

— Vous étiez jolie, Maria.

Elle pâlit. Puis, sans un mot, elle se tourna vers le fourneau. Elle serrait si fort les dents que ses mâchoires lui faisaient mal. La question qu'elle redoutait tomba, comme une sentence.

— Et la petite fille, là ?

Cette fois-ci, Léon ne répondit rien. Il se leva, son verre vide et son couteau à la main. Il vint les poser sur le coin du buffet. Il les reprendrait tout à l'heure, au moment du déjeuner. Jacques insistait.

— La petite fille, là, c'est elle qui jouait du piano ?

— Non, c'est ma fille, lâcha Maria sans se retourner.

L'homme se troubla, bredouilla quelques mots indistincts. Puis, après un silence :

— Et le piano, alors, qui en jouait ?

Léon s'arrêta sur le pas de la porte.

— C'est quelqu'un qui était là, pendant la guerre. Mais on n'en sait pas plus d'elle. Alors, il vaut mieux ne pas en parler.

Puis il sortit, sans attendre de réponse. Jacques fixait Maria, décontenancé.

— Pourquoi il ne faut pas en parler ?

— Vous savez, la guerre, ici, ça n'a pas toujours été facile.

— Et vous, Maria, vous accepteriez de m'en parler ?

Elle le regarda sans rien dire, le visage fermé. Il ne put s'empêcher d'admirer ce bout de femme qui semblait si fort, si calme et si déterminé à la fois. Elle finit par concéder, du bout des lèvres :

— Si vous y tenez vraiment. Mais je ne suis pas sûre de tout bien me souvenir, vous savez.

Ce fut Mélanie qui, le lendemain, revenant de faire quelques emplettes dans le village, demanda la première :

— Dites-moi, Maria, c'est quoi cette histoire de Juive cachée ici, pendant la guerre ? C'est vrai ?

La servante suspendit son geste. Les deux femmes dressaient le couvert dans la salle à manger un peu sombre. Mélanie posait les verres de cristal avec délicatesse. Léon, un peu plus tôt dans la matinée, avait déposé un bouquet de fleurs du jardin au centre de la grande table ovale. Il dégageait un parfum un peu entêtant. A l'étage, on entendait le poste de radio de Gérard. Maria se reprit et recommença à disposer les assiettes.

— C'est vrai ou pas, cette histoire, Maria ?

— Oui, Madame. Mais c'est des choses, il vaut mieux ne pas en parler.

Mélanie n'insista pas.

— Mais, si vous voulez, vous pourrez aller voir le vieux Florentin, lui, il saura bien vous raconter tout ça. Il a connu aussi.

— L'épicier ?

Elle ne répondit pas.

Une ambiance étrange s'installa dans la maison à compter de ce jour. Léon et Maria semblaient redouter que de nouvelles questions ne soient posées. Mélanie et Jacques, eux, n'osaient plus rien demander, de peur de commettre un impair. Le maître de maison, toutefois, avec la permission de Maria et de Léon, venait de commander une grande reproduction de la photo. Elle trônait maintenant au salon, dans un cadre sur pied, posée sur le marbre d'un guéridon. Mille questions lui venaient à l'esprit en la regardant, mais il se gardait bien de les poser. Ce fut presque par hasard qu'il put en apprendre un peu plus. Un matin qu'il sortait de l'eau, après sa baignade quotidienne, il vit venir à lui la silhouette un peu dandinante et ronde du vieil épicier. Florentin profitait du beau temps pour se promener, appuyé sur sa canne, le visage empreint d'une grande sérénité. Il sourit en apercevant le nouveau maître de la Maison-Haute, dégoulinant, les cheveux plaqués au front.

— Elle est comme vous aimez ?

Jacques sourit.

— Ce n'est pas de l'eau, c'est du miel tant elle est douce.

Puis il éclata de rire. Florentin se tourna vers la grande bâtisse, impassible.

— Alors comme ça, vous vous plaisez là-haut ? La demeure vous plaît ?

Jacques passa la main dans sa tignasse pour la recoiffer.

— Sûr, oui ! C'est un beau domaine.

Puis, après un temps :

— Maria et Léon nous parlent un peu de l'ancien temps. C'est qu'il y avait du monde qui vivait là !

— Ça, vous pouvez le dire ! fit Florentin en souriant. Et encore, aujourd'hui, il ne reste plus grand-chose de la propriété. Vous auriez connu ça autrefois ! Elle couvrait une bonne partie du canton.

— Qu'est-ce qu'il s'est passé ?

Florentin éclata de rire.

— Ce qu'il s'est passé ? Deux fils qui ne faisaient rien de leurs dix doigts. L'ancien propriétaire a dû vendre ses terres les unes après les autres, pour rembourser les dettes. En tout cas, jusqu'à la guerre. Après, c'est monsieur Ambroise qui a continué, mais pour lui, cette fois-ci, jusqu'à ce qu'il soit obligé de vendre la maison elle-même.

Jacques enfilait son short. Il laissa passer un silence avant de demander :

— Et son frère alors, Gustave ?

Florentin leva les yeux au ciel. Son sourire avait disparu.

— Oh ! Celui-là, avec lui ça ne se serait pas passé comme ça, fit-il d'une voix plus douce. La propriété serait sûrement plus riche.

Un courant d'air chaud porta l'odeur des vaches qui paissaient dans un pré, en contrebas.

— Et ce Gustave, pourquoi il n'a pas repris la maison ?

Florentin le dévisagea, l'air surpris.

— Vous ne savez pas ?

— Savoir quoi ?

— Personne ne vous a rien dit ?

Jacques haussa les épaules.

— Ma foi, non. Figurez-vous que, sitôt qu'on pose une question à Léon ou Maria, ils semblent se fermer. Ils disent qu'il vaut mieux ne pas parler de tout ça.

L'œil de Florentin frisa.

— Vous savez, monsieur, il ne faut pas leur en vouloir. Il s'est passé quelque chose de moche là-haut. Alors, aujourd'hui, ils préfèrent se taire. C'est peut-être mieux comme ça ?

Les deux hommes, sans se concerter, reprirent le chemin du village, d'un pas lent. Florentin marchait avec difficulté, le souffle court. Ils n'échangèrent plus un mot jusqu'au petit cimetière, en haut du chemin de l'étang. Ce fut Jacques, le premier, qui rompit le silence.

— Et vous, Florentin, vous pourriez m'en parler, de ce qu'il s'est passé ?

— Vous voulez vraiment remuer tout ça ? fit le vieil homme, l'air dubitatif.

— Oui. Enfin, je voudrais connaître l'histoire de la maison, voilà tout.

L'épicier haussa les épaules. Il souriait de nouveau.

— Après tout, pourquoi pas ? Mais vous savez, je ne suis pas sûr que ça soit bien intéressant !

Ils se quittèrent sans plus ajouter un mot. Jacques coupa par le parc, et Florentin remonta le petit chemin poussiéreux qui le longeait jusqu'à la place de l'église. Désormais, chaque matin en sortant de l'étang, Jacques trouvait l'épicier debout sur la petite digue. Et chaque fois, les deux hommes faisaient un bout de chemin ensemble. Ainsi, jour après jour, Jacques pouvait reconstituer un peu de l'histoire de la Maison-Haute. Florentin parlait surtout de son ami, Armand. Il parlait aussi parfois de Maria. Il mit trois jours à avouer les relations qui existaient entre la servante et son patron. Il ne dit jamais clairement qu'Armand était le père de Léopoldine, mais il ne contredit pas Jacques quand celui-ci posa la question. Simplement, il s'arrêta puis, après un moment de réflexion, baissa la voix.

— Vous ne direz rien, hein ? Que si ça venait à se savoir...

Jacques sourit. Tout le monde savait, sans doute, mais chacun devait faire mine de l'ignorer. Il promit néanmoins. Puis vint le jour de parler de Gustave. Florentin repoussait sans cesse ce moment, éludant, tergiversant. Enfin, un matin, il accepta de répondre, le regard voilé, la voix tremblante.

— Monsieur Gustave ? D'abord il s'était caché dans la région, sur un chantier, comme ouvrier. Après, il est parti en Angleterre. Là-bas, soi-disant qu'il s'est engagé dans les Forces françaises libres.

— Et il est revenu ?

Florentin prit alors un air grave.

— On l'attend toujours. Sa mère en est morte de chagrin. On pense qu'il a péri pendant le débarquement. Mais personne n'a jamais rien su.

— Et son père ?

L'épicier s'arrêta. Son regard venait de changer. La bonhomie du personnage laissait soudain la place à une attitude dure, distante. Il tendit la main sans un mot et fila droit devant lui, laissant Jacques tout penaud, sa serviette de bain à la main.

— Florentin !

Mais le vieil homme fit mine de ne pas entendre et poursuivit son chemin, sans se hâter, du pas de celui qui a l'éternité devant lui.

La nuit commençait tout juste à tomber. Florentin, comme chaque soir, prenait le frais sur le pas de sa porte. Il tétait avec gourmandise une petite bouffarde toute noire et usée. Il aimait ces moments de calme et de solitude. Un vent frais parcourait la rue principale du village. Au-dessus de lui, le ciel passait imperceptiblement du rose au bleu sombre. Dans la cuisine, derrière lui, il entendait sa femme finir de mettre de l'ordre. Elle lui posa une question qu'il ne comprit pas. Il se contenta de grogner. Un bruit de pas lui parvint du haut du bourg. Il tourna la tête. La silhouette de Jacques se détachait au loin. Il marchait d'un pas vif. Sans doute se dépêchait-il d'aller chez la Fernande.

— Eh bé ! Pas encore couché ?

Jacques sursauta et se tourna vers l'épicier.

— Ah ! tiens ! Monsieur Florentin. Je ne vous avais pas vu. Bonsoir. Non, je ne suis pas au lit. Je vais chez Fernande. Plus de cigarettes.

— Vous n'avez qu'à fumer la pipe, comme moi.

Quand il repassa, un instant plus tard, l'épicier fumait toujours béatement. Le ciel virait au noir. Le gros chien de Florentin vint se coucher aux pieds de son maître. Jacques s'arrêta de nouveau, sortit une cigarette qu'il tapota sur son ongle avant de la visser entre ses lèvres.

— Vous avez du feu ?

L'épicier tendit une petite boîte d'allumettes. La flamme éclaira un instant le visage de Jacques. Il restait planté debout, sans un mot.

— Alors, vous vous plaisez ici ? demanda Florentin, pour rompre le silence.

Jacques souffla la fumée droit devant lui, une expression songeuse sur le visage.

— Je crois qu'on est bien chez vous, monsieur Florentin. On va se plaire.

Puis, après un temps :

— Même s'il y a des choses qu'on ne veut pas nous dire, parfois.

L'épicier ne releva pas. Il se redressa lourdement, rentra son siège dans la boutique et lança à la cantonade :

— Je descends chez la Fernande. Tu fermeras la boutique ?

Puis, sans attendre la réponse, il claqua la porte, qui tinta.

— Allez, suivez-moi. Je vous paye à boire. Ce soir, c'est ma tournée.

La patronne venait d'allumer les lampes. Dans le fond de la salle, trois vieux jouaient aux cartes. Jacques se demanda à quoi ils pouvaient bien jouer. Fernande, assise derrière son comptoir, les regarda entrer sans se lever.

— C'est à ces heures que tu viens, toi ? lâcha-t-elle en souriant. T'es donc pas encore au lit ?

— Tais-toi donc, sorcière, répondit Florentin en tirant une chaise à lui.

Puis, désignant Jacques :

— Tu connais monsieur ?

— Ma foi, oui. Je viens de lui vendre un paquet de gauloises.

— Je te demande si tu sais qui il est ?

— Je m'en doute un peu.

— C'est lui qui a racheté la Maison-Haute.

Dans le fond de la pièce, les trois joueurs relevèrent la tête. Le plus vieux dit quelque chose en patois, puis ils reprirent leur partie, sans plus s'intéresser aux deux hommes. Florentin leur adressa un regard lourd et s'assit. Jacques prenait place en face de lui. Florentin se releva. Il se faufila derrière le bar, saisit deux verres sur l'étagère et une bouteille de vin dans le bac.

— Ne te gêne pas, surtout, grommela Fernande.

Il ne répondit pas, les dents serrées sur sa bouffarde. Dehors, une bourrasque de vent plus violente que les autres souleva un nuage de poussière qui se mit à tourbillonner. Un instant après, un grondement sourd, suivi d'un claquement violent, fit sursauter les trois vieux. Soudain, un rideau de pluie obscurcit la ruelle, qui se transforma presque instantanément en ruisseau. Le tonnerre se mit à gronder de façon continue. Jacques, un peu inquiet, regardait Florentin remplir les verres. Les coups de tonnerre se succédaient maintenant, tous plus violents les uns que les autres. Fernande se leva.

— Je m'en vais fermer les volets, avant que ça ne claque de trop.

— Vas-y, je te garde la boutique, fit l'épicier dans un sourire.

Il leva son verre.

— Santé !

Puis il le vida cul sec, avant de le remplir de nouveau.

Jacques attendait. Il devinait que le gros homme ne l'avait pas amené là pour rien. Il trempa les lèvres dans son verre, sans quitter son ami des yeux. Le plus vieux des trois joueurs jetait des regards furtifs dans leur direction. Florentin ne perdait rien du manège.

— Vous voulez savoir quoi, exactement, monsieur Jacques ? finit-il par lâcher, sur le ton de la confidence.

— Eh bien ! Mais... vous m'avez parlé de Gustave, et de sa mère, qui est morte de chagrin. Mais son père, vous ne m'en avez jamais rien dit. Il est mort ?

— Oui. Il y a longtemps, et c'était mon ami, un homme comme ça.

Il brandissait le pouce, la main devant son visage. Il jeta un regard en biais aux joueurs de cartes qui faisaient mine de ne pas écouter.

— Lui, c'était un résistant, un vrai. Pas un de ces salauds de collabos.

Au fond de la salle, une main se posa vivement sur le bras d'un des joueurs. Un mot, en patois, puis le silence de nouveau. Florentin semblait jouir de l'atmosphère soudain pesante qui venait de s'installer.

— Un jour, dans le village, il y a un salaud qui est allé raconter des âneries à la milice, poursuivit-il.

— Et tu en sais quoi, toi ? lança le vieux, rageur. Tu y étais, peut-être, à la milice ?

— Moi, non. Mais j'en connais qui fricotaient bien un peu.

De nouveau, la main sur le bras du vieil homme qui semblait vouloir se lever. Jacques, au comble de la gêne, demanda :

— Et il a été arrêté ?

— Que non, mon pauvre monsieur, que non. Figurez-vous que quelqu'un avait été dire qu'il cachait des gens, chez lui.

Au fond de la salle, une phrase fusa, de nouveau en patois.

— Et si je veux ! Je raconte ce que je veux ! répondit Florentin en français.

Dehors, l'orage commençait à s'éloigner aussi soudainement qu'il était apparu. La pluie ne tombait plus avec la même violence et les roulements de tonnerre se faisaient plus lointains. Florentin reprenait le fil de son récit, les yeux dans le vague :

— Imaginez-vous qu'un beau matin on sonne à la grande porte. C'est Armand qui a ouvert. Je le sais, j'étais dans le salon.

— Qu'est-ce que vous faisiez là ?

Le gros homme fit un geste de la main, comme pour chasser une mouche.

— Peu importe. Je le revois ouvrir cette grande porte et demander : « C'est pour quoi ? — C'est pour cette Juive que vous cachez. On a un ordre de perquisition. On vient tout fouiller. » C'était la deuxième fois qu'ils venaient. Dans l'escalier, il y avait la bonne. Armand lui a lancé, en patois : « File avec Clara, je les retiens un moment. »

— Qui c'était, Clara ?

Florentin le regarda comme s'il ne le voyait pas. Il poursuivit.

— Dans le couloir, les deux femmes ont couru jusqu'à l'autre bout de la maison. Maria a juste entendu claquer un coup de feu. Elle n'a pas osé se retourner pour voir ce qu'il venait de se passer. Elle a continué de filer. Moi, j'étais là, devant la porte du salon. Dans l'entrée, il y avait Armand étendu, avec du sang qui sortait. Le gars, devant lui, tenait un pistolet. Il regardait tout le monde à tour de rôle, avec un drôle de regard, en disant : « Vous avez vu, hein ? Je l'ai eu, ce chien, je l'ai eu, hein ? » Les autres le regardaient sans rien dire. Personne n'osait plus bouger, ou parler. Le gars continuait, tout seul : « Je l'ai eu, hein ? Je l'ai eu ? » Il semblait perdu. Les choses ne tournaient pas comme prévu. Pourquoi il a tiré ? Personne n'a jamais su. En tout cas, les gars, ça les a refroidis. Ils ont rentré leurs armes et ils ont filé sans demander leur reste. On ne les a jamais revus. Le gars qui avait tiré, on l'a retrouvé à la Libération, dans un fossé. Il avait pris une balle pour le sanglier en pleine poitrine. Voilà comment il est mort, monsieur Armand, parce qu'un blanc-bec a paniqué tout seul. Il est mort comme ça, monsieur Armand, tout bêtement.

Quand il releva la tête, deux larmes roulaient sur ses joues. Fernande, debout au milieu de la pièce, le regardait sévèrement. Elle s'adressa à lui en patois. De nouveau il répondit en français :

— De toute façon, il faut bien qu'il l'apprenne un jour ou l'autre, non ?

Jacques n'osa rien ajouter. Il se sentait embarrassé d'assister à cette scène. Il vida son verre et resta un instant à fixer son interlocuteur. Florentin se racla la gorge. Il ne cherchait pas à essuyer ses larmes. Elles ne le gênaient pas. Il pleurait son ami, voilà tout, et il n'en ressentait aucune honte. Par la suite, Jacques ne parvint jamais à se rappeler combien de verres ils vidèrent tous les deux ce soir-là, ni même comment il rentra jusqu'à la Maison-Haute. La seule chose dont il se souvint, c'est de ce terrible mal de tête qui ne le quitta pas de la journée, le lendemain.

Mélanie s'accouda à la rambarde qui courait le long de la terrasse. Elle aimait ce moment de la journée où le soleil commence à peine à réchauffer la terre, où la nature ne bruit pas encore de mille rumeurs, ce moment où l'on se sent seul, isolé au cœur du monde. De son poste d'observation, elle pouvait voir son mari qui sortait de l'eau, les cheveux plaqués au front. Il s'arrêta un instant, regarda autour de lui, parut surpris, puis se baissa, ramassa sa serviette et remonta par le pré. Mélanie lui fit un signe de la main. Il lui sourit. Par une des fenêtres ouvertes, on entendait la radio de Gérard qui jouait un air à la mode.

— Je monte me doucher et je reviens, fit-il quand il fut à portée de voix.

Sur le seuil de la cuisine, Maria le regarda entrer dans la maison par le salon. Elle soupira. Léon se versait à boire, assis à la table de la cuisine. Devant lui, la tourte et le fromage.

— Tu es sûr qu'il lui a raconté ? demanda-t-elle sans se retourner.

— Sûr ! C'est cette fripouille de menuisier qui me l'a dit.

Maria n'osait pas se retourner.

— Et… et pour moi, il a dit quelque chose ?

— Je ne crois pas, non. Il a juste dit que tu avais fichu le camp avec Clara.

Maria sursauta.

— Alors, il va venir me poser des questions ?

— Ça se pourrait bien, oui.

Léon enfourna un bout de pain dans sa bouche et piqua la pointe de son canif dans un morceau de fromage.

— Après tout, qu'est-ce que ça peut bien faire si tu lui racontes, pour Clara ?

La servante essuya ses mains à son tablier. Elle leva son visage vers le plafond, plaqua les poings sur ses hanches.

— Qu'est-ce que j'en sais, moi, de cette fille ? Je n'ai même jamais su son nom de famille.

Il y eut un long silence. Maria regardait à présent droit devant elle. Léon se décida à avaler sa bouchée de pain.

— Je ne t'ai jamais demandé, quand tu as fichu le camp avec Clara, tu as fait quoi ?

— Je l'ai emmenée chez la vieille Johanna.

— Chez la vieille folle ?

— C'est Armand qui me l'avait dit, le matin. « S'ils reviennent, tu la ramènes chez Johanna. » Alors, je l'ai laissée là-bas.

Léon se levait pesamment. Il referma son couteau dans un claquement sec.

— Et tu n'as jamais su où elle a filé, ensuite ?

— Non, jamais. Je sais juste que le soir elle n'était déjà plus là.

17

Jacques regardait tomber la nuit par les fenêtres du salon. Au loin, par-delà la vallée, le ciel se teintait de rouge au-dessus des arbres. Dans la cuisine voisine, il entendait Maria remuer des casseroles. Il consulta sa montre et se leva, un cigare entre les doigts. Il passa la tête par la petite porte de séparation. Maria lui sourit, puis continua son rangement. Jacques la contempla un instant puis, sans un mot, vint s'asseoir sur le banc, devant la table. Maria le regarda, étonnée. Il sourit de nouveau, sans la quitter des yeux.

— Vous avez besoin de quelque chose ?

Il téta son cigare un instant, pensif.

— Je peux vous poser une question, Maria ?

Elle se figea puis murmura, inquiète :

— Je vous écoute.

— Florentin m'a raconté, l'autre soir, pour l'ancien propriétaire, pendant la guerre. Je voulais vous dire, je... je suis désolé pour vous. Je ne pouvais pas savoir.

Elle restait immobile, le visage fermé. L'odeur du cigare l'incommodait un peu.

— Je sais combien cela a dû être dur, pour vous.

— Merci, lâcha-t-elle, comme à contrecœur.

Comme un collégien un peu timide, il poursuivait :

— Vous me permettez toutefois de vous poser une dernière question ?

Elle ne répondit pas. Jacques reprenait, mal à l'aise.

— Cette fille, cette Clara, le piano là-haut, c'était à elle ?

Elle hocha la tête.

— Pourquoi elle avait un piano, si elle se cachait ?

— Je ne sais pas, Monsieur. Ce que je sais, c'est que c'était une amie de Monsieur Gustave, qu'on n'a jamais revu.

Elle haussa les épaules, parut se détendre. Elle fit un geste pour vérifier son chignon, du plat de la main.

— En tout cas, il n'a jamais donné de ses nouvelles depuis la fin de la guerre.

Jacques téta de nouveau son cigare. Maria trouvait ce geste déplaisant. Elle ne savait pas pourquoi, mais elle le trouvait vulgaire.

— Florentin m'a dit, l'autre soir. Il paraît même que vous êtes partie avec elle et qu'on ne l'a jamais revue.

Il se tut, attendant une réponse qui ne venait pas. Il insista.

— Vous ne savez pas qui elle était ?

Maria, pour se donner une contenance, ferma les petits volets de l'*aiguierre*[1]. Puis, sans se retourner, elle fit à voix basse :

— Ce que je sais, c'est qu'elle n'était pas française. Polonaise, je crois. Et puis aussi qu'elle jouait du piano toute la sainte journée. Le jour où je suis partie avec elle, je l'ai menée chez une vieille femme pour la cacher.

1. Endroit de la cuisine un peu en renfoncement où l'on conservait différents produits au frais.

Après, je ne l'ai jamais revue. Je n'ai jamais su non plus qui elle était. Sans doute une grande pianiste.

— Et vous n'avez jamais eu de ses nouvelles ?

Elle se tourna vers lui, le regarda droit dans les yeux et laissa tomber, sèchement :

— Non, jamais.

Jacques se leva, perplexe.

— Vous dites qu'elle n'était pas française. Moi, on m'a dit qu'elle était juive aussi.

— Ça se peut. Je l'aimais bien. Souvent je pense à elle. Pourquoi elle n'a jamais donné de ses nouvelles ? Sans doute est-ce qu'elle est morte, elle aussi ? Je ne sais pas. C'est si loin maintenant, tout ça. Je préfère oublier aujourd'hui.

Jacques se dirigea vers l'entrée. Au moment de sortir, il fit à mi-voix :

— Je vous remercie de m'avoir répondu, Maria. Et j'espère que vous me pardonnerez d'avoir remué tout ça. Je vous promets de ne plus vous en parler.

C'est au troisième jour après la soirée chez Fernande que Florentin reprit ses habitudes de promenade le long de l'étang. Jacques nageait, comme chaque matin. Il savait que sa femme l'observait de la terrasse. Il aurait bien aimé que Gérard le rejoigne. Il se sentait loin de son fils. Autant lui aimait cette nature resplendissante, cette eau un peu noire, cette sensation de liberté, autant son fils semblait fuir tout cela et restait enfermé, sa radio à bout de bras, à écouter en boucle les tubes à la mode. Pourtant, de temps à autre, Gérard éteignait son transistor et venait s'asseoir devant le petit piano tout désaccordé. Il tentait alors de reproduire un de ces airs qu'il écoutait à longueur de journée, sans y parvenir.

Léon n'aimait pas cela. Il lui semblait qu'on commettait un blasphème. Sans se l'avouer, il espérait encore que Clara reviendrait, qu'un matin elle serait là, devant son piano, et qu'elle jouerait de nouveau pour lui.
Devant l'étang, Jacques et Florentin se serraient la main. Le gros homme souriait. Le soleil matinal allongeait les ombres. Une odeur de terre humide montait du pré. Elle serait bientôt remplacée par celle, plus épicée, des fleurs sauvages et des herbes. Quand Léon rentra du potager, son panier débordant de haricots verts et de framboises, Jacques l'attendait sur la terrasse. Il se leva en le voyant. Dans la cuisine, Maria vidait déjà le panier sur la table. Le maître de maison la salua, puis il se tourna vers Léon.

— Florentin m'a raconté, ce matin.

— Raconté quoi ?

Il fit un geste pour l'inviter à le suivre dehors. Léon se tourna vers la servante. Elle laissa tomber une phrase en patois. Il resta un moment indécis, puis sortit. Quand ils furent seuls dans la grande allée, Jacques prit la parole sur un ton très calme.

— Pourquoi vous n'avez jamais rien dit ?

— Dit quoi ?

— Pour Clara ?

Un geai cria au-dessus d'eux et passa en frôlant les branches. Léon demeura un long moment silencieux.

— C'est une vieille histoire. Et puis, j'avais peur que Monsieur Ambroise me chasse.

— Pourquoi il vous aurait chassé ?

— Ça se dit dans le village que c'est à cause de lui, pour la milice.

— Il n'y avait pas que lui ?

Léon s'arrêta et le regarda, surpris.

— Vous savez ça, aussi ?

— Pour le menuisier ? Oui.

Ils reprenaient leur marche lente. Léon avait gardé le silence jusqu'à présent, par peur, par fidélité aussi, peut-être, à Armand et surtout à Clara. Aujourd'hui venait le moment de tout déballer, de tout raconter, de faire enfin confiance à quelqu'un. Léon se mit alors à dérouler le fil de son histoire, tout seul, sans presque faire attention à Jacques, comme pour lui-même.

— Le soir où Monsieur Armand a été tué, quand j'ai vu que Clara n'était plus là, j'ai filé chez la vieille Johanna. Je me doutais bien que Clara y serait. J'ai été surpris quand j'ai vu l'épicier assis devant la bicoque, avec elle. Je savais que Monsieur Armand s'occupait de résistance. Souvent, des hommes passaient la nuit là. Le lendemain, ils n'y étaient plus. Et puis tous les soirs, le maire et l'épicier, et d'autres parfois, écoutaient la radio de Londres.

Il s'arrêta brusquement et se tourna vers son compagnon.

— Je vous ennuie avec mes histoires ?

Jacques posa la main sur son épaule. Il souriait.

— Au contraire, parlez, parlez, je vous en prie.

Léon reprit sa marche. Il respira un grand coup avant de reprendre son histoire.

— L'épicier m'a regardé bizarrement. Moi, je ne voyais que Clara. J'avais peur pour elle. Je me souviens que j'ai demandé : « Elle ne va pas pouvoir revenir à la Maison-Haute, hein ? » Florentin n'a rien répondu, mais j'ai bien compris qu'il pensait comme moi. Alors, il m'a dit de rester ce soir-là avec Clara et de partir dans la nuit avec elle pour le chantier du barrage. Que je devrais la laisser là-bas, que des gens s'occuperaient d'elle. Et puis il est parti. Depuis, on n'a jamais reparlé de ça ensemble. Pourquoi ? Je ne sais pas. Peut-être que lui aussi, il...

— Il ?

— Ben, il avait peut-être un peu le béguin.

— Pour la pianiste ?

— Oui.

Un nouveau silence se fit. Les deux hommes arrivaient au bout de la grande allée. Ils prirent un petit chemin entre les arbres hauts et s'arrêtèrent sur la terrasse aménagée à l'extrémité. De là, on découvrait l'horizon à l'infini.

— Et vous aussi, vous aviez le béguin ? demanda timidement Jacques.

Léon rougit, sans répondre. Jacques poursuivait.

— Vous avez fait quoi, alors ?

— Alors ? Alors on s'est assis dehors, devant chez la vieille. Florentin devait revenir avec la mule et la carriole, pour le voyage. On a attendu là longtemps. A un moment, elle a pris ma main et elle ne l'a plus quittée. Je me souviens, je n'osais plus faire un geste, j'avais peur qu'elle ne la retire.

Il se tourna de nouveau vers son interlocuteur.

— Je dois vous paraître ridicule.

Jacques ne souriait plus. Il n'osait pas parler non plus. Il se contenta de faire un signe, pour dire non.

— Je me souviens aussi qu'à un moment elle s'est endormie, la tête sur mon épaule. Je crois bien que ça a été la plus belle soirée de ma vie. Quand Florentin est revenu, on est partis tout de suite. On a voyagé toute la nuit. Elle se tenait serrée contre moi, enroulée dans une couverture, la tête sur mon épaule. J'étais heureux, et en même temps, je redoutais la fin du voyage. Quand on est arrivés, il y avait deux gars bien habillés qui nous attendaient. C'étaient sûrement des gens importants. C'est la dernière fois que je l'ai vue. Avant que je ne remonte dans la carriole, elle s'est jetée sur moi et elle m'a serré dans ses bras. Je m'en souviens encore.

Léon regardait droit devant lui. Il parlait d'une voix un peu monocorde, presque désabusée.

— Voulez-vous que nous remontions, Léon ?

Mais l'autre, comme s'il n'entendait plus, continuait son récit.

— Depuis, vous me croirez si vous voulez, mais j'attends qu'elle revienne. Je suis sûr que, si elle est toujours de ce monde, elle reviendra un jour, j'en suis sûr.

La salle n'en finissait pas d'applaudir. Le chef saluait, la main dans celle de la soliste. Le public, debout, réclamait encore un bis. Le chef, en souriant, salua l'orchestre d'un geste ample du bras, puis désigna de nouveau la pianiste, à côté de lui. Quelques instants plus tard, assise à une table recouverte de velours vert, devant une pile de disques, elle signait des autographes à la chaîne, en prenant un moment pour parler à chacun. Elle souriait doucement, une flamme dans le regard. Jacques s'avança. Elle lui sourit, comme à tous les autres. Il ne restait plus que lui. Il la fixa un instant, puis tendit une photo à dédicacer. La femme suspendit son geste, regarda l'homme qui lui tendait le cliché en noir et blanc, un cliché sur lequel elle reconnaissait la façade de la Maison-Haute et le chevet de l'église. Elle pâlit. Sa main se mit à trembler un peu. Jacques souriait.

— Il y a si longtemps, madame, que je vous cherche.

— Comment… comment savez-vous ? parvint-elle à articuler. Qui êtes-vous ?

— Comment je sais ?

Un homme s'avança, troublé par la scène. Il posa une question en polonais. Elle répondit d'un mot. Puis elle regarda de nouveau la photo. Elle ne parlait plus. Son visage, livide, donnait à ses yeux une profondeur plus marquée qu'à l'habitude. Elle finit par balbutier :

— Comment avez-vous fait ?

Jacques sourit. Il plongea son regard dans celui de Clara.

— Je savais votre âge, je savais que vous étiez de Pologne, je savais que vous étiez pianiste, fit-il d'une voix douce. J'en savais assez pour vous retrouver, madame.

Elle le fixa un long moment, l'air pensif. Puis elle baissa la tête en soupirant.

— Je croyais avoir oublié. C'est si vieux.

Elle leva lentement son visage. Il n'osait plus bouger.

— Clara a fait beaucoup de malheur là-bas. La guerre n'est pas bonne.

Elle parlait avec un accent très doux, d'une voix chaude.

Autour d'eux, un attroupement se faisait. Certains spectateurs revenaient sur leurs pas, curieux. Clara n'en avait cure. Jacques la dévisageait. Il la trouvait belle. Ses cheveux, mêlés de fils gris, encadraient un visage qui semblait n'avoir pas vieilli. Une grande noblesse se dégageait de ses traits.

— Je peux garder la photo ? demanda-t-elle soudain.

— Oui, madame.

Elle jeta de nouveau un coup d'œil au cliché, puis releva les yeux pour ajouter :

— Ils me détestent ?

Jacques crut lire une véritable détresse dans son regard.

— Non, madame, ils ne vous détestent pas.

Elle se leva, indécise. Elle ne savait comment prendre congé. Jacques n'osait faire un geste. Elle porta les mains à son cou, détacha le collier qu'elle portait et le lui tendit en murmurant :

— Vous donnerez ça à ce garçon si gentil ?

— Léon ?

Elle hocha la tête, émue.

— Léon, oui. Vous lui direz que Clara ne l'a jamais oublié.

— Je le lui dirai.

Puis, après un long silence :

— Madame, il y a plus de vingt ans qu'il vous attend.

PRODUCTION JEANNINE BALLAND

Romans « Terres de France »

Jean Anglade
Un parrain de cendre
Le Jardin de Mercure
Y a pas d'bon Dieu
La Soupe à la fourchette
Un lit d'aubépine
La Maîtresse au piquet
Le Saintier
Le Grillon vert
La Fille aux orages
Un souper de neige
Les Puysatiers
Dans le secret des roseaux
La Rose et le Lilas
Avec le temps...
L'Ecureuil des vignes
Une étrange entreprise
Le Temps et la Paille
Les Ventres jaunes
Le Semeur d'alphabets
La Bonne Rosée
Un cœur étranger
Sylvie Anne
Mélie de Sept-Vents
Le Secret des chênes
La Couze
Ciel d'orage sur Donzenac
La Maîtresse du corroyeur
Un horloger bien tranquille
Un été à Vignols
La Lavandière de Saint-Léger
Jean-Jacques Antier
Tempête sur Armen
Marie-Paul Armand
Le Vent de la haine
La Courée
tome I *La Courée*
tome II *Louise*
tome III *Benoît*
La Maîtresse d'école
La Cense aux alouettes
L'Enfance perdue
Un bouquet de dentelle
Au bonheur du matin
Le Cri du héron
Le Pain rouge
La Poussière des corons
Victor Bastien
Retour au Letsing
Henriette Bernier
L'Enfant de l'autre
L'Or blanc des pâturages
L'Enfant de la dernière chance
Le Choix de Pauline
La Petite Louison
Françoise Bourdon
La Forge au Loup
La Cour aux paons
Le Bois de lune
Le Maître ardoisier
Les Tisserands de la Licorne
Le Vent de l'aube
Les Chemins de garance
La Figuière en héritage
Patrick Breuzé
Le Silence des glaces
La Grande Avalanche
La Malpeur
Nathalie de Broc
Le Patriarche du Bélon
La Dame des Forges
La Tresse de Jeanne
Loin de la rivière
La Rivière retrouvée
Annie Bruel
Le Mas des oliviers
Les Géants de pierre
Marie-Marseille
Michel Caffier
Le Hameau des mirabelliers
La Péniche Saint-Nicolas
Les Enfants du Flot
La Berline du roi Stanislas
La Plume d'or du drapier
L'Héritage du mirabellier
Marghareta la huguenote
Jean-Pierre Chabrol
La Banquise
Claire Chazal
L'Institutrice

Didier Cornaille
Les Labours d'hiver
Les Terres abandonnées
Etrangers à la terre
L'Héritage de Ludovic Grollier
L'Alambic
Georges Coulonges
Les Terres gelées
La Fête des écoles
La Madelon de l'an 40
L'Enfant sous les étoiles
Les Flammes de la Liberté
Ma communale avait raison
Les blés deviennent paille
L'Eté du grand bonheur
Des amants de porcelaine
Le Pays des tomates plates
La Terre et le Moulin
Les Sabots de Paris
Les Sabots d'Angèle
La Liberté sur la montagne
Les Boulets rouges de la Commune
Anne Courtillé
Les Dames de Clermont
Florine
Dieu le veult
Les Messieurs de Clermont
L'Arbre des dames
Le Secret du chat-huant
L'Orfèvre de Saint-Séverin
La Chambre aux pipistrelles
Paul Couturiau
En passant par la Lorraine
Annie Degroote
La Kermesse du diable
Le Cœur en Flandre
L'Oubliée de Salperwick
Les Filles du Houtland
Le Moulin de la Dérobade
Les Silences du maître drapier
Le Colporteur d'étoiles
La Splendeur des Vaneyck
Les Amants de la petite reine
Un palais dans les dunes
Alain Dubos
Les Seigneurs de la haute lande
La Palombe noire
La Sève et la Cendre
Le Secret du docteur Lescat
Constance et la Ville d'Hiver
Marie-Bernadette Dupuy
L'Orpheline du bois des Loups
Les Enfants du Pas du Loup
La Demoiselle des Bories
Le Chant de l'Océan
Le Moulin du Loup
Elise Fischer
Trois Reines pour une couronne
Les Alliances de cristal
Mystérieuse Manon
Le Soleil des mineurs
Les cigognes savaient
Confession d'Adrien le colporteur
Laurence Fritsch
La Faïencière de Saint-Jean
Alain Gandy
Adieu capitaine
Un sombre été à Chaluzac
L'Enigme de Ravejouls
Les Frères Delgayroux
Les Corneilles de Toulonjac
L'Affaire Combes
Les Polonaises de Cransac
Le Nœud d'anguilles
L'Agence Combes et Cie
Suicide sans préméditation
Fatale Randonnée
Une famille assassinée
Le piège se referme
Gérard Georges
La Promesse d'un jour d'été
Les Bœufs de la Saint-Jean
L'Ecole en héritage
Le Piocheur des terres gelées
Les Amants du chanvre
La Demoiselle aux fleurs sauvages
Denis Humbert
La Malvialle
Un si joli village
La Rouvraie
L'Arbre à poules
Les Demi-Frères
La Dernière Vague
Yves Jacob
Marie sans terre
Les Anges maudits de Tourlaville
Les blés seront coupés
Une mère en partage
Un homme bien tranquille
Hervé Jaouen
Que ma terre demeure

Au-dessous du calvaire
Les Ciels de la baie d'Audierne
Les Filles de Roz-Kelenn
Michel Jeury
Au cabaret des oiseaux
Marie Kuhlmann
Le Puits Amélie
Guillemette de La Borie
Les Dames de Tarnhac
Le Marchand de Bergerac
La Cousette de Commagnac
Jean-Pierre Leclerc
Les Années de pierre
La Rouge Batelière
L'Eau et les Jours
Les Sentinelles du printemps
Un amour naguère
Julien ou l'Impossible Rêve
A l'heure de la première étoile
Hélène Legrais
Le Destin des jumeaux Fabrègues
La Transbordeuse d'oranges
Les Herbes de la Saint-Jean
Les Enfants d'Elisabeth
Les Deux Vies d'Anna
Louis-Jacques Liandier
Les Gens de Bois-sur-Lyre
Les Racines de l'espérance
Jean-Paul Malaval
Le Domaine de Rocheveyre
Les Vignerons de Chantegrêle
Jours de colère à Malpertuis
Quai des Chartrons
Les Compagnons de Maletaverne
Le Carnaval des loups
Les Césarines
Grand-mère Antonia
Une maison dans les arbres
Une reine de trop
Une famille française
Le Crépuscule des patriarches
La Rosée blanche
L'Homme qui rêvait d'un village
Dominique Marny
A l'ombre des amandiers
La Rose des Vents
Et tout me parle de vous
Jouez cœur et gagnez
Pascal Martin
Le Trésor du Magounia
Le Bonsaï de Brocéliande
Les Fantômes du mur païen
La Malédiction de Tévennec
L'Archange du Médoc
Louis Muron
Le Chant des canuts
Henry Noullet
La Falourde
La Destalounade
Bonencontre
Le Destin de Bérengère Fayol
Le Mensonge d'Adeline
L'Evadé de Salvetat
Les Sortilèges d'Agnès d'Ayrac
Le Dernier Train de Salignac
Michel Peyramaure
Un château rose en Corrèze
Les Grandes Falaises
Frédéric Pons
Les Troupeaux du diable
Les Soleils de l'Adour
Passeurs de nuit
Jean Siccardi
Le Bois des Malines
Les Roses rouges de décembre
Le Bâtisseur de chapelles
Le Moulin de Siagne
Un parfum de rose
La Symphonie des loups
La Cour de récré
Les Hauts de Cabrières
Bernard Simonay
La Fille de la pierre
La Louve de Cornouaille
Jean-Michel Thibaux
La Bastide blanche
La Fille de la garrigue
La Colère du mistral
L'Homme qui habillait les mariées
La Gasparine
L'Or des collines
Le Chanteur de sérénades
La Pénitente
L'Enfant du mistral
Jean-Max Tixier
Le Crime des Hautes Terres
La Fiancée du santonnier
Le Maître des roseaux
Marion des salins
Le Mas des terres rouges
L'Aîné des Gallian
L'Ombre de la Sainte-Victoire

Brigitte Varel
Un village pourtant si tranquille
Les Yeux de Manon
Emma
L'Enfant traqué
Le Chemin de Jean
L'Enfant du Trièves
Le Déshonneur d'un père
Blessure d'enfance
Mémoire enfouie
Louis-Olivier Vitté
La Rivière engloutie
L'Enfant des terres sauvages
Colette Vlérick
La Fille du goémonier
Le Brodeur de Pont-l'Abbé
La Marée du soir
Le Blé noir

Polars de France

Pascal Martin
La Traque des maîtres flamands
Jean-Max Tixier
Le Juge de paix

Romans

Sylvie Anne
L'Appel de la pampa
Jean-Jacques Antier
Marie-Galante, La Liberté ou la Mort
La Dame du Grand-Mât
Le Sixième Condamné de l'Espérance
Erwan Bergot
Les Marches vers la gloire
Sud lointain
tome I *Le Courrier de Saïgon*
tome II *La Rivière des parfums*
tome III *Le Maître de Bao-Tan*
Rendez-vous à Vera-Cruz
Mourir au Laos
Jean Bertolino
Chaman
Fura-Tena
Jean-Baptiste Bester
Bois d'ébène
Michel Caffier
Le Découvreur du Mississippi
Anne Courtillé
Le Mosaïste de Constantinople
Paul Couturiau
Le Paravent de soie rouge
Le Paravent déchiré
L'Inconnue de Saigon
Les Amants du fleuve Rouge
Le Pianiste de La Nouvelle-Orléans
Les Brumes de San Francisco
Paradis perdu
Cent Ans avant de nous séparer
Annie Degroote
L'Etrangère de Saint-Pétersbourg
Alain Dubos
Acadie, terre promise
Retour en Acadie
La Plantation de Bois-Joli
La Baie des maudits
Elise Fischer
L'Enfant perdu des Philippines
Hubert Huertas
Nous jouerons quand même ensemble
La Passagère de la « Struma »
L'Orque de Magellan
Terminus Pondichéry
Denis Humbert
Un été d'illusions
Gérard A. Jaeger
Pour l'amour de Blanche
Hervé Jaouen
L'Adieu au Connemara
Le Testament des McGovern
Suite irlandaise
Diane Lacombe
L'Hermine de Mallaig
La Châtelaine de Mallaig
Eric Le Nabour
Orages sur Calcutta
Les Démons de Shanghai
Les Jardins d'Istanbul
Sonia Marmen
La Vallée des larmes
La Saison des corbeaux
La Terre des conquêtes
La Rivière des promesses
Dominique Marny
Du côté de Pondichéry
Les Nuits du Caire
Cap Malabata
Mes nuits ne sont pas les vôtres
Du côté de Bombay
Juliette Morillot
Les Orchidées rouges de Shanghai
Michel Peyramaure
Le Roman de Catherine de Médicis
Le Pays du Bel Espoir
Les Fleuves de Babylone
Les Tambours sauvages
Le Temps des moussons
Les Roses noires de Saint-Domingue
La Porte du non-retour
Bernard Simonay
Les Tigres de Tasmanie
La Dame d'Australie
Princesse maorie
L'Appel de l'Orient
Jean-Michel Thibaux
Le Roman de Cléopâtre
La Fille de Panamá
Tempête sur Panamá
La Pyramide perdue
La Cinquième Courtisane
La Danseuse sacrée
Colette Vlérick
Le Domaine du belvédère

Achevé d'imprimer sur les presses de

CPI
Bussière

à Saint-Amand-Montrond (Cher)
en octobre 2008

Composition et mise en pages : FACOMPO, LISIEUX

Dépôt légal : novembre 2008.
N° d'Édition : C 07573. — N° d'Impression : 083092/1.

Imprimé en France